KB157270

조정래 장편소설

황금종이

2

조정래 장편소설 **황금종이**

2

두 친구의 복수전

"느네들 경숙이, 박경숙이 소식 들었니?"

셋이 식당에 자리 잡고 앉자마자 더 못 참겠다는 듯 김선자가 서둘러 말했다. "도도해서 아무도 상대 안 하는 애 소식을 어디서 들어." 정미옥이 입을 삐죽하며 고개를 외로 틀었고, "소식 들으나 마나 또 구두쇠, 깍쟁이 노릇 한 얘기겠지 뭐." 나명희가 쓴웃음을 지으며 콧방귀를 뀌었다.

"흥, 미안하지만 다들 틀리셨네요. 어디 한 번씩 맞혀보시지. 흥미진진하고 기절초풍할 일이니까."

김선자가 두 사람을 번갈아 보며 샐샐 웃었다.

"흥미진진하고 기절초풍해……? 글쎄, 그 돌깍쟁이한테 무

7

슨 일이 생겼을까아……. 배알 뒤틀리게 복권에 당첨된 건 아닐 것이고……, 그게 뭘까……?" 정미옥이 전혀 짐작이 안 가는 표정으로 고개를 갸웃갸웃했고, "애, 이 늙은 나이에 머리 잘 안 돌아가는 것 뻔히 알면서도 무슨 퀴즈 놀이냐, 퀴즈 놀이가. 사람 짜증 나게 하지 말고 빨랑 쏟아내 버려." 나명희는 정말 짜증을 부렸다. "어머 기집애, 늙은 나이 좋아하네. 남들이 그렇게 말하는 것도 듣기 싫어 죽겠는데 제 입으로 꼭 그렇게 말할 건 뭐니. 신경질 나게!"

김선자가 나명희에게 눈을 째지게 흘겨댔다.

"애, 애, 다 늙은 꼴들 해가지고 노는 건 꼭 고등학교 때라니까. 그만 철들 좀 들어라. 그리고 너도 뜸 그만 들이고 빨랑 얘기해. 느낌에 별로 좋은 얘기 같지도 않은걸."

정미옥이 컵에 물을 따르며 말했다.

"박경숙이가 곧 죽게 생겼다." 김선자가 사람 놀라게 하려는 듯 불쑥 내뱉은 말이었고, "뭐, 뭐, 죽어?" "뭐라구? 왜에?" 정미옥과 나명희의 말이 동시에 겹쳐졌다.

"충격으로 쓰러져 응급실로 실려갔대."

둘을 놀라게 하는 데 성공해서 기분 좋다는 듯 김선자는 쓰러진 다음 상황을 담담하게 얘기했다.

"애, 얘기를 그렇게 한마디씩 끊지 말고 빨랑빨랑 쭈욱 해. 감질나게 하지 말고."

나명희가 얼굴을 찌푸리며 다시 말을 닫쳤다.

"아들이 엄마 몰래 건물을 날려먹었으니까."

"뭐라고? 건물을!"

"아니, 엄마 모르게!"

다시 정미옥과 나명희의 말이 동시에 얽혔다. 말을 한마디 씩 끊어 하는 건 김선자가 아니라 그들이 말을 끊기 때문이 었다.

"아니 어쩌다가 건물을 날려먹어? 무슨 사기 당했나?" 정 미옥의 눈이 잔뜩 놀라 있었고, "그거 아들한테 넘겨줬다는 말 들은 게 얼마 안 되는데?" 나명희가 고개를 갸우뚱했다.

"카지노에 미쳐서 홀랑 다 날려먹었대."

아깝다는 듯 김선자가 차지게 입맛을 다셨다.

"카지노?" "거기 어디 강원도……." 정미옥과 나명희가 다 시 박자를 맞추듯 했다.

"응, 거기 있잖아, 강원랜드라는 데."

김선자가 또 입맛을 다셨다.

"맞어, 강원랜드. 거기서 재산 다 날리고 집안 박살 낸 사 람들이 수두룩하다고 하던데, 그게 정말인가 보네." 정미옥 이 겁난 얼굴로 혀를 내둘렀고, "맞어. 내가 아는 사람 아들 도 거기에 미쳐서 재산 홀딱 다 까먹고 알거지 신세가 됐어." 나명희가 고개를 내저었다.

"박경숙이도 팔자 드러워. 아들 하나 있는 게 에미가 평생 고생하며 모아 물려준 큰 재산을 그따위로 허망하게 날려 보내다니. 효도는 못할망정 에미까지 잡아먹게 생겼으니. 쯧, 쯧, 쯧……."

김선자가 혀야 잘려라 하는 듯 거세고 크게 마구 혀를 차 댔다.

"근데 응급실에 실려간 박경숙이는 어찌 됐어?"

정미옥이 찌푸린 얼굴로 물었다.

"그게 글쎄, 정신은 깨났는데 어찌 된 건지 말을 한마디도 못 한대."

김선자가 푹 한숨을 쉬었다.

"그거 뇌가, 머리 어디가 잘못됐나 부다." 나명희도 한숨을 쉬었고, "에이구, 그렇게 돌깍쟁이짓 해가며 악착같이 돈 모으면 뭘 해. 박경숙이가 이 세상에서 질로 불쌍헌 여자 됐나 부다." 정미옥도 짙은 한숨을 내쉬었다.

"그러게 말야, 우리 여고 동창들 중에서는 제일 성공한 것으로 쳤던 게 박경숙이였잖아. 근데 걔 말년 참 요상하다. 같은 약사였는데도 남편이 딴 애들 남편들보다 먼저 떠나버리더니 하나인 아들도 어찌 그 모양이니? 응, 저기 식사 가져온다."

나명희가 물컵을 옆으로 치웠다.

"바로 그거야. 박경숙이 앞날이 큰일 났지. 아들이 그 모양이면 남편이 있어야 하는데 남편은 가고 없지, 딸 셋은 박경숙이가 원수 만들었으니 더 거들떠보지도 않을 거고, 동창들 사이에서도 인심 다 잃었으니 아무도 알은체해 주지 않을 거고, 비참한 신세 된 거지, 뭐."

정미옥이 젓가락을 들며 혀를 찼다.

"근데 왜 딸들하고는 웬수가 됐을까?"

나명희가 숟가락으로 국물을 뜨며 말했다.

"그거 몰라? 세 딸은 싹 무시하고 재산을 몽땅 아들한테만 물려줘서 그런 거잖아." 김선자가 퉁을 놓듯이 말했고, "그걸 왜 몰라. 왜 그런 짓을 했냐, 그거지." 나명희가 눈을 흘겼다.

"그야 뻔하잖아. 귀한 아들이 하나뿐인 데다, 막내잖아, 막내. 그러니 그쪽으로만 정이 쏟아져 딸들은 몰라라 하고 아들한테만 깨끗하게 몰아준 거지."

정미옥이 말에 박자를 맞추듯 깍두기를 와삭와삭 씹으며 말했다.

"딱하기도 하지. 그 머리 좋고 똑똑하기로 소문난 박경숙이가 아무리 아들이 좋고 막내한테 정이 더 쏠린다고 해도 어찌 이런 경우를 생각하지 못했을꼬? 딸들한테도 고루고루 나눠줬더라면 요런 때 얼마나 좋아 그래. 세 딸이 팔 걷고 나서서 효도했을 거잖아."

나명희가 밥 먹을 생각도 안 하고 말하기에 열중했다.

"그거 다 즈네 아빠한테 배운 거지, 뭐."

김선자가 밥을 우물거리며 심드렁하게 말했다.

"즈네 아빠한테……?"

정미옥이 밥을 떠 넣다 말고 '무슨 소리냐'는 눈길로 김선자를 쳐다보았다.

"그거 몰라? 걔네 아빠가 그 많은 재산을 열두 자식들 중에서 딸들은 싹 무시하고 세 아들한테만 몽땅 나눠줬잖아. 그걸 그대로 싹 배운 거라고."

김선자가 설렁탕 고기를 간장에 찍으며 말했다.

"어머, 별걸 다 기억하네." 정미옥이 어이없어하며 헛웃음을 흘렸고, "그러니까 박경숙이가 헛똑똑이라고. 그땐 누구나 다 그랬던 시절이고, 지금은 딸자식도 똑같이 생각하는 시대로 확 변했는데 그 옛날식으로 하면 어떡해. 그러니까 딸들 원수 만들고, 결국 지가 버림받게 된 거잖아." 나명희가 냉정한 어조로 말했고, "그게 바로 자업자득이잖아." 정미옥은 더 냉정하게 내뱉었다.

"지집애들, 어찌 그리 냉정하고 인정머리 없이 말하니? 박경숙이가 아무리 동창들한테 도도하고 정 없이 했다고."

김선자가 두 친구에게 눈을 흘기며 혀를 찼다.

"에이그, 학생 때부터 박경숙이 개 잘난 척하며 뻐겨댄 꼴

하고는!"

나명희가 곧 침이라도 내뱉을 것 같은 표정이었다.

"그야 잘났으니까 잘난 척하셨던 건데, 뭘. 항상 1등에, 우리 학교에서 걔 딱 하나 서울의 약대에 합격했으니 얼마나 잘나신 거야, 그게."

정미옥의 목소리가 배배 꼬이고 있었다.

"하이고, 우리 정미옥 씨, 꽈배기 장사 너무 잘하시네요." 김선자가 비아냥거리고는, "얘, 이젠 박경숙이 그만 미워해. 우리 동창 중에서 젤 불행하고 불쌍한 신세 된 거나 마찬가지니까." 정색을 하고 말했다.

"참 허망하고 기막히다. 이렇게 허망하게 되고 말 건데 어쩌자고 시장 바닥에서 배추 시래기를 주워다 김치를 담가 먹는 지독을 부리며 사느냐고. 걘 너무너무 끔찍하고 징그러워."

나명희가 어깨를 과장되게 부르르 떨었다.

"아니, 더 끔찍스럽고 소름 끼치는 건 그런 거지꼴을 창피스러워하고 숨기는 게 아니라 오히려 절약하고 꾀 있게 사는 거라고 자랑하는 거였어. 걘 증말 이해할 수가 없는 애야. 어찌 그리도 지독하게 돌깍쟁이, 짠돌이 노릇을 하고 살 수 있었는지."

정미옥이 설레설레 고개를 내저었다.

"그것도 또 즈네 아빠한테 배운 거지, 뭘."

김선자가 또 아까와 똑같이 말했다. "그건 또 무슨 소리야?" 나명희가 밥을 씹다 말고 김선자를 쳐다보았고, "그래, 걔네 아빠도 짜고 독하다고 소문나 있었지." 정미옥이 휴지로 입을 닦으며 고개를 끄덕였다.

"걔네 아빠가 포목 장사 해가지고 어떻게 우리 고향 대전에서 열 손가락 안에 꼽히는 부자가 됐겠어. 평생 자질 눈속임해서 그리된 건 세상이 다 아는 일이잖아. 그래도 느네들이나 나나, 세상 사람들도 다 그 집에 가서 시집갈 옷감을 장만했던 것은 서울의 큰 상점들 못지않게 온갖 옷감들을 고루고루 다 갖추고 있었기 때문이잖아. 그리고 딴 포목상들도 쌀장사 되질 눈속임하듯 얼렁뚱땅 자질 눈속임하는 건 다 알고 있는 일이었으니까. 그렇게 번 돈을 아끼는 데는 둘째가라면 서러워할 정도로 소문이 짜아 했잖아. 온갖 비단을 층층이 쌓아놓고 팔아대면서도 자기는 정작 비단옷을 입은 적이 없고, 사시사철 보리밥만 먹었지 쌀밥을 먹은 적이 없고, 자식들에게 세뱃돈을 줘본 일이 없고, 그 집 밥을 얻어먹어본 거지가 하나도 없다고 쫙 소문나 있었잖아. 그 돌깍쟁이질을 박경숙이가 그대로 배운 게 아니고 뭐냐고."

판소리 사설을 풀어내듯이 김선자가 신바람 나게 줄줄이 엮어댔다.

"아니 그런데, 돈이 그리 아까운 사람이 첩질은 어떻게 그렇게 해댔대니? 자식을 본부인하고 똑같이 여섯씩이나 낳아 대면서."

나명희가 톡 쏘아댔다.

"얘가 이렇게 쑥맥이라니까. 얼굴 쏙 빠진 미인인 데다가, 밤 써비스까지 끝내주니까 그 돈 쓰는 건 안 아까운 거잖아." 정미옥이 능글맞게 웃었고, "어머 얘, 얘, 챙피한 것도 모르고 그게 무슨 소리니!" 나명희가 정미옥의 어깨를 철썩 쳤고, "얘, 괜히 내숭 떨지 마. 다 늙어빠진 우리끼리 밤 써비스란 말이 챙피하긴 뭐가 챙피하다고 그러니. 뻔히 다 아는 소릴 가지고." 김선자가 나명희에게 눈을 흘겼다.

"하여간 걔네 아빠 자린고비에다 돌깍쟁이인 건 아무도 당할 사람이 없을 거야. 자기 딸 경숙이한테 한 걸 봐. 경숙이는 자식들 열둘 중에 공부도 제일 잘하고, 제일 좋은 대학에 가고, 졸업하면서 바로 떡 약사가 되셨으면 여자로서 그런 폼 나는 출세가 어디 또 있겠어. 그런 딸이 약국을 차릴려고 하면 부자 아빠로서 어째야 되겠어. '아이고, 우리 딸 장하다' 하고 약국을 딱 차려줘야 하잖아. 근데 걔네 아빠 한 걸 봐. 겨우 약국을 차려주고는 그 돈을 다 갚으라고 했잖아. 그래서 경숙이는 꼼짝 못 하고 매달 꼬박꼬박 갖다 바쳐서 10년이 넘게 걸려 다 갚았다니 경숙이 맘이 어쨌겠어. 아이고, 무서라, 끔찍해라."

정미옥이 혀를 내둘렀다.

"이자는 안 받았다던?" 나명희가 톡 쏘며 코웃음을 쳤고, "애비가 딸한테 돈에 대한 교육 철저하게 잘 시킨 거지." 김선자가 고개를 끄덕이며 나명희와는 다른 반응을 보였다.

"흥, 교육 철저하게 시킨 건 좋은데 사위 하나 잃어버린 건 큰 손해 본 거 아니야. 사위가 정이 떨어져 장인하고 평생 담을 쌓아버렸고, 장례에도 안 가버렸으니 그 꼴이 뭐냐."

정미옥이 비웃음을 물었다.

"그 사위라는 인간도 도둑놈 심뽀지, 뭐. 처가 덕 보려다가 못 보게 되니까 그따위로 곤조통 부리고. 그것도 속 시커먼 덜 돼먹은 인간이야."

김선자가 싸늘하게 말했다.

"하이고, 처가 덕 보고 싶어 환장한 사위놈들이 어디 한둘이더냐. 어떤 의사 놈은 열쇠 수가 모자란다고, 돈 더 가져오라고 사흘거리로 마누라를 두들겨 패다가 끝내는 욕조에다 목 졸라 죽이고 25년 형인가 받았고, 어떤 검사 놈은 열쇠 수 타령해 대면서 술만 처먹으면 마누라 매타작해 대서 1년 만에 남남으로 갈라서고, 아파트며 자동차며 처가에서 해준 것은 다, 시계 같은 패물까지 몽땅 다 뺏기고, 에이 말도 마. 돈 앞에서 인간들은 다 더러운 짐승이야, 짐승!"

정미옥이 부르르 몸서리를 쳤다.

"하긴 그래. 우리 남편들도 처가가 부자가 아니라 그저 그렇게 살아가니까 돈 욕심을 못 냈을 뿐이지 경숙이 아빠처럼 부자였더라면 우리도 다 두들겨 맞다가 끝장냈을 수도 있었지. 돈처럼 좋은 게 없지만, 돈처럼 나쁜 것도 없어. 아이구, 그 원수 놈의 돈!"

김선자도 부르르 몸서리를 쳤다.

"아니, 그래도 경숙이 남편은 사람이 그런대로 괜찮은 편이야. 장인한테 돈 꼬박꼬박 갚으면서도 마누라를 두들겨 패지는 않았잖아." 정미옥이 설렁탕에 밥을 말면서 말했고, "응, 그 말 듣고 보니 그렇기도 하네." 나명희가 콩나물을 집으려다 말고 고개를 끄덕였다.

"흥, 모르는 소리. 마누라가 자기와 똑같은 약사인 데다가, 마누라가 약국에 딱 붙어 앉아서 자기보다 두 배 더 일해서 극성스럽게 돈을 벌어들이니까 그 인간이 손찌검할 건덕지가 없었던 거지."

김선자가 어쩌냐는 듯 두 친구를 번갈아 보았다.

"맞다, 맞다, 그 말 맞다!" 나명희가 손바닥을 찰싹 맞때렸다가 질겁을 하며 두 손을 식탁 아래로 감추었고, "지집애, 귀신이 따로 없네. 맞아, 그 인간도 경숙이가 아무것도 아니었으면 틀림없이 주먹을 휘둘렀을 거야. 그 인간도 돈 좋아하는 사내새끼지 별수 있었겠어." 정미옥이 쓰디쓰게 웃었다.

"근데 말이야, 내가 도저히 이해가 안 되는 건, 박경숙이 개는 어쩌자고 시장통 채소 장사 아줌마가 거지 취급을 해서 뜯어내 버린 겉잎을 주워다 먹으라고 할 정도로 거지꼴을 하고 다니냐. 개는 여자도 아니고, 창피한 것도 모르나? 혹시 정신이 이상한 것 아니야?"

나명희가 짜증을 부리듯 했다.

"그거 개가 하는 말이 있잖아. 맨날 약국에만 붙어 있고, 약국에서는 흰 가운 하나만 걸치면 만사 오케이인데, 새 옷 해 입어봐야 그 속에 가려져 하나도 안 보이는데 돈 아깝게 새 옷은 뭐 하러 해 입냐는 거잖아. 그게 바로 공자님 말씀인데 남들이 뭐라고 더 말하겠어."

김선자가 손을 내저었다.

"그래서 옷이란 옷은 다 30년, 40년 돼서 낡아빠졌고, 그런 후진 옷 입고 시장에 나가니 채소 장사 아줌마가 거지 취급을 했다 그거지?"

나명희가 코웃음을 쳤다.

"응, 그게 맞긴 한데, 꼭 완전히 맞진 않아." 김선자가 비식 웃고는, "거기에 그럴 만한 사연이 있어. 박경숙이가 배추를 사려고 하면서 자꾸 깎아달라고 한 거야. 채소 장사가 몇 번 안 된다고 하다가 박경숙이가 자꾸 치근덕거리니까, 화가 나서 '그렇게 돈 아까우면 저 겉잎이나 주워다 먹으라'고 쏴 질렀어. 그러자 박경숙이가 '그래도 돼요?' 하고는 버려진 배추 겉잎들을 고르기 시작한 거야. 그리고 그 후로 박경숙이는 그 집 단골 쓰레기 청소부가 된 거지." 그녀는 하르르 한숨을 쉬며 고개를 저었다.

"아휴, 미친 기집애, 왜 사니, 왜 살아." 나명희가 고개를 내두르며 몸서리를 쳤고, "애, 애, 병난다, 흥분하지 마. 너 진정하고 박경숙의 이 말을 명심해서 들어봐. '과학적으로 볼 때 배추는 흰 속잎들보다는 푸른 겉잎들이 훨씬 영양가가 높다. 왜냐하면 푸른 겉잎들은 그만큼 햇볕을 많이 받고 자랐기 때문이다.' 그러니 영양가도 높이고, 돈도 벌고, 두 마리 토끼를 함께 잡는 것이니 좀 좋으냐는 게 현명하신 약사님의 말씀이시다. 너도 그 가르침을 따라 한번 실천해 보든가." 정미옥이 나명희를 쳐다보며 짓궂게 야유하고 있었다.

"아휴, 난 그렇게 구질구질하고 징그럽게 살려면 차라리 안 살아."

나명희는 더 심하게 몸서리를 쳤다. "근데 말야, 걔 그런 궂은일 당해 중환자로 누웠어도 동창회에서 어떻게 위로금 좀 걷자는 말도 꺼내기가 어려워."

김선자가 숟가락을 놓으며 한숨을 쉬었다.

"당연하지. 동창회는 싹 외면하고 한 번도 안 나왔으니 누가 돈을 내려고 하겠어. 오히려 그런 소식 들으면 모두 속으로 콧쌤이라고 할 판인데."

정미옥이 고개를 끄덕였다.

"걔 모교에서 전 졸업생들을 상대로 후배들을 위한 장학금 모금할 때 한 짓 모르는 졸업생들이 없잖아."

나명희가 걸지르고 나왔다.

"그러게 말야. 모금에 나섰던 여자 서무과장이 걔한테 당한 게 너무 서운하고 모독감을 느껴서 며칠을 울며 자기가 당한 일을 수많은 사람들에게 얘기하고 또 얘기하고 했으니 그 말이 얼마나 널리 퍼졌겠니. 줄곧 1등만 한 졸업생에다가, 서울 일류 대학 약학과에 합격하고, 약국까지 서울에 떡 차리고 있었으니 모교에서는 크게 기대하고 있었는데 걔가 그 짓을 했으니 서무과장이 기가 막힐 만도 했지, 뭐."

김선자가 쓰게 웃으며 혀를 찼다.

"학교에서는 얼마쯤 달라고 했었나?"

나명희도 숟가락을 놓으며 휴지를 뽑아 들었다.

"몰라, 들리는 말로는 한 100만 원쯤 기대했었던 것 같아."

정미옥이 핸드백에서 루주를 꺼내며 말했다.

"100만 원. 그때 돈 100만 원이면 적은 돈이 아닌데. 근데 겨우 그 10분의 1을 받았으니 실망이 꽤나 컸겠네."

나명희도 휴지를 버리고 루주를 꺼냈다.

"문제는 액수가 아니잖아. 그 돈을 개인에게 주는 것도 아니고 학교 발전을 위해 쓸 거니까 빈말로라도 '더 많이 드리고 싶은데 그러지 못해 죄송하다' 하고 예의를 차려야 되는 거잖아. 그런데 박경숙이는 돈 주기 싫은 속내를 그대로 드러냈으니, 그 꼴을 당하면서 서무과장이 얼마나 자존심이 상했겠어. 꼭 거지 취급 당한 기분이었을 테니까. 돈이 아무리 아까워도 그런 짓을 해서는 안 되는데……, 기집애도 참……."

김선자가 또 혀를 차며 쓴웃음을 지었다.

"아니 글쎄, 10만 원을 주면서 1만 원짜리 한 장, 한 장을 서무과장 앞에 던지듯이 했다니, 그게 어디 사람이니? 망할 놈의 기집애. 그런데 그 아니꼽고 더러운 꼴 다 참고 그 돈 받아간 서무과장이 불쌍해. 나 같으면 짝짝 찢어서 그 기집애 낯짝에 뿌려버렸을 거야."

나명희가 또 열을 올렸다.

"그러니까 넌 서무과장 못 해 잡수시는 거야. 돈을 많이 걷어야 하는 게 서무과장의 임무니 꼼짝없이 당하고 죽어라 참을 수밖에 없는 거지."

정미옥이 쓴 입맛을 다셨다.

"근데 선자 넌 어떻게 그런 정떨어지는 애하고 친했던 거니?"

나명희가 김선자를 쏘아보았다.

"애, 말조심해. 친하기는 뭘 친해. 어떻게 하다 보니까 집이 좀 가깝게 살게 돼 약국 갈 일이 생기면 걔네 약국으로 가고 한 것뿐이지. 그때는 지금하고 다르게 약사들이 조제를 해서 약을 팔았잖아. 그런데 박경숙이가 지은 약이 효과 좋게 잘 낫는 거야. 거기다 동창이기까지 하니 자주 발길을 할 수밖에. 박경숙이가 실력이 있긴 있어. 그래서 손님이 많았고, 그 시절에 박경숙이 돈 많이 벌었어."

김선자가 추억을 더듬듯 말했다.

"체, 많이 벌면 뭘 해. 효자 아들 잘 둬서 홀라당 다 날리고, 지는 말도 못 하는 병신 꼴 된걸."

나명희가 거센 어조로 오금을 박았다. "얘, 박경숙이 너무 미워하지 마. 걔 인생도 따지고 보면 참 딱하고 불쌍해. 평생 약국에 감옥살이 하듯 갇혀서 열심히 돈 모으며 살았는데 결국 끝을 보지 못하고 말년이 그 꼴 되고 말았으니."

정미옥이 길게 혀를 찼다.

"근데 아들한테 물려준 걔네 건물이 얼마짜린지 아니, 혹시?"

나명희가 여전히 날선 소리로 물었다.

"글쎄……, 잘은 몰라도 200억은 다 못 돼도 150억은 될 걸, 아마."

김선자가 고개를 갸웃갸웃하며 느리게 대답했다.

"모으기는 억세게도 긁어모았네. 근데 그 많은 돈을 아들

놈이 카지노에 미쳐서 다 날려버렸다고?"

나명희가 믿지 못하겠다는 얼굴로 두 친구를 번갈아 보았다.

"얘가 왜 세상 물정 통 모르는 사람처럼 이래? 얘, 그까짓 돈은 아무것도 아니야. 그보다 몇 배, 몇십 배 많은 재산도 카지노에 미쳐서 회사고 집이고 다 망쳐먹고, 엎어먹고 해서 이혼당하고, 노숙자 신세 되고, 자살하고 하는 꼴들이 얼마나 많은데 그래?"

정미옥이 어이없다는 듯 헛웃음을 쳤다.

"그래, 카지노 그것도 중독되면 마약처럼 무서운 모양이더라. 카지노에, 증권에, 요새 새로 유행하는 거 뭐 있지, 비트코인인지 가상 화폐인지 하는 것에 정신 팔려 큰돈 날리고 집안 망치는 사람들이 너무 많은가 봐. 왜 그 난리들인지 모르겠어."

김선자가 근심스럽게 말하며 시계를 보았다.

"다 돈에 미쳐서 그렇지, 뭐. 다 쉽게, 많이 벌고 싶어 환장들 해서."

정미옥이 핸드백을 챙겨 들었다.

"그나저나 박경숙이 세 딸들이 착하다. 요새 여자들 같지 않게 아들한테 재산 다 몰아주게 가만있었으니."

나명희도 핸드백을 들며 말했다.

"착하기는 뭘. 박경숙이 독기가 워낙 세니까 다들 꼼짝을 못 했던 거지."

김선자가 피식 웃으며 몸을 일으켰다.

시장통 노천 주점은 각종 고기와 생선들 굽는 냄새가 푸른 연기와 함께 진동하고 있었다. 그 진한 냄새와 연기에 어울리게 주객들이 마음 놓고 떠들어대는 소리가 시끌벅적했다. 불빛 휘황하고 윤기 번들거리는 대도시 서울 한복판인데도 시장통으로 접어들면 그런 싸구려 술판이 질펀하게 펼쳐지고 있었다. 그것이 사람 많이 몰려 사는 서울의 양면성이고 진면목인지도 몰랐다. 부자보다 훨씬 많은 가난한 사람들이 모여들어 삶의 고단함을 푸는 위안처로.

배승우와 이동욱은 노천 주점 한쪽에 자리 잡았다.

"술, 안주 뭘로 하시게요?"

때 전 빨간색 앞치마를 두른 통통한 아가씨가 다급한 기운을 풍겨내며 그들에게 주문을 독촉했다.

"뭐 할까?"

아가씨의 앞치마보다 더 때 전 메뉴판을 보며 이동욱이 말했다.

"술은 쐬주고, 안주는 뭐가 있어? 삼겹살……, 꼼장어……, 닭발……."

배승우가 하나씩 손가락으로 짚어나가다가 닭발을 시켰다.

"아 씨바, 삼겹살도 못 먹고 제일 싸구려 닭발이나 시키다니."

배승우가 거칠게 내뱉으며 두 손바닥으로 얼굴을 와락 훔쳤다.

"그래, 한 달 전에만 해도 요따위 덴 거들떠도 안 봤잖아. 우리 신세 참말로 좆 됐다."

이동욱이 침과 함께 내뱉은 말이었다. "아아, 사람 팔자 시간문제라더니, 그 말은 꼭 우릴 두고 하는 말이었어."

배승우가 그야말로 땅이 꺼질 지경으로 심한 한숨을 토해냈다.

"근데 느네 경매는 어찌 됐어?"

이동욱이 근심스럽게 물었다.

"결국 깽판 나게 생겼다."

배승우가 짜증스럽게 대꾸하며 담배를 꺼냈다.

"뭐야? 그분, 이태하 변호사님 안 만나봤어?"

이동욱이 원탁 앞으로 바짝 다가앉으며 마른침을 삼켰다.

"만나봤어."

배승우가 무뚝뚝하게 뱉고는 담배에 불을 붙였다.

"근데 뭐래? 못 도와준대?"

"빌어먹을, 아무 말도 안 했어."

"뭐라고? 뭐든지 도와준다고 했다면서? 근데 맘이 변했대?"

초조한 빛의 이동욱은 연달아 묻고 있었다.

"했지. 입이 안 떨어지는 것을 진땀 흘려가며 다 말씀드리고, 곧 경매 처분 될 판이니 좀 도와달라고 부탁했지."

배승우는 어깨를 축 늘어뜨리며 아까보다 더 진한 한숨을 토해 냈다.

"근데 안 된대?"

이동욱이 원탁 앞으로 더 다가앉았다.

"아무 말도 안 하고 나를 쏘아보는데, 아아 무서워. 아아 숨 막혀. 나 죽을 뻔했다."

배승우는 지금도 숨이 막힌다는 듯 옷 앞가슴을 빠르게 잡아 흔들며 부채질해 댔다.

"아무 말도 안 하는데 뭐가 그리 무서워?"

이동욱이 이해할 수 없다는 듯 배승우를 의아하게 쳐다보았다.

"말도 마. 쏘아보는 그 눈으로 모든 말을 다 하고 있었어."

"여기 술, 안주 나왔어요."

몸집 실한 아가씨가 아까처럼 어기차게 말하며 술병과 잔과 닭발들 담긴 플라스틱 그릇을 거칠게 내려놓았다.

"눈으로 모든 말을 다 했다고? 무슨 말을?"

이동욱은 아가씨가 놓고 간 것에는 신경도 쓰지 않고 묻기에 바빴다.

"야, 야, 닭발부터 구워라. 우리가 괄시했던 쐬주라도 털어 넣어야 그나마 얘기할 기분이 나지." 배승우가 상을 찌푸리며 투덜거렸고, "응, 그래. 술부터 한잔하자" 하며 이동욱은 서둘러 술병을 땄다.

배승우는 찰찰 넘치는 잔을 단숨에 비워버렸다.

그것을 지켜보던 이동욱도 '내가 질까 보냐' 하듯이 잔을 발딱 뒤집었다.

"씨바, 양주를 먹고 취하나 쐬주를 먹고 취하나 취하긴 매일반이다." 크으 소리와 함께 배승우가 내뱉었고, "와아, 우리 신세가 이 꼴 되다니 도저히 믿을 수가 없네." 이동욱이 고개를 하늘로 젖히며 탄식을 토해 냈다.

"그래, 그때, 벤츠를 몰고 강원랜드로 질주할 때, 그땐 몰랐지, 이 꼴 될지 정말 몰랐지."

배승우는 읊조리듯 하고는 두 번째 잔도 한꺼번에 비웠다.

"아슬아슬, 짜릿짜릿, 곧 크게 딸 것 같았는데, 코인이 곧 내 앞에 산더미로 쌓일 것 같았는데……."

이동욱도 눈을 가늘게 뜨고 독백하듯 하고는 잔을 단숨에 비웠다.

"씨바, 그놈의 아슬아슬, 짜릿짜릿이 우리 신세 요렇게 조지게 만든 독약이라구."

배승우가 침을 내뱉듯 말하고는 세 번째 잔도 단숨에 꺾었다.

"그렇지, 전신이 간질간질하게, 사람 몸살 나게 하고, 참을 수 없게 살살 꼬드겨대는 독약이고, 마약이었지. 아아, 그 간질간질하고, 스멀스멀하고, 그 환장할 것 같은 기분을 이겨낼 수가 없었어, 도저히 참아낼 수가 없었어. 밤마다 돈 따는 꿈을 꿔댔으니까."

이동욱의 목소리가 점점 가라앉아가며 물기가 젖는 듯하더니 세 번째 잔도 그대로 발딱 뒤집었다.

"화아, 깡쐬주 석 잔에 술기운 화끈하게 퍼지네." 배승우가 입술을 훔치며 부르르 떨었고, "괜히 쐬주를 서민의 벗이라고 했겠어. 이 맛에 쐬주 마시는 거지." 이동욱이 가스버너 위의 닭발을 뒤적였다.

"그래, 양주만 홀짝거리던 우리가 갑자기 서민으로 곤두박질쳐져 이렇게 쐬주한테 고마워하고 있다니, 우리 신세 참 기막히고도 서럽다."

배승우가 쓴웃음을 지었다.

"야, 이젠 얘기 좀 해봐라. 그 이태하 변호사님 이야기."

이동욱이 다시 닭발을 뒤적거리며 배승우를 쳐다보았다.

"차암, 나 그렇게 무시무시한 눈은 생전 처음 보았고, 눈에서 그렇게 많은 말이 쏟아지는 것도 처음 겪은 일이야." 배승우가 술잔을 반쯤 비우고는 닭발 하나를 집어 들며, "내가 차

마 입이 떨어지지 않았지만, 변호사님 앞에서 딴말 꾸며댔다가 눈치 귀신인 변호사님한테 걸려들면 아무 도움도 못 받을 것이 무서워 사실대로 이실직고했지. 친구와 함께 카지노에 미쳐서 공장 잡히고 돈 빌렸는데 결국 다 날리고, 공장 경매 처분 될 형편이니 어떻게 변호사님께서 좀 도와달라고 사정했지. 그랬더니 그분이 독한 눈길로 날 쏘아보는데 그 눈에서 이런 말이 쏟아져 나오기 시작했어. '너도 사람이냐! 느이 아버지가 왜 사람을 죽였고, 왜 10년 감옥살이를 하게 됐는지 너 잘 알지 않느냐. 그 공장 지키려고, 너의 할아버지가 평생 고생고생해서 일군 그 공장을 지키려고, 그래서 너한테 고이 넘겨주려고 그랬다는 것을 넌 너무 잘 알지 않느냐. 너 나와 함께 아버지 면회할 때, 아버지가 그 말씀을 얼마나 애타게 했는지, 공장 잘 지키라고 신신당부하신 말씀 나랑 똑같이 듣지 않았느냐. 그때 너 뭐라고 대답했느냐. 염려 마시라고, 잘하겠다고 몇 번이고 약속하지 않았느냐. 그리고 무슨 일이 생기면 꼭 변호사님한테 알리고, 변호사님이 시키는 대로 하라고 하시지 않았느냐. 그런데 아버지 부탁과는 정반대로 행동해서 공장을 날릴 위험에 빠뜨려? 그러고 나서 나보고 도와달라고? 너도 사람이냐!' 이런 말이 쏟아지는 그 무서운 눈길 앞에서 난 꼼짝달싹 못 하고 부들부들 떨고만 있었어."

배승우가 그때 상황이 다시 떠오르는지 숨을 몰아쉬며 반 남은 술잔을 비웠다.

"그게 다야?"

이동욱이 안타까운 얼굴로 물었다.

"아니, 마지막 한마디를 했어."

"뭐라고?"

"은행 업무는 법원 업무가 아니라서 나는 손쓸 아무 능력 도 없다. 가거라.' 이렇게 싸늘하게 말하고는 소파에서 일어나 버렸어. 그 전에 다정하게 대해 주었던 모습은 간 곳이 없던 그 냉정함은 '다시는 찾아오지 마라'는 말이나 마찬가지였어. 그래, 그분이 그렇게 냉정하게 변해 버린 것은 다 내 잘못이 지 뭐. 내가 아버지를 배신한 거니까. 이 미친놈이."

배승우의 목이 잠기며 자기 잔에 손수 술을 따랐다.

"그럼 그대로 있으면 안 되잖아. 공장을 급매로, 다 당하기 전에 급매로 내놓아야잖아."

이동욱이 술잔을 들며 말을 더듬었다.

"그야 내놨지."

"근데?"

"너 몰라? 느네 건물도 급매로 내놨지만 작자가 없어서 경매 당하고 말았잖아. 그런데 건물에 비해 공장은 더 어렵잖아."

배승우의 얼굴이 일그러지며 쓴 입맛을 다셨다.

"아아, 그럼 어쩌냐……."

이동욱이 어깨를 늘어뜨리며 신음하듯 말했다.

"어쩌겠냐. 나도 너처럼 지옥으로 떨어지는 거지."

배승우가 닭발을 입에 몰아넣더니 우적우적 씹어댔다.

"……."

이동욱은 술잔을 천천히 기울이며 한 가닥 기대가 무너져버리는 절망감에 빠지고 있었다. 배승우네 공장이 경매 전에 빨리 처분되면 약간이나마 도움을 받을 수 있지 않을까 기대하고 있었던 것이다.

"어머니는 어떠시냐? 좀 차도가 있으셔?"

배승우가 가라앉은 소리로 물었다.

"아니……."

이동욱도 완전히 풀 죽은 목소리였다.

"의사는 뭐래?"

"자기네도 잘 모르겠대."

"그거 참 큰일이다."

"그보다 더 큰일이 있어."

"그보다……?"

"마누라가……."

"마누라? 왜?"

"이혼하자고……."

"그래 뭐랬어?"

"말할 틈도 없었어. 친정으로 가버렸으니까."

"애들은?"

"둘 다 데리고."

"빠르기도 하다."

"나 때문만은 아니야. 더 나빠지기 전에 피난을 가버린 거지."

"피난⋯⋯?"

"어머니가 퇴원하게 되면 말을 못 하는 중병 환자 시어머니를 모셔야 되잖아. 집안은 다 거덜 나버렸는데."

"뭐, 할 말 없네."

"넌 괜찮아?"

"괜찮을 리 있냐. 날마다 이혼하자고 난리고, 공장 빨리 처분되면 살아날 길이 있으니까 좀 참으라고 달래고 빌고 하면서 진땀 뺀다."

"우리 신세 참 막판이로구나. 이걸 어쩌지, 빌어먹을."

이동욱이 깊고 긴 한숨을 물었다.

"기다려봐, 내가 생각하는 게 있으니까."

배승우가 이동욱의 잔에 술을 따라주며 말했다.

"무슨 좋은 수가 있어?"

이동욱이 술잔을 들다 말고 반색을 했다.

"글쎄, 기다려. 오래 안 걸려."

배승우가 무표정하게 말하며 술잔을 기울였다.

"근데 느네 아버지는 어찌 됐어?"

이동욱이 담배를 빼 들며 물었다.

"뭘?"

"이 꼴 된 거 아시냐고?"

"하이고 야, 머리 삥 도는 소리 하지를 말어라. 아시면, 우리 아버지 성질에 난 당장 죽음이다. 며칠 전에 면회 갔었는데 아무것도 모르셔. 공장 잘 돌아가냐고 이것저것 물으셨으니까."

"거 이 변호사님 의리 있으시다. 안 알리고 참으신 걸 보면."

"모르는 소리 마. 그건 날 위한 의리가 아니고 친구를 보호하기 위한 우정이라고."

"느네 아버지를 위한 우정……?"

"당연하잖아. 이 꼴 된 걸 아버지가 다 아시면 어찌 되겠니? 느네 어머니만 충격 받아서 그렇게 되시겠니? 운동하신 우리 아버지 급한 성질에 느네 어머니보다 훨씬 심하게 심장마비로 급사했을지도 모른다. 아휴, 무서워."

배승우가 전신을 부르르 떨었다.

"그래, 감옥에까지 갇혀 계시니까. 근데 10년 형이면 앞으로 감감하게 남았는데, 어쩌냐?"

"아냐, 그건 아주 짧은 거래. 우리 아버지 같은 경우 길면 무기고, 잘해야 25년 형이래. 근데 우리 아버지는 1심에서 20년, 항소심에서 10년으로 줄었어. 그건 순전히 이 변호사님의 능력이 뛰어나 변론을 잘해서 그런 거고, 이 변호사님이 엄청 애써서 그리된 거래. 이 변호사님은 참 좋으신 분이야. 변호사비도 서류 접수에만 필요한 액수로 최소한으로 받으셨고. 세상에 그렇게 양심적인 분은 없을 거래. 우리 아버지가 고등학교 동창 한번 잘 둔 거야."

"어쨌거나 우리가 미쳐도 단단히, 아주 완전하게 미쳐버린 거야."

이동욱이 갑자기 엉뚱한 소리를 했다.

"무슨 소리야, 갑자기……?"

술을 마시려다 말고 배승우가 이동욱을 멀뚱히 쳐다보았다.

"거 있잖아, 이렇게 개박살 나기 전에, 재산을 절반쯤 날려먹었을 적에 손을 씻었어야 했는데, 우리 둘 다 금방 딸 것 같고, 금방 딸 것 같은 간질간질하고 짜릿짜릿한 기분에 취해 정신 못 차리다가 이 꼴 돼버렸으니, 이제 이걸 어쩌면 좋으냐구."

"허 참, 너 싱거운 거냐, 바보인 거냐? 그딴 소리가 이제 와서 왜 필요해? 너야말로 진짜 미친놈이다. 그딴 소리 천 번, 만 번 해봐라. 죽은 자식 불알 만지기란 게 딱 그거니까. 막

말로 그 무서운 이태하 변호사님이 알고 우리 짓을 막으려 들었어도 우린 그 말을 안 들었을 거다. 우린 아무 대책 없는 병자들이었어. 마약중독자들이 쇠고랑 찰 때까지 그 짓을 끊지 못하고 계속하는 것처럼. 우리도 이렇게 끝장나게 돼 있는 노름 중독자들이었으니 더 말 마."

배승우가 짜증을 부리며 담배 연기를 길게 내뿜었다.

"알어. 그치만 그 많은 돈을……, 그 많은 돈을……."

이동욱이 신음하듯 하며 몸을 비비 꼬았다.

"새끼, 쪼잔하긴. 미국 라스베이거스에 원정 다녔던 형제가 해 잡수셨던 돈에 비하면 우리가 날려먹은 액수는 그야말로 새 발의 피다. 아니 모기 다리 피다."

"아니, 그 사람들이 누군데? 그 사람들이 얼마를 날려먹었기에 그런 소리야?"

이동욱이 술기운 불콰하게 퍼진 얼굴로 배승우를 멍하니 쳐다보았다.

"거 있잖아, 몇 년 전에 벌어졌던 어떤 제약 회사 두 아들 사건 말야. 두 형제가 카지노에 미쳐서 라스베이거스 카지노에서 보낸 전용기를 타고 태평양을 건너가셔서, 한 번 행차에 보통 30, 40억씩 해 잡수셨대잖아. 흰말들까지 타시면서 말야. 그렇게 4~5년 진탕 노시다가 결국 아버지가 남겨준 5천억짜리 회사 딴 사람 손으로 넘어간 사건 말야."

"허, 5천억……, 그것에 비하면 우리가 날린 건 모기 다리 피가 맞기는 맞네. 근데 그 형제는 어찌 됐어?"

이동욱이 맥 다 빠진 소리로 물었다.

"어떻게 되긴. 큰아들은 무슨 병에 걸려 얼마 못 가 죽고, 작은아들은 어찌 됐는지 아무 소문도 없어. 보나 마나 비참하게 됐겠지, 뭐. 지금쯤 죽었는지도 모르고."

배승우는 혼잣말하듯 하고는 술잔을 천천히 기울였다.

"어, 취한다. 그만 가자. 나 또 병원에 가봐야 돼, 어머니한테."

이동욱이 일어날 채비를 했다.

"씨바, 그래도 이렇게 만나니까 맘이 좀 낫다. 그나저나 어머니가 빨리 나으셔야 할 텐데 큰일이다. 근데 참, 느네 누나들은 어때?"

마지막 잔을 비운 배승우가 닭발을 씹으며 물었다.

"말 마. 자기네한테 돈 안 준 원수 갚자고 서로 짠 것인지 병원에 코빼기도 안 비쳐."

"화아, 독종들이네."

"그럴 줄 알았어. 나도 무지 미워했으니까. 어쩔 수 없지, 뭐."

이동욱이 혀를 차며 일어섰다.

"내가 경매 꼴 봐가면서 또 연락할게."

"그래, 어떻게 잘돼야 할 텐데……."

"뭐, 잘되긴 다 글렀고. 그냥 돼가는 대로 두고 보자. 잘 가."

배승우가 이동욱의 어깨를 쳤다.

은행은 표정이 없었다. 인정도 없었다. 분명 사람이 움직이는 조직인데 사람의 냄새도, 사람의 향기도 없었다. 거침없이 돌아가는 거대한 기계와 다름이 없었다. 종이에 적힌 대로 가차 없이 행동에 돌입했다. 그 냉정함 앞에서 배승우는 허약한 허수아비로 당하기만 했다. 경매는 정해진 날짜에 어김없이 단행되었다.

배승우는 아버지와 자신이 산산조각으로 깨져나가는 참담한 심정으로 경매를 지켜보면서 한 가닥 기대를 가지고 있었다. 낙찰이 자신의 융자액보다 조금이라도 더 높게 이루어지기를 바라고 있었다. 그러나 그 기대는 여지없이 깨지고 말았다. 애초에 그런 기대를 했던 것이 어리석은 일이었다. 입지가 좋은 아파트에는 그런 일이 있을 수 있지만 수요가 특정되어 있는 공장에는 있을 수 없는 일이라고 했다.

1차 경매는 자신의 융자액보다 낮은 가격에서도 유찰되었다. 배승우는 캄캄한 절망에 빠지고 말았다.

그러나 절망은 그것으로 끝나지 않았다. 이제 유일한 재산으로 남아 있는 아파트가 가압류를 당한 것이었다. 아내가 이혼소송을 제기하면서 자기의 위자료와 아이들 양육비를 받아내기 위한 행위였다. 그 매정함에 배신감과 분노가 치솟

왔지만 어쩌는 수가 없었다. 아내를 먼저 배신한 건 자신이기도 했던 것이다.

그러나 절망은 또 거기서 끝나지 않았다. 기계 멈춘 공장에서 20여 명의 공원들이 맹렬한 기세로 시위를 벌이고 있었다. 공장 경매가 알려지면서 시작된 임금과 퇴직금 요구 투쟁이었다.

배승우는 겹겹의 절망에 싸여 아무것도 보이지 않았다. 이렇게 짙은 어둠에 갇힌 것은 난생처음이었다. 모든 길은 막혔고, 그 어디에도 탈출구가 없었다.

그 어디에도 붙들 것이 없었다. 생각하다 못해 아내에게 전화를 했다. 그래도 기댈 데는 아내밖에 없었다. 그러나 열 번, 스무 번, 아내는 전화를 받지 않았다. 그러다가 더 못 견디겠던지 문자가 날아왔다.

—자꾸 전화하지 말아요. 법대로 해요.

그렇게 마음 상하고 부대끼느라고 두 달이 지났다. 배승우는 가까스로 마음을 추슬러 이동욱에게 전화를 걸었다.

"나 엉망진창, 난장판이라 전화 못 했어."

이동욱이 기운 다 까라진 소리로 말했다.

"나도 엉망진창, 개판이다. 만나서 쐬주나 한잔하자."

배승우도 맥 다 빠진 소리로 말했다.

"나 이제 쐬주 값도 없어."

이동욱이 한숨 푹 쉬는 소리가 유난히 크게 울려왔다.

"나한테 있어, 쬐끔."

자기도 모르게 나가버린 쬐끔이란 말에 배승우는 벌컥 짜증이 솟았다.

"알았어. 오늘 만나."

이동욱의 목소리에 약간 기운이 느껴졌다.

"응, 지난번 그 시장통으로 해. 값도 싸고, 맘대로 떠들어도 되고."

배승우도 다소 기운을 차리며 말했다.

"니 얼굴이 어째 그 모양이냐. 삐쩍 마른 게 안색도 안 좋고."

이동욱과 악수하던 배승우가 얼굴을 찌푸리며 말했다.

"넌 뭐 괜찮은 줄 아니? 너도 몰라보게 변해 버렸다."

이동욱도 얼굴이 구겨지며 혀를 찼다.

"씨바, 인생 끝장났다."

배승우가 빨간 플라스틱 의자에 털퍽 주저앉으며 내뱉었다.

"그래, 끝장은 끝장인 것 같으다."

이동욱도 무겁게 몸을 부리며 한숨을 푹 쉬었다.

"넌 친정으로 가버린 마누라가 조용하냐?" 배승우가 담배를 꺼내며 물었고, "그보다 먼저 할 얘기가 있어. 저어……, 어머니가 돌아가셨어" 하며 이동욱의 눈자위가 금세 붉어졌다.

"뭐야? 근데 왜 안 알려?"

배승우가 깜짝 놀라며 의자에서 등을 뗐다.

"아무 데도 연락 안 하고 나 혼자서 장례 치렀어."

이동욱이 손등으로 눈물을 닦았다.

"혼자서?"

"응, 너도 죽을 똥 살 똥 허덕거리고 있는데, 일부러 연락 안 했어."

"미친놈, 근데 누나들은?"

"안 왔어. 어머니가 원망스러워서만이 아니라 내가 미워서 안 왔을 거야. 내가 워낙 잘못했으니까."

"그래도 그렇지, 야. 어머니한테 아무리 유감이 많아도 돌아가셨는데, 돈 못 받은 감정을 그렇게들 풀었구나. 느네 누나들 독종들이 아니라 악종들이다."

배승우가 얼굴이 벌겋게 되어 목청을 높였다.

"괜찮아. 그렇게들 해서 감정이 풀렸다면 그렇게 해야지, 뭐. 내가 워낙 잘못했으니까."

이동욱이 자기가 워낙 잘못했다는 말을 또 하며 울음을 추슬렀다.

"글쎄, 그렇게들 했다고 감정이 풀렸을까……?" 배승우가 고개를 갸웃하고는, "근데 마누라가 조용하지 않은 눈치네?" 하며 그는 이동욱을 빤히 쳐다보았다.

"아유, 말 마라. 알거지 된 나를 살껍질까지 벗기려고 달려

들고 있다."

이동욱이 고개를 저으며 쓴 입맛을 다셨다.

"살껍질……? 혹시 느네 아파트 먹으려고 달겨든 거 아니냐?"

"아니, 너 그거 어떻게 알아?"

이동욱이 소스라치게 놀랐다.

"뭐 그렇게 놀랄 것 없어. 나도 똑같이 당하고 있으니까. 이혼 위자료와 애들 양육비 쪼로."

"맞어, 맞어. 어찌 그리 약속이나 한 것처럼 똑같으냐. 요새 여자들 하여튼 무지무지 똑똑해. 아, 밥맛 떨어져."

이동욱이 고개를 설레설레 저었다.

"그게 아니고, 그거 다 변호사 양반들이 연출하시는 놀음인 거야. 성공보수인가 뭔가까지 톡톡히 챙겨 넣으려고 남자한테 뜯어낼 모든 방법을 다 가르쳐준 거라고."

배승우가 쓴웃음을 지었다.

"어쩐지. 변호사 그것들 우리 같은 사람들 이용해 돈벌이하자는 수작질이잖아."

"당연하지. 의사고 변호사고 다 돈벌이야, 돈벌이."

그동안에 더 살이 찐 지난번의 그 아가씨가 술과 안줏감을 놓고 갔다.

"자아, 속 터지는데 술부터 붓자."

배승우가 급히 소주병을 땄다.

"그럼 말야, 마누라들이 원하는 걸 안 줄 수가 없을 것 같은데, 그럼 우린 어찌 되냐?"

이동욱이 닭발을 가스버너 위의 불판에 부었다.

"아까 말했지, 살껍질 벗기려고 덤빈다고." 배승우가 얼굴을 잔뜩 찡그리고는, "마셔, 어서 마셔. 씨바, 취해야 무슨 말이 나오지. 마시라구" 하며 술잔을 내밀었고, 이동욱이 술잔을 들어 배승우의 잔에 부딪쳤다. 그들은 다급하게 잔을 발딱 뒤집었다.

배승우가 또 술을 따랐고, 그들은 또 단숨에 들이켰다. 이번에는 이동욱이 술을 따랐다. 그들은 또 거침없이 술잔을 비웠다.

"이래저래 다 뜯기고 나면 너와 나는 결국 완전 빈털터리 알거지가 되는 거지."

배승우가 뿌드드득 소리가 나도록 이를 갈아붙였다.

"그럼 그거……, 그거……, 어, 어찌 되는 거지?"

이동욱이 심하게 말을 더듬었다.

"별수 없이 노숙자 되는 거지."

"노, 노숙자……?"

"그래, 노숙자. 너 떨지 말고 내 말 들어. 중국 진출 초창기에 비닐 팩 만들어 돈 많이 벌었다는 오 사장 알지? 강원랜드에서 자주 만났던."

"응, 알아. 그 딸기코 오 사장."

"그 사람을 얼마 전에 만났다."

그들은 또 술을 따르다 새 병을 땄다.

"어디서? 그 사람 거덜 나서 강원랜드에서 자취를 감췄잖아."

"그런데 그 사람을 서울역에서 만났다. 지하철에서 내려 막 밖으로 나서는데 누가 갑자기 앞을 막아서며 천 원만 달라는 거야. 처음엔 얼핏 몰랐는데 완전 거지꼴인 그 사람이 오 사장이었던 거야. 그 사람도 뒤늦게 나를 알아보고 당황하더니 이내 침착해져 빨리 천 원만 달라는 거야. 두 끼를 굶었다고. 창피도 뭐도 모르는 딱 거지였어. 그 꼴을 더 보고 있을 수가 없어서 얼른 천 원을 주고 헤어졌어. 그런데 그때 느꼈어. 너와 나, 우리도 결국에는 그 꼴 될 수밖에 없다는 것을."

배승우는 침통하게 말을 끝내고는 바로 술잔을 비웠다.

"안 돼, 그건 안 돼. 죽어도 그건 안 돼."

이동욱은 울먹이듯 하며 부들부들 떨다가 급히 술잔을 비웠다.

"안 되는 건 마음뿐이고 결국 남은 건 그 길뿐이다."

배승우가 냉정한 어조로 말하고는 또 잔을 비웠다.

"아……, 그런 말 하지 마. 나 죽을 것 같으다."

이동욱은 완연히 울먹이며 또 잔을 비웠다.

그리고 둘은 더 말이 없이 연달아 술잔만 비우기 시작했다. 빈 병이 금방 여섯 개가 되었다.

"취하냐?"

배승우가 이동욱을 똑바로 쏘아보며 물었다.

"응, 취해. 넌?"

이동욱이 혀 꼬부라진 소리를 냈다.

"잘됐다. 내가 오늘 해결책을 가지고 널 만나자고 한 것이다."

"해결책? 그게 뭔데?"

이동욱이 똑바로 앉으며 물었다.

"노숙자가 되기 싫으면 우리한텐 딱 한 가지 방법밖에 없다."

"딱 한 가지? 그게 뭔데?"

"그만 뜨자."

"떠? 어디로?"

"죽자고."

"주, 죽어?"

"그래, 혼자 죽기 겁나니까 우리 함께 죽자. 고등학교 때부터 우린 제일 친했고, 제일 친해서 이 꼴까지 됐으니까 함께 죽자고. 우릴 이 꼴 만든 데다 복수하고, 원수 갚고 함께 죽어버리자고. 그럼 깨끗하게 끝나."

"아…… 나 미치겠다. 나도 앞이 캄캄해서 죽는 것도 생각해 봤는데……, 그거 무서워서……, 무서워서……."

이동욱이 이빨까지 마주치며 와들와들 떨어댔다.

"그러니까 혼자가 아니라 함께 죽자는 거잖아. 우리 둘이 함께 죽으면 절대 안 무서워. 지금처럼 잔뜩 취해서 죽으면 하나도 안 무서워. 어떡할래? 할래, 안 할래? 빨리 결정해."

"그걸……, 그걸……, 어떻게 하는 건데……?"

이동욱이 말이 꼬이도록 더 심하게 떨고 있었다.

"니가 결정하기만 하면 준비는 내가 다 알아서 해."

배승우가 술 취한 것 같지 않게 또렷하게 말했다.

"그래, 알았어. 너랑 함께라면 안 무서울 것 같아. 그래, 함께 뜨자."

이동욱이 꽉 잠긴 소리로 말했다.

"좋아, 이틀 있다가 연락할게. 준비 완전히 끝내서." 배승우가 술잔을 들었고, "넌 항상 나보다 배짱이 쎘으니까……." 이동욱이 술잔을 부딪쳤다.

그들은 이틀 뒤에 만났다. 이동욱과의 약속 장소에 배승우는 벤츠를 몰고 나타났다.

"어떻게 된 거야?" 이동욱이 놀라 물었고, "내가 완전히 준비한댔잖아. 현찰 착 내고 렌트했지." 배승우가 빨리 타라고 엄지손가락을 세워 까딱거렸고, "그 돈은?" 이동욱이 더욱 놀라며 물었고, "땡겼지. 신체 포기 각서 써주고 왕창 땡겼지." 배승우가 태연하게 웃었고, "뭐, 신체 포기 각서? 어쩔려고?" 이동욱이 한층 더 놀랐고, "미친놈, 정신 차려. 우리 지금 뭐 할 건지 몰라?" 배승우가 이동욱의 어깨를 쳤고, "아, 그렇지, 그렇지." 이동욱이 안전벨트를 매며 고개를 끄덕였다.

그들의 차는 강원도의 고속도로를 2시간 넘게 질주했다. 그리고 높은 건물이 멀리 보이는 곳에 멈추었다.

배승우가 뒷자리의 가방에서 양주를 꺼냈다.

"세 병이나 있으니까 실컷 마셔. 그래야 안 무서워지니까."

배승우가 이동욱의 잔에 술을 따르며 말했다.

"그래, 지금도 별로 안 무서워. 너랑 함께 있으니까."

이동욱이 배승우의 잔에 술을 따르며 말을 받았다.

"그래, 그럼 됐어. 많이 마시자."

그들은 별말 없이 연달아 술만 마셨다.

어둑어둑해졌을 때 그들은 양주 한 병씩을 마시고 몸을 가누기 어렵게 취했다.

"지금부터 복수전 전개다. 원수를 갚으러 가자!"

배승우가 자동차에 시동을 걸며 외치듯이 말했다.

"가자, 원수 갚으러. 배승우 최고다. 나 하나도 안 무섭다!"

이동욱이 배승우보다 더 크게 외쳐댔다.

"자아, 간다아!"

배승우의 외침과 함께 차가 출발했다.

"좋아, 밟아, 밟아! 더 밟아!"

이동욱의 외침에 따라 차가 점점 속도를 내기 시작했다.

계기판 바늘이 금방 100을 넘었고, 150을 넘었고, 200에 육박하면서 자동차는 높은 건물을 향해 돌진하고 있었다.

오줌 찍어 먹는 모정

윤민서는 카페로 들어서며 코를 큼큼거렸다. 넓은 홀에 가득한 커피 향이 무슨 진한 꽃향기처럼 물큰 풍겨왔던 것이다.

'커피는 마시는 것보다는 이 향이 더 좋아.'

윤민서는 이 생각과 함께 눈을 잠깐 사르르 감으며 숨을 깊이 들이켰다. 무어라 표현하기 어려운 커피 향 특유의 고소 달콤한 듯 아련한 향기가 폐부 깊숙이 퍼지고 있었다.

그러나 커피 향은 두 번, 세 번 마시려 하면 어느새 문득 스쳐간 바람결처럼 흔적이 희미해지고 말았다. 윤민서는 사라진 커피 향을 아쉬워하는 듯 코를 큼큼거리고 벌름거리며 홀 안을 둘러보았다. 어느 카페나 그렇듯 홀 안에는 젊은이

들이 가득했다. 20, 30대 젊은이들이 한가롭게 커피를 즐기고 있었다. 그 분위기에서 자신은 늙었다는 생각이 문득 스치는 것을 윤민서는 느끼고 있었다. 50대 중반이 조금 지났을 뿐인데 이런 데 오면 피할 수 없이 생겨나는 이질감이었다. 식당이나 술집 같은 데서는 전혀 느낄 수 없는 감정이었다.

어쩌면 그건 요즈음 젊은이들 사이에서 유행하고 있는 '꼰대'라는 말 때문인지도 몰랐다. '쪽팔려'라는 말처럼 발음도 상스러운 그 말은 기성세대를 한마디로 거부하고 불신하고, 정치권의 천박한 신유행어인 '갈라치기' 하는 것이었다. 그런 인식 때문에 젊은이들 많은 데 오면 어쩔 수 없이 늙었다는 생각이 드는 모양이었다. 하긴 50대 중반을 넘겼으면 틀림없이 20, 30대의 부모 세대이니 '꼰대'인 것은 분명했다. 혼자 생각하면 아직도 청춘 같은데.

홀을 둘러보던 윤민서의 눈길이 한 곳에 멈추었다. 사촌 동생이 저쪽 구석에서 무언가를 쓰고 있었다. 윤민서는 그쪽으로 발길을 옮기며, '딴 자리도 있는데 왜 저리 구석이야' 하고 생각했다. 그쪽은 좀 침침하고 갑갑한 느낌이 들었던 것이다.

"야, 우크라이나 전쟁 쉽게 끝나지 않을 것 같지?"

"푸틴 그거 단단히 좆 물렸지, 뭐."

"맞아. 젤렌스키가 콱 물고 늘어지니 꼼짝달싹을 못 하는 거지."

"그 젤렌스키, 코미디언 출신이라길래 우습게 봤는데 전혀 그게 아니야. 우크라이나를 구한 영웅이야."

"맞아. 세계 대통령들 중에서 단연 최고야. 대통령이 그렇게 목숨 걸고 나서니까 국민들이 똘똘 뭉쳐 싸우잖아."

젊은이 넷이 낮은 소리로 이야기를 나누고 있었다.

"야, 우크라이나 국민들이 그렇게 일치단결해서 싸우는 게 꼭 대통령의 용기 있는 태도 때문만은 아니잖아?"

"그야 그렇지."

"그게 뭐지? 그 냉정하고 고약하게 생긴 푸틴이 싫어선가?"

"글쎄, 여러 방송에서 유명한 사람들이 이런저런 말들을 많이 하는데 종잡을 수가 없더라구."

윤민서는 걸음을 멈추고 그들의 이야기를 더 듣고 싶었다. 그러나 그럴 수는 없었다.

젊은이들은 카페에 노닥거리고 앉아서 하잘것없는 잡담을 하는 것이 아니었다. 심각한 국제 문제를 화제로 삼고 있었다. 그런 그들이 아주 대견해 보였고, 그들의 이야기가 어떻게 전개되는지 궁금하지 않을 수 없었다. 우크라이나 전쟁은 이미 세계적인 곡물 파동, 기름 파동을 불러와 우리나라도 경제불황, 물가 인상의 직접적 피해를 입었던 것이다.

그런데 자신은 그동안 친구들과 여러 차례 모여 앉았으면서도 저런 식의 대화를 해본 적이 없었던 것이다. 거의가 회사에 근무하는 탓에 자연히 돈벌이 얘기가 전부를 차지하다시피 했다.

그 대화의 질적 차이는 아예 비교가 되지 않았다. 그러니 젊은이들이 50대 이상을 싸잡아 '꼰대'라고 폄하하고, 외면하는 것은 어쩌면 자연스럽고 당연한 일이기도 했다.

"일찍 왔네."

윤민서는 사촌 동생 앞에 이르러 인기척을 냈다.

"아 예, 형님, 안녕하세요?"

윤한서가 벌떡 몸을 일으키며 인사했다.

"뭘 그렇게 열심히 써?"

윤민서가 자리 잡고 앉으며 사촌 동생의 손에 들린 수첩에 눈길을 보냈다.

"아 예, 별거 아니에요. 급한 업무 지시가 있어서……." 윤한서가 수첩과 볼펜을 얼른 양복 속주머니에 넣으며, "차 뭘로 드시겠어요?" 하며 일어섰다.

"으응, 커피, 아메리카노."

윤민서는 습관된 대로 말했다.

그는 빨리 주문대로 사라지는 사촌 동생의 뒷모습을 무심히 바라보며 '우리나라 사람들이 커피를 너무 많이 마시는 게 아닌가' 하고 생각했다. 최근 몇 년 동안에 대형 커피 체인

점들이 편의점하고 경쟁이나 하듯이 불어나며 성업을 하고 있었고, 특히 점심때면 서울 시내 모든 큰길에 그 큰 아메리카노 커피 잔을 들고 가는 직장인들의 모습이 일상적인 진풍경이 된 지 오래였다. 그리고 어떤 여성 디자이너는 텔레비전 방송에서 자기는 하루에 커피를 일곱 잔씩 마시는데, 그렇게 안 마시면 아이디어가 떠오르지 않는다고 자랑스럽게 말했다. 그런데 어떤 유튜브에서는 커피가 암을 유발한다고 하는가 하면, 다른 방송에서 어떤 전문가라는 사람은 일본의 연구에 의하면 하루 한두 잔의 커피는 항암효과가 있다고 말하기도 했다.

이런 실없는 자기 생각에 피식 웃으며 윤민서는 주문대 쪽으로 눈길을 보냈다. 사촌 동생은 아직 보이지 않았다. 여전히 주문자가 많은 모양이었다.

'그 젊은이들 얘기는 어떻게 전개되고 있을까…….' 윤민서는 그게 문득 궁금했다. '우크라이나 전쟁은 장기전으로 이어지다가 우리 한반도 상황처럼 끝날 수도 있다.' 어떤 전문가의 진단이었다. 그것을 신문에서 읽은 다음부터 우크라이나 전쟁에 관심이 끌리기 시작했다. '우리 한반도 상황처럼…….' 그건 우크라이나 땅도 한반도처럼 반으로 갈라져 '분단'될 수도 있다는 뜻이었다. 우크라이나 전쟁은 이미 1년을 넘겨 장기전이 되어 있었고, 속전속결을 계획했던 푸틴의 뜻과는 반대로 그런 상황이 전개된 것은 우크라이나 국민들의 대동단결한 결사 항전 때문만이 아니라 미국을 비롯한 유럽 여러 나라들의 무기 지원이 합해진 결과였다. 그러니까 우크라이나 전쟁은 나토 세력과 러시아라는 두 거대 세력의 싸움이었다. 그 싸움은 장기전으로 질질 끌다가 결국 승자 없이 한국전쟁처럼 분단으로 끝날 것이라는 예측이었다.

"형님, 커피 여기……."

사촌 동생이 커피를 내밀자 윤민서는 그 생각에서 깨어났다. 그는 엉뚱하게 '아까 그 젊은이들의 얘기가 여기까지 전개될까?' 하고 생각하고 있었다.

"그래, 무슨 일이길래 그렇게 급하게 만나자고 한 거야?"

윤민서는 시계를 보는 것으로 오래 얘기할 시간이 없다는 것을 암시했다.

"형님, 큰일 났어요. 좀 도와주셔야겠어요."

사촌 형의 암시를 알아챘다는 듯 윤한서가 다급하게 말했다.

"무슨 일인데……?"

상담(商談)으로 익숙해진 가장된 여유를 보이듯 윤민서는 낮은 소리로 느릿하게 물었다.

"저어, 아버지가 그 여자하고 정식으로 결혼하려고 해요."
윤한서는 여전히 다급하게 말했고, "정식으로……?" 윤민서는 의아한 얼굴로 사촌 동생을 쳐다보았다.

"글쎄, 그 젊은 여자와 동거만 하는 것이 아니라 정식으로 결혼을 하려고 한다니까요."

윤한서는 자기 말을 빨리 못 알아듣는 사촌 형이 안타깝다는 듯 목소리를 조금 높이며 힘을 주었다.

"흠……, 그거 요새 젊은 커플들이 살아보고 결혼하는 것이 유행인 것처럼 작은아버지도 동거해 보니 그 여자가 맘에 들었던 모양이구나."

윤한서의 다급하고 안타까워하는 태도에 비해 윤민서의 반응은 태평하다 못해 흥미로워하는 기색까지 엿보이고 있었다.

"아이구, 형님, 그게 아니구요, 정식 결혼을 하게 되면 혼인신고, 그놈의 혼인신고를 하게 된다구요."

윤한서의 목소리가 조금 더 커지며 울상을 지었다.

"혼인신고……?"

윤민서는 그 네 마디를 되뇌며 사촌 동생이 왜 급히 자신을 만나려고 했고, 말하고자 하는 뜻이 무엇인지 확실하게 알아차렸다.

"예에, 혼인신고요. 그거 하게 되면 그냥 동거하는 것하고는 판이 완전히 달라지잖아요."

윤한서는 안타까움을 더욱 진하게 표하며 자신의 속내를

분명하게 드러내고 있었다.

'도둑놈, 지놈 욕심 채울려고……'

윤민서는 속으로 쓰게 웃으며, "너희 형제들도 다 같은 생각이냐?" 물으나 마나 한 것이라고 생각하면서도 이렇게 묻게 되었다.

"예에, 우리 넷 다 생각이 똑같아요. 그치만 우리 힘으로는 어쩔 수가 없어서 이렇게 형님을 찾아뵌 거예요."

의사전달을 잘했다는 듯 윤한서는 안도의 숨을 길게 내쉬었다.

"글쎄, 그걸 어쩌라고. 난들 무슨 힘이 있어야 말이지. 어른의 일신상의 중대사를 조카가 나서서 뭐라고 할 수 없는 일 아니냐. 이건 그 누구도 범하지 못하는 이 나라의 불문율이야."

윤민서는 사촌 동생의 눈을 똑바로 쳐다보며 엄하고 냉정하게 말했다.

"그런 거 다 알아요. 그래서 부탁드리려고 뵙자고 한 거예요. 형님, 큰아버지께 좀 나서달라고 말씀드려 주세요."

"큰아버지?"

"예, 아버지가 말 들을 사람은 큰아버지뿐이거든요."

윤한서는 빠르게 본론을 쏟아놓았다.

"허어, 그것 참 곤란한 문젤세." 윤민서는 헛웃음을 치며 혼잣말을 하고는, "큰아버지가 나서면 작은아버지가 말을 들을 것 같으냐?" 하고 물었고, "그럼요. 틀림없이 들어요. 우리 아버지는 큰아버지를 무서워하고, 큰아버지 말이면 꼼짝을 못 하거든요." 윤한서는 자신 있게 대답했다.

"글쎄, 근데 말이다, 큰아버지가 나서면 오히려 역효과가 날 수 있다는 건 생각 안 해봤냐?"

"아니, 무슨 말씀이세요?"

윤한서의 눈이 커졌다.

"그게 말이야, 너희들이 바라는 것과 반대의 일이 벌어질 수도 있다고."

"반대요……?"

윤한서는 어리둥절해서 사촌 형을 쳐다보았다.

"그래, 큰아버지가 외롭게 된 자기 동생이 마음에 드는 짝을 찾아 새장가 드는 걸 아주 환영할지도 모른단 말이다." 윤민서는 사촌 동생에게 한 방 먹이는 기분으로 능청스럽게 말했고, "예에에……?" 윤한서는 소스라치게 놀라며 엉덩방아를 찧었다.

"너, 왜 아버지가 재혼을 하려고 하시는지 심각하게, 냉정하게 생각해 봤냐?"

윤민서는 정색을 하고 사촌 동생을 쳐다보았다.

"그거 주책이지요, 뭐. 세상 다 산 나이에."

윤한서가 불퉁스럽게 내뱉었다.

"세상 다 산 나이?" 윤민서는 커피를 한 모금 마시고는, "너, 100세 시대라는 말 어떻게 생각하니?" 공박하듯이 물었다.

"100세 시대요? 그거 몇 년 전부터 유행하기 시작한 말이 잖아요."

윤한서는 못내 마땅찮다는 기색을 보였다.

"너 우리 집안이 장수하는 집안이라는 거 잘 알지?"

윤민서는 다시 커피를 한 모금 마셨고, 윤한서는 아무 대 꾸가 없었다.

"우리 할아버지 할머니는 의술이 지금보다 훨씬 발달하지 못했던 그 시절에도 90을 넘겨 사셨다. 그리고 그 장남인 큰 아버지, 그 아래 세 고모, 그리고 막내인 너희 아버지까지 모 두 큰 병 없이 건강하시지 않으냐. 그럼 평균적으로 100세 시 대에 너희 아버지는 몇 살까지 사시겠니? 그야말로 100세까 지 보증수표 아니겠냐? 그럼 앞으로 몇 년이 더 남았냐? 자 그마치 25년이 아니냐? 그런 분을 놓고 뭐 다 산 나이? 그러 니까 주책 부리지 말고 재혼하지 말라고? 느네들 사 남매의 잇속을 위해서 혼자서 25년을 아무 재미도 없이 외로움에 찌들리면서 사람답지 않게 살다가 가라고? 그게 자식으로서 할 짓이냐?"

윤민서는 작심을 하고 사촌 동생을 몰아대고 있었다.

윤한서는 불만 가득한 얼굴로 커피만 마셔대고 있었다.

"왜 말이 없어. 내 말이 틀렸냐?"

"저희들 편을 좀 들어달라고 왔는데 오히려 그 반대로 옳은 말만 다 하시니 저야 할 말이 없지요, 뭐."

윤한서는 눈길을 떨군 채 투덜거리는 투로 말했다.

"너희들 말이다, 사 남매가 혼자 되신 아버지의 생활에 대해서 진지하게 심각하게 생각해 본 일이 있냐? 혼자 사시는 게 얼마나 외로울까, 얼마나 심심할까, 얼마나 지루할까, 얼마나 답답할까 하고 말이야. 하나 묻자. 작은어머니 돌아가시고 2년이 다 되어가는데 너희 남매 넷 중에 누구 하나라도 '아버지 외로우신데 저희랑 함께 살아요. 저희가 잘 모실게요' 하고 말해 본 적이 있냐?"

윤민서의 말은 사뭇 추궁 조였다.

"……."

윤한서는 조금 들었던 고개를 다시 떨구었다.

"그래, 그랬을 줄 알았다. 물론 너희들만 그러는 게 아니다. 홀로된 부모의 외로운 인생을 거의 다 외면해 버리는 것이 당연한 것처럼 여겨지는 것이 세상 풍조가 되어버렸다. 그래서 이런 테레비 프로가 나왔을 것이다. 어쩌면 너도 봤는지 모르겠는데, 가끔 테레비에서 홀로된 남녀 노인네들을 위해서 한자리에 모여 말벗을 찾게 해주는 프로 말이다. 70이 다 넘은 그 노인네들의 한 가지 공통점은 남녀가 모두 자기들이 늙었다고 생각하지 않는 것이었다. 늙은 것은 육체일 뿐이지 마음은 젊음 그대로라는 것이다. 그래서 그분들은 그런 만남의 자리를 즐거워하고, 서로 마음에 드는 사람끼리 말벗을 만들고, 시간이 지나면서 서로 사랑하는 사이가 되어 결혼하는 경우도 꽤나 있었다."

"그거 다 주책바가지고, 추해 보이기만 했어요."

윤한서가 듣기 싫다는 듯 짜증스럽게 말했다.

"추해 보여? 그럼 이런 경우는 어떠냐? 세계적인 화가 피카소는 80에 장가를 들었다. 그런데 신부는 서른네 살이었다. 또 영화배우 알 파치노는 80이 넘어 20대 여자친구에게서 아이도 낳았다. 그건 금방 세계적인 화젯거리가 되었다. 그걸 어떻게 생각하니?"

"그건 더 추해 보이지요, 뭐."

윤한서의 대꾸가 퉁명스러웠다.

"허, 니 눈에는 모든 게 추하기만 하구나. 한 가지만 명심해 둬라. 너희들 아버지는 겨우 75세일 뿐이고, 너희들이 그 나이에 홀로된 아버지의 외로운 인생에 무관심하고, 외면해 버리니 아버지는 자구책을 마련한 것이 그것이다. 알겠냐?"

윤민서는 할 얘기 다 끝났다는 듯 시계를 보았다.

"예, 자구책 좋아요. 그럼 동거면 됐지, 정식 결혼은 뭐 하러 하냐고요. 그거 문제 아니에요?"

윤한서는 자세를 가다듬으며 정색을 하고 말했다.

"글쎄, 그건 제3자가 모르는 일이야. 동거는 임시방편이니
까 영원히 반려가 되고 싶게 할 만큼 상대가 좋아진 것 아니
겠냐."

"아이고, 그게 바로 주책이라는 거지요. 형님, 어른 일이라
형님이 나서기 곤란하면 그럼 큰아버지한테 한 번만 부탁해
주세요."

윤한서는 다급한 목소리로 애원하듯 했다.

"어허, 그건 아까 말했잖아. 외롭게 된 동생이 마음에 드는
짝을 찾아서 새장가 들게 된 걸 아주 환영할 확률이 크다고
말야."

"아이고, 그럼 우린 어떡해요. 갑자기 이상한 여자가 들어
와서 우리 것 다 차지해 버리면."

윤한서는 마침내 속내를 그대로 드러내며 목소리가 곧 울
것 같았다.

"너무 아까워하지 마라. 법이 공평해서 그 여자가 전부 다
차지할 수 없게 되어 있으니까."

윤민서는 쓸쓸한 웃음을 피우며 일어섰다.

윤한서는 실망하고 돌아가며 자꾸 그 이야기가 되짚이고

있었다. 화가 피카소가 80에 장가를 들고 배우 알 파치노가 아들을 낳았다는 이야기. 80 늙은이가 서른네 살짜리와 결혼을 했다는 것도 믿기 어려운 이야기였지만, 곧 죽을 나이라 해도 이상하지 않을 그 나이에 아이까지 낳았다니 더욱 믿을 수 없는 이야기였다. 그러나 그 사실은 신문에 났고, 세계적인 화젯거리가 되었다니 틀림없는 일이었던 것이다.

그렇지만 도저히 믿을 수 없는 것이 '그 늙어빠진 80의 나이에도 섹스가 될까?' 하는 것이었다. 백인이라서 특히 섹스가 강한 것일까. 아니면 피카소라는 사람이 유별난 것일까.

이런 의문은 아버지 때문에 생기는 것이었다. '아버지도 혹시 섹스 때문에 결혼을 하려는 것일까' 하는 생각이 사촌 형의 피카소와 알 파치노 얘기를 듣고 뒤늦게 떠오른 것이었다. 전에는 75세의 아버지와 섹스는 전혀 상관이 없다고 단정 지어버렸던 것이다.

그런데 피카소의 얘기를 듣고 보니 아버지가 섹스 때문에 결혼을 한다면 20년쯤 차이가 나는 젊은 여자가 불쑥 애를 낳아버릴 수도 있었던 것이다. 그것도 아들을!

'아이쿠, 하느님 맙소사!'

이런 절망적 탄식이 절로 튀어나왔다.

늦자식은 그 예쁘고 귀하기가 장남 뺨 친다고 했다. 그런데 아들이 태어나면 어찌 될 것인가. 아버지 재산은 몽땅 그놈에게로 넘어갈 위험이 너무나 컸던 것이다.

그래서 뒤늦은 후회가 한 가지 생겨났다.

'75세 남자도 섹스가 되나요?'

사촌 형한테 이걸 물어봤어야 했는데 그만 놓친 것이었다. 왜 그때 그 생각이 떠오르지 않았는지 야속하기만 했다. 그렇다고 이제서야 전화로 그걸 묻는다는 건 말이 안 되는 일이었다.

윤한서는 머리를 짜내다가 고등학교 대선배인 회사의 권상무를 생각해 냈다. 그는 상무라는 직책에 어울리도록 아는 것이 많은 것으로 소문나 있었다.

윤한서는 회사에 들어오자마자 권 상무를 찾아갔다.

"자네 이런 말 못 들은 모양이지? 남자는 종이 한 장 들 기운만 있어도 그걸 한다. 그 말뜻 알아듣겠어? 죽을 때까지 할 수 있다 그거 아냐? 그거 꽤 괜찮은 일이잖아? ㅋㅋㅋ……."

권 상무는 남의 속도 모르고 장난스럽게 웃어댔다.

윤한서는 그만 암울해지고 말았다. 아버지는 얼마든지 애를 낳을 수 있었다. 다만 결정은 여자에게 달려 있었다. 여자가 애를 낳을 능력이 아직까지 살아 있다면 이만저만 큰일이 아니었던 것이다.

윤한서는 지체 없이 동생들에게 전화를 걸었다. 저녁에 전부 모이라는 긴급 명령을 내렸다. 각자 저녁을 해결한 4쌍 8명은 7시 정각에 윤한서의 집에 모였다. 그건 장남 윤한서의 명령이 지엄해서가 아니었다. 그건 누구에게나 변함없이 위력을 발휘하는 돈의 힘 때문이었다.

"오늘 큰형님을 만나봤다. 그런데 아무 효과가 없었다."

윤한서는 침통한 표정으로 동생들 내외를 둘러보았다.

그들은 모두 침울한 얼굴로 한동안 말이 없었다.

"이제 어떻게 해야 할지 말들 해봐라."

윤한서가 말을 독촉하듯 헛기침을 서너 번 했다.

"오빠가 무슨 부탁을 했고, 큰오빠가 어떻게 거절을 했는지 좀 구체적으로 말을 해봐야 우리가 다른 방법을 생각해 낼 수 있지 않겠어?"

윤한서의 바로 아래, 큰딸 윤송희가 또렷한 목소리로 말했다.

"응, 그거 두 가지였어. 첫째, 큰형이 나서서 아버지가 동거만 하고 결혼은 하지 않도록 막아달라는 것이었지. 근데 그건 어른의 일신상의 중대사를 조카가 나서서 뭐라고 하는 건 있을 수 없는 일로, 그건 그 누구도 범해서는 안 되는 이 나라의 불문율이라고 한마디로 거절당했어. 그건 나도 어느 정도 짐작을 하고 있었기 때문에 바로 두 번째 부탁을 내놓았어. 그러면 큰아버지께서 좀 나서게 말씀드려 달라고. 그런데 그 거절 이유가 기막혔다. 큰아버지한테 부탁하면 큰아버지가 오히려 외롭게 된 자기 동생이 마음에 드는 짝을 찾아 새장가 드는 걸 아주 환영하는 역효과가 나타날 확률이 크다는 거야. 그 말을 들으니 그럴 위험이 크겠다 싶은 게 더 할 말이 없었다. 형편이 이렇게 됐으니 이제 어쩌면 좋으냐?"

윤한서는 한숨을 쉬며 다시 동생들 내외를 둘러보았다.

그들의 얼굴은 아까보다 더 어두워졌다. 침묵도 더 길어지고 있었다.

"아빠 진짜 주책이야. 다 늙어빠진 나이에 젊은 여자하고 동거를 하는 것도 낯 뜨겁고 창피한 일인데 어쩌자고 정식 결혼까지 한다고 야단이야, 야단이. 우리 시어머니 시아버지가 보시기에 너무너무 창피해서 못 살겠어. 늙은이들 그런 추한 짓 하는 걸 금지하는 법은 왜 없나 몰라. 아, 증말 세상 살기 싫여."

둘째 딸이면서 막내인 윤주혜가 옷을 잡아뜯듯 하며 신경질을 부렸다.

"그래, 내가 그 비슷한 얘길 했더니 큰형님이 뭐랬는지 아니? 세계적인 화가 피카소는 80에 서른네 살짜리 여자한테 장가들었고, 배우 알 파치노는 아들을 낳았다고 하면서 내 입을 막아버리더라."

윤한서가 헛웃음을 흘렸다.

"80에 애를 낳아? 그럼 우리 아버지도 그리된다는 거잖아? 그럼 어떻게 되는 거야? 자식 하나가 더 늘어나면?"

둘째 아들 윤진서가 허둥거리듯 말하며 형제들을 둘러보았다.

"야, 야, 정신 차려라. 알 파치노인가 뭔가가 상대한 여자는 이십 대고 우리 아빠가 상대하는 여자는 그보다 서른 살이나 더 많은 이미 쉬어터진 여자니까 그런 걱정은 놓으시라구."

큰딸 윤송희가 차갑게 말했다.

"누나는 괜히 장담 말어. 인도에서 어떤 여자가 60에 쌍둥이를 낳았다는 해외 토픽 못 봤어?" 윤진서가 지체 없이 누나를 공박했고, "맞어, 언니는 그 여자가 폐경이 됐는지, 안 됐는지 확인한 일 없잖아." 윤주혜가 오빠보다 더 야무지게 언니를 공박했다.

"그야 뭐……, 여자가 대체로 50 넘기면……, 그게 그런 거니까……."

두 동생의 공박에 윤송희는 머쓱해져서 어물거렸다.

"됐어, 그건 중요한 문제가 아니고, 본론을……, 결혼을 막을 방법들을 말해 보라고."

윤한서가 회의 주제를 일깨웠다.

모두의 입이 닫혔다. 다시 침묵이 길어졌다.

"아빠는 참 의리도 없고 양심도 없어. 아내 죽고 아직 3년 상도 안 지났는데 그게 뭐야, 그게. 동거도 너무하는 짓인데 정식 결혼까지 하려고 나서다니. 엄마가 저승에서 이 꼴 내려다보며 얼마나 서운하고 기막히겠어. 아빠가 그렇게 뻔뻔하고 염치없는 사람인 줄은 정말 몰랐어. 세상에 믿을 사람 하나도 없다는 말이 딱 맞아. 엄마만 억울하고 불쌍해."

윤주혜가 슬픔 젖은 소리로 혼잣말하듯 하며 손끝으로 눈물을 찍어냈다.

"하, 이거 참 문제네, 문제. 그렇게들 좋은 방법이 안 떠올라? 야, 진서야, 무슨 방법이 없어?"

자신이 틀림없다고 믿고 시도했던 방법이 불발되어 버리자 머릿속이 텅 비어버린 윤한서는 동생을 지목했다.

"그러니까 그게……, 큰형님은 발뺌을 해버리고, 큰아버지한테는 그런 위험성 때문에 부탁할 수도 없고, 그렇다고 부탁할 데가 어디 더 있는 것도 아니고……, 그렇다면 남은 방법은 한 가지밖에 없잖아." 윤진서는 심각하게 찌푸린 얼굴로 느릿하게 말했고, "남은 한 가지 방법?" 윤한서는 숙임막하고 있던 고개를 바짝 치켜들며 빨리 말하라고 눈으로 독촉하고 있었다.

"그게 뭐냐면……, 우리 전부가 직접 나서는 거야." 윤진서가 긴장된 얼굴로 결연하게 말했고, "맞아요, 우리가 직접 부딪치는 게 제일 좋아요. 우리 여덟이 정면으로 대들면 아버님도 기가 꺾여서 결혼을 포기하고 동거로 물러설 수 있어요. 그게 가장 빠른 방법이에요." 윤송희의 남편인 큰사위가 전적으로 찬성하고 나섰다.

"예, 저도 찬성이에요. 우리가 똘똘 뭉쳐서 적극적으로, 무서운 기세로 몰아대면 아버님도 어쩔 수 없이 백기를 들 수밖에 없을 거예요. 자식 이기는 부모 없다고 했잖아요. 우리는 하나가 아니라 여덟이에요, 여덟!"

작은사위는 큰사위보다 더욱 적극적으로 찬성하고 나섰다.

"예, 다른 사람들은 어떻게 생각해요?"

윤한서는 나머지 네 여자를 둘러보았다. 그들은 서로 쳐다보며 머뭇거렸다.

"자아, 지금부터 표결이야. 큰딸 윤송희?"

"예, 찬성."

"작은딸 윤주혜?"

"예, 찬성."

"큰며느리?"

"예, 찬성."

"작은며느리?"

"예, 찬성."

"좋아, 만장일치 통과야. 그럼 언제?"

윤한서는 동생과 큰사위를 쳐다보았다.

"거 뭐……, 쇠뿔도 단김에 빼라고 했잖아요." 큰사위가 말했고, "예, 속전속결이 좋아요." 윤진서가 찬성했다.

"자아, 딴 사람들 의견은?"

윤한서가 또 여자들을 둘러보았다.

"예, 좋아요."

큰딸의 찬성에 다른 세 여자도 동시에 좋다고 동의했다.

"그럼 언제?" 윤한서가 입을 떼자마자, "내일 당장!" 하고 큰딸 윤송희가 대답했다.

"그럼 다른 사람들도 다 찬성인가?" 윤한서가 물었고, "예, 좋습니다" 하고 모두 합창했다.

"그럼, 모두들 내일 일과 끝내고 오늘처럼 각자 저녁 해결하고 7시에 아버지 댁에 모인다. 아버지한테 연락은 내가 한다."

큰아들 윤한서가 결연하게 말하는 것으로 형제간의 회의는 끝났다.

그들은 7시 5분 전에 아파트 앞에 집결을 완료했다. 미리 와 있던 윤한서가 조금씩 시간차를 두고 도착하는 부부들을 다 붙들어 세웠기 때문에 자연히 집결하는 모양새가 된 것이었다. 그건 따로따로 들어가 힘이 분산되는 것보다는, 한꺼번에 몰려들어가는 것이 힘을 과시하는 효과가 커진다고 생각한 윤한서의 연출이었다.

그들은 말없이 엘리베이터를 탔다. 여덟 명이 탔는데도 고층 아파트라 엘리베이터 안은 넉넉했다.

"호, 우리 아빠 기죽겠네."

막내 윤주혜가 침묵을 깼다.

"안심하지 마. 우리 아빠 은근히 센 데가 있으니까."

큰딸 윤송희가 검지를 입에 대며 동생에게 눈짓했다.

윤주혜가 찔끔해서 고개를 끄덕였다.

윤한서는 맨 앞에 서서 숨을 한껏 들이켰다. 그리고 숨을 내쉬며 벨을 지그시 눌렀다. 한 번……, 두 번…….

"누구세요?"

남자의 목소리가 울리며 문이 열렸다.

"누, 누구시오?"

윤한서가 낯선 남자를 보며 당황한 기색으로 물었다.

"아들인데요."

남자가 거침없이 대답했다.

"아들?"

윤한서가 '아들?' 하고 되씹는 그 순간 뒤에 선 그들 모두는 찌르르 감전되듯 그 사내의 존재를 알아차렸다. 그리고 그들의 얼굴은 하나같이 경직되었다.

"비키시오!"

윤한서가 남자를 떠다밀듯 하며 현관으로 들어섰다. 그게 신호이기라도 한 듯 뒤에 선 그들이 우루루 집 안으로 밀려들었다. 그 기세에 남자가 주춤주춤 뒤로 물러섰다.

"험, 험, 무슨 일인데 이렇게 한꺼번에 밀어닥치고 이러냐."

그들의 아버지가 거실 가운데 버티고 서서 밀려들어오는 자식들을 향해 목청 크게 꾸짖듯 하고 있었다. 그 목소리보다 얼굴에는 노기가 더 진하게 드러나고 있었다. 그에게 자식들이 왜 이렇게 떼 지어 몰려온 것인지 이미 알고 있다는 기색이 역력했다. 남자에 비해 완연히 젊은 여자는 남자를 방패 삼듯 그 뒤에 서 있었다.

"아버지, 그동안 안녕하셨어요. 상의드릴 일이 있어서 이렇게 다 함께 찾아뵙습니다."

윤한서가 꾸벅하며 말했다.

뒤에 선 그들도 함께 꾸벅꾸벅 인사했다.

"그래, 얘기 시작하기 전에 이렇게 만났으니 서로 인사부터 해라. 앞으로 함께 살 새어머니 아들이다. 야, 재경아, 인사해라."

윤한서의 아버지가 어기찬 목소리로 말하며 한쪽으로 밀려난 듯 서 있는 남자에게 손짓했다.

윤한서는 아버지의 그런 태도에서 오늘 일이 좋지 않게 꼬일 것 같은 불길함을 느끼고 있었다.

'의붓자식을 인사시키다니!'

이건 정식 결혼을 하고야 말겠다는 작심을 내보이는 행동이었다. 그건 막 나가는 배짱이었다. 어제 약속 시간을 미리 정했는데도 이렇게 서로 마주치게 한 것이었다.

윤주혜는 빠르게 언니를 질벅거리며 눈짓했다. 그러나 윤송희는 어찌해야 좋을지를 모르고 있었다. 동생이 독촉하고 있는 것이 무엇인지 잘 알고 있었다. '싫어요, 인사하기 싫어요' 하고 거절해야 하는데 그 말이 나오지 않는 것이었다.

'오빠, 뭐 해. 거절해. 싫다고 해, 빨리 싫다고 해.'

윤송희는 팔을 뻗쳐도 닿지 않을 오빠를 향해 이렇게 안타깝게 부르짖고 있었다.

"안녕하세요, 첨 뵙겠습니다. 김재경이라고 합니다."

사내가 한 발짝 앞으로 나서며 꾸벅 인사했다.

"뭐 해, 너희들도 한 사람씩 이름을 대야지."

머뭇거리고 있는 자식들을 향해 윤한서의 아버지가 버럭 소리쳤다.

"싫어요, 난 싫어요. 엄마가 이 꼴을 내려다보며 뭐라고 하겠어요. 아빠 양심도 없어요. 엄마 돌아가신 지 아직 3년도 안 됐어요. 어쩜 이럴 수가 있어요. 난 싫어요. 아빠가 저 여자와 정식 결혼하는 것, 난 싫어요. 죽어도 싫어요."

윤주혜가 울면서 카랑카랑하게 외쳐댔다. 그리고 문을 박차고 밖으로 뛰쳐나갔다. 그녀의 남편이 뒤쫓아나갔다.

"흥, 버르장머리 없는 놈 같으니라고. 엄마가 뭐라고 하겠냐고? 그래, 엄마가 뭐라고 유언하고 떠난지 알기나 하고 떠들어대는 거냐. 느네들 엄마가 분명히, 한 번도 아니고 여러 번 말했다. 나 죽으면 외롭게 혼자 살지 말라고. 맘에 맞는 사람 잘 골라서 외롭게 혼자 살지 말라고. 혼자 살면 남들에게 추접해 보이고, 자식들에게 짐 된다고. 자식들에게 짐 되면 자식들 힘들어진다고. 이렇게 당부하고 떠났는데 아무것도 모르는 느네들이 뭐가 어쩌고 어째? 그래, 이렇게 떼거리로 몰려와서 주혜 년이 퍼부어댄 소리 하려는 것이었냐. 좋다, 더할 말 있으면 다 해봐라. 어차피 한 번은 치러야 할 굿판이니 어디 속 시원히 따져보자. 앉어라, 다 앉어."

막내딸의 정면공격을 받고도 윤한서의 아버지는 끄떡도 하지 않고 오히려 기세등등하게 이렇게 맞받아치고 나왔다.

'아, 아, 어머니가 그런 유언을 하고 떠나셨구나. 암으로 그렇게 심한 고통을 당하면서도 어머니는 혼자 남겨질 남편 걱정을 그렇게 하셨구나. 그런데 우리는 그런 것도 모르고······.'

윤한서는 뒤늦은 죄송함과 함께 장남으로서의 죄스러움까지 깊어져 고개를 푹 떨구었다.

'아니야, 저 말 어찌 믿어. 아빠는 사업으로 산전수전 다 겪으며 돈 꽤 많이 번, 눈치 빠르고 잽싼 사람으로 '여우'라는 별명이 붙어 있지 않던가. 그러니까 그 정도의 말은 얼마든지 꾸며댈 수 있어. 근데, 오빠 저게 뭐야. 기가 팍 죽고, 기운

이 다 빠져버렸잖아. 아이고, 순진하게도 아빠 말을 곧이곧대로 믿어버린 거잖아. 이거 큰 탈 났네.'

윤송희는 맥이 다 빠져버린 오빠의 모습을 보면서 몸이 달고 있었다. 오빠는 전의를 완전히 상실해 버린 모습이었는데, 거기다가 팔을 뻗쳐도 닿지 않을 만큼 거리도 멀어서 정신 차리라는 뜻을 전달할 수도 없었다.

'오빠, 비켜. 남자가 쪼잔하게!'

윤송희는 속으로 이렇게 외치며 이를 맞물고 마음을 다졌다. 자신의 마음을 헤아려보아도 어머니가 그런 유언을 했을 것 같지가 않았다. 여자의 시앗 질투는 저승까지 뻗친다고 하는데 어머니가 그렇게 관대했을 리가 없을 것 같았다.

"아빠 말이 맞다고 쳐요."

"뭐라고? 맞다고 쳐? 그럼 이 애비가 거짓말을 한단 말이냐!"

아버지가 큰딸의 말을 끊으며 버럭 소리를 질렀다.

'거봐요, 도둑놈 제 발 저리는 거. 진짜면 왜 그렇게 열을 내겠어요. 어쨌든 좋아요.'

윤송희는 아버지의 속을 환히 들여다보며 공격 의욕이 솟구치고 있었다.

"예, 아무리 엄마가 그렇게 말했더라도 아빠는 최소한 3년 상까지는 기다려야 하는 것 아닌가요. 그게 떠난 엄마에 대한 예의고 의리 아닌가요. 그런데 아빠는 겨우 1년을 넘기고 저 여자를 이 집에 끌어들였어요. 엄마가 살던 이 집에 말예요. 이 소파도, 저 장식장도, 모든 살림살이들이 엄마가 쓰던 그대로인데 말예요. 아빠도, 저 여자도 이렇게 뻔뻔하고, 이렇게 끔찍스러울 수가 없어요. 도대체 이게 말이 된다고 생각하세요?"

윤송희는 짱짱한 목소리로 숨도 안 쉬는 것처럼 빠르게 말을 해댔다. 말을 시작하고 보니 말이 술술 잘 풀리는 것을 느끼며.

"오냐, 너 말 한번 빤드르르하게 잘했다. 뭐, 3년상까지 안 기다리고 겨우 1년 넘기고……, 뭐가 어쩌고 어째? 그래, 그럼 느네들 넷은 혼자된 애비를 위해서 한 게 뭐가 있냐. 짝 잃고 혼자 남겨진 애비한테 빈말로라도, '아버지, 제가 모시겠습니다. 저희들과 함께 사시죠' 해본 놈이 누구 하나라도 있었냐? 에미 장례 끝나고 나니까 애비야 어떻게 되든 말든 모두가 나 몰라라 하고 돌아서지 않았어. 그리고 한 달이 지나고, 두 달이 지나도 누구 하나 '어떻게 지내시냐'고 전화 한 통 한 일이 없잖아. 이 무정한 것들이 어찌 자식들이냐. 홀로 된 애비가 매일 매끼 무얼 먹고 사는지, 어찌 지내는지 도통 관심이 없이 까맣게 잊어버린 것들이 무슨 자식이란 말이냐. 먹고살 돈 있고, 매일 파출부가 오니 걱정할 게 뭐 있느냐고?

에라, 이 호로새끼들아, 사람 사는 게 아 다르고 어 다른 법이다. 하루에 전화 한 통씩이라도, 매일 하기 어려우면 넷이 하루씩 번갈아가며 전화해서 한마디씩 해주면 그게 얼마나 기운 나고, 하루하루가 안 지루하고, 혼자인 텅 빈 기분도 덜할 거고, 그런데 느네들은 느네 새끼들 끼고 신나게 사느라고 이 애비는 안중에도 없이 까맣게 싹 잊어버린 거잖아. 이 애비는 친구를 만나는 것도 매냥 그 얘기에 그 얘기라 지루하기만 하고, 노인학교를 가봐도 수준 안 맞는 늙은이들만 우글우글해 따분하기만 하고, 하루하루가 지겹고 짜증 나서 견딜 수가 없었단 말이다. 느네 에미하고 오순도순, 티격태격하며 살던 것이 싹 없어지고 텅 비어버리니 그게 그렇게 견디기 힘들 수가 없었다. 헌데 느네들은 추석이나 설 때나 마지못해 코빼기 삐쭉 내보이고는 도망치듯 가버렸고, 그저 새끼들하고는 주말여행이다, 방학 때는 외국 여행이다 뻔질나게 다니면서 이 애비한테는 언제 한번 함께 가자는 말을 해봤느냐고. 다들 그래놓고 왜 나보고 겨우 1년 넘기고 이 여자를 들어앉혔냐고? 요런 호로새끼들아, 그걸 말이라고 하냐. 그래, 하루하루가 지긋지긋하게 지루하고 따분하고 지겨워서 도저히 더는 견딜 수가 없어서, 나도 살아야 되겠다 싶어서 그랬다, 왜? 뭐가 잘못됐냐? 여보, 물!"

그들의 아버지는 일부러 자식들 들으라는 듯 '여보, 물!'을 큰 소리로 외쳐댔다.

'아, 아, 아버지가 그렇게 외로우셨구나. 아버지는 강하고, 씩씩하고, 외로움 같은 건 없는 줄 알았는데……. 엄마하고 별로 다정하지도 살갑지도 않게 사는 것 같았는데……. 우리가 너무 잘못했구나……, 큰딸인 내가 너무 무심했구나…….'

윤송희는 이제야 아버지의 깊은 속을 들여다보게 된 것 같아 너무 죄송스러웠고, 아무 할 말이 없었고, 기가 푹 꺾이는 것을 느끼고 있었다.

'아이고 아버지, 아버지가 잘 견디시는 줄 알았지요. 그렇게 힘드셨는지는 전혀 몰랐습니다. 죄송합니다, 큰 죄를 졌습니다. 다 아버지 마음대로 하세요, 다.'

장남 윤한서는 여기 쳐들어온 목적을 완전히 포기하고 백기를 들어 올리고 있었다.

"네, 아빠 말씀 잘 알겠어요. 그리고 아빠가 동거인을 구한 것도 이해할 수 있어요. 그런데 저희들이 이해할 수 없는 건 동거인이 필요하면 동거만 하면 됐지 왜 꼭 정식 결혼을 하려고 하는지, 그 이유를 모르겠는 거예요."

윤송희는 흔들린 전의를 애써 북돋아 올리며 핵심을 공격하고 들었다.

"흥, 그 이유를 모르겠다? 그래서, 그 이유를 알고 싶다 그

거냐?"

그들의 아버지는 콧방귀를 뀌었다.

"예에, 알고 싶어요."

윤송희는 앉음새를 고치며 다부지게 말했다.

"아침마다 내 오줌을 찍어 먹어보기 때문이다."

그들의 아버지가 불쑥 내던지듯 한 말이었다.

"네에……?" 윤송희는 눈이 휘둥그레지게 놀랐고, 윤한서와 윤진서는 무슨 말인지 알아듣지를 못하고 어리둥절해서 아버지를 쳐다보다가 서로를 쳐다보다가 했다.

"그렇겠지, 느네들은 죽었다 깨나도 못 할 일이니 무슨 말인지도 알아듣지를 못할 수밖에. 내 혈당이 얼마나 심해졌나, 아니면 그대로 괜찮은가를 체크하기 위해서다."

그들의 아버지가 아주 거드름을 피우며 말했다.

"아니, 혈당 체크는 기계로 하는 거지 왜 더럽게, 비위생적으로 오줌을 찍어 먹고 그래요?"

어처구니없다는 듯 윤송희의 언성이 높아졌다.

"흐응, 싸가지 없이 그따위 소리 지껄일 줄 알았다. 기계는 기계라서 잘못 체크될 수도 있고, 고장이 날 수도 있고 그렇지만 혀로 맛보는 거는 가장 정확하고 틀림없는 방법이다 그거다. 내 말 못 믿겠으면 병원에 가서 의사한테 물어봐!"

그들의 아버지는 더욱 뻐기듯이, 자랑하듯이 기세가 높아지고 있었다.

'아, 아, 아침마다 오줌을 찍어 혀로 맛본다고……? 아, 아, 졌다……, 저걸 무슨 수로 당하냐. 완전 졌다…….'

윤송희는 완전히 기가 꺾이며 소리 안 나는 신음을 입맛 쓰디쓰게 씹고 있었다.

"그래서 정식으로 결혼하려는 거다. 이보다 더 성심으로 날 위하는 사람이 이 세상에 어디 또 있냔 말이냐!"

그들의 아버지는 더욱 기운 뻗치는 목소리로 외쳐대며 자식들을 휘둘러보았다.

두 아들과 딸 하나, 그리고 두 며느리와 사위는 모두 고개를 떨구고 앉아 있었다.

'느네들 중에 내 오줌을 찍어 먹어볼 사람 있으면 어디 나와봐!'

그는 자식들에게 이렇게 결정타를 먹여 더 꼼짝달싹 못 하게 하고 싶은 마음도 동했지만 그만 꾹 눌러 참았다. 새 여자와 의붓아들 앞에서 친자식들을 너무 불효자식 만드는 것도 애비로서 할 짓이 아니었고, 더욱이 죽은 아내가 엄청 서운해할 일이었던 것이다.

"말 나온 김에 한마디 더 해야겠다." 그는 으흠 목청을 가다듬고는, "이 사람만 나한테 그렇게 지성으로 잘하는 게 아니다. 저 아들도 너무나 고맙게 잘한다. 얼마 전에 내가 냉면을 먹고 급체를 해서 곧 죽을 것 같았는데, 쟤가 날 업고 병원으로 뛰어 다급한 고비를 잘 넘겼다." 친자식들이 의붓자식 들여놓은 것에 시비를 붙이지 못하도록 그는 이렇게 못을 쳤다.

"아니, 차가 있는데 왜 저 사람이 업고 그래요?"

큰딸이 파르르 기를 세우며 고개를 발딱 들었다.

"쩌, 쩌, 하나만 알고 둘은 모르는 것하고는. 집을 나가 엘리베이터를 타고, 그걸 내려 차를 타야 하고, 병원에 도착해 응급실로 가고, 그때마다 쟤가 안 업으면 어찌 되는 것이냐. 이 애비는 곧 숨이 넘어가고, 느네들은 멀찍멀찍 떨어져 살고. 무슨 말인지 알아들어!"

그는 마치 후려치기라도 하듯이 끝말을 큰 소리로 외쳐댔다.

큰딸은 '느네들은 멀찍멀찍 떨어져 살고' 하는 말에 또 기가 팍 꺾이며 고개를 떨구었다.

"말이 났으니 이 말도 마저 하자. 느네들이 왜 이리 작당을 해서 몰려왔는지 내 그 속을 환히 다 안다. 허나 다들 재산에 너무 욕심부리지 마라. 느네들 결혼할 때마다 집들 다 사줬고, 거기다가 기본 생활비 되게 한 달에 월세 2~3백씩 나오는 상가 다 사줬다. 이만하면 부모 노릇, 애비 노릇 착실하게 다 한 것 아니냐. 부족한 게 있으면 어디 말해 봐라."

그는 곤두선 눈길로 자식 하나하나를 꼬나보았다.

아버지의 연달은 공세에 밀려 그들은 아무 말도 하지 못하고 있었다.

"됐다. 할 얘기 다 끝났으면 그만들 가거라."

그는 쿠렁하게 외치며 새 쫓는 몸짓을 해댔다.

장남 윤한서와 장녀 윤송희의 눈길이 마주쳤다. 윤한서가 눈짓을 하며 몸을 일으켰다. 그들은 다 따라서 일어났다.

"우리가 아빠한테 완전히 당했다." 윤송희가 엘리베이터 앞에서 말했고, "저렇게 완벽하게 반격 준비를 하고 있는 줄을 모르고……. 빌어먹을, 돈 앞에서는 의붓아들도 효도한다고 하더니만 꼭 저놈을 두고 하는 말이로군." 윤한서가 쓴웃음을 지으며 떫은 입맛을 다셨다.

"형, 그럼 우리 건물은 저 여자하고 저 아새끼한테 홀랑 다 먹히는 거야?" 엘리베이터가 아래로 움직이기 시작하자 윤진서가 더 못 참겠다는 듯 이 말을 토해 냈다.

"작은처남, 뭐 그렇게 다급하게 절망할 것 없어. 두 모자가 제아무리 아버님 환심 사려고 오줌이 아니라 똥까지 찍어 먹고, 아버님이 거기에 홀려 5층 건물을 홀랑 다 넘겨주고 싶어 해도 그렇게는 안 되게 돼 있어."

큰사위가 느긋하게 말했다.

"아니, 그게 무슨 소리예요?"

윤진서가 의아하게 매형을 쳐다보았다.

"응, 내가 변호사한테 다 알아봤는데, 법이 그렇게 돼 있어."

"아니, 아버지가 아버지 재산을 아버지 마음대로 못 한다구요?"

그때 엘리베이터 문이 열렸다.

"그거 얘기가 좀 긴데." 큰사위가 고개를 갸웃했고, "가지, 어디 가서 차나 한잔씩 하게." 윤한서가 장남 노릇을 하고 나섰다.

그들이 아파트를 나서자 화단 옆 벤치에 앉아 있던 윤주혜 부부가 다가왔다.

"언니, 어떻게 됐어?"

아직까지도 눈 가장자리에 운 흔적이 남아 있는 윤주혜가 다급하게 물었다.

"말 마라. 완전 졌다다." 윤송희가 어이없어하는 웃음을 흘리며 허탈하게 말했고, "완전 졌다다?" 말을 못 알아들은 윤주혜가 반문했고, "응, 이따 얘기해. 얘기가 좀 길거든." 윤송희가 동생의 어깨를 어루만졌다.

"변호사한테 알아본 게 뭐예요?"

카페에 자리 잡고 앉자마자 윤진서가 매형에게 물었다.

"응, 복잡한 문제가 아니야. 아버님이 그 여자 혼자에게 재산을 다 물려주려고 해도 우리 자식들이 상속권을 주장하며 소송을 제기하면 상속법에 따라 그 재산의 일정 비율을 모든 상속인들이 나누게 돼 있어."

큰사위가 침착하게 말했다.

"근데요, 그건 상속인들이 다 알고 있을 때 얘기고, 그 반대일 때가 문제잖아요." 윤진서가 문제를 제기했고, "그 반대……?" 큰사위가 고개를 갸웃하며 말뜻을 물었고, "예, 아버지가 우리 몰래 건물을 팔아 돈을 다 넘겨버리면 꼼짝없이 당해 버리게 되잖아요." 윤진서는 아주 예리하게 짚고 있었다.

"가만있어봐……, 돈이 우리 모르게 다 넘어가버렸다……." 큰사위가 고개를 갸웃갸웃하며 잠시 생각하더니, "그거, 그럴 위험성이 충분히 있는데……, 그럴 경우에도 신속하게 상속권 소송을 낸다……? 글쎄, 그건 더 알아봐야 할 문제고, 그런 위험을 예방할 수 있는 가장 좋은 방법 한 가지가 있어. 그게 뭐고 하니, 우리 전부가 나서서 한 달에 한 번씩 건물등기부를 확인하는 일이야."

큰사위가 물을 한 모금 마셨다.

"한 달에 한 번씩 등기부를……?"

윤진서는 전혀 감이 잡히지 않는 얼굴이었다.

"뭐, 하나도 어려울 것 없는 얘기야. 건물이 팔리고, 안 팔리고를 미리미리 감시하자는 건데, 수시로 등기를 떼보면 금방 그 사실을 알 수 있잖아. 우리 넷이 번갈아가며 그 일을 하면 3 곱하기 4는 12, 한 사람당 1년에 세 차례씩만 수고하면 감시 완전무결, 아버님은 우리를 속일 방법이 없어. 인터넷 시대라 등기부 서류를 너무 쉽게 뗄 수 있거든. 이 방법이 어때?"

"응, 그거 아주 좋은 방법이야. 그 일 나한테 다 맡겨. 괜히 몇 개월씩 분담했다가는 일이 번거로워지고, 또 누군가는 깜빡 잊어먹고 넘어갈 수도 있거든." 윤한서가 장남답게 말했고, "오빠, 그거 좋아. 그렇게 해." 윤송희는 찬동을 표하고는, "좌우간 놀라고 또 놀랬다. 그 여자가 애비 없는 지 아들을 위해서 어떡해서든 돈 많이 긁어모으려고 작심을 하고 나선 판인데, 아무리 그렇다고 어떻게 매일 아침 오줌을 찍어 먹고 그러냐." 그녀는 부르르 몸서리를 쳤다.

"너 참, 너도 어머니면서 그 맘이 이해가 안 되니? 전쟁 때 폭탄이 터지면 엄마들이 자식을 품고 자기는 죽고 자식은 살려내는 얘기들을 소설이나 영화 같은 데서 더러 봤잖아. 그리고 20여 년 전인가, 서울에서 불이 났는데 자기는 타 죽고 품에 안은 자식은 살려낸 일이 모든 매스컴에 크게 보도됐었잖아. 어머니들은 그렇게 목숨을 내놓기도 하는데 그까짓 오줌을 찍어 먹는 것쯤이야 뭐……."

윤한서가 오늘의 작전 참패를 인정하는 듯 말했다.

"모르겠어, 나도 그렇게 될는지……. 하여튼 무서워, 도무지 돈이 무엇인지……."

윤송희도 패배의 백기를 드는 듯 가늘게 한숨을 쉬고는 커피 잔을 들었다.

"좀 상의드릴 일이 있어서요……."

박현규의 아내는 무척 조심스럽게 말했다.

"예, 그러시지요. 어디서 뵐까요?"

윤민서는 무슨 부탁이 있다는 것을 직감하며 좀 만나자는 요구에 바로 응했다. 기운 없고 풀 죽은 친구 아내의 목소리에서 그녀가 긴 간병에 시달리고 있는 곤혹스러움이 여실히 느껴졌던 것이다.

"제가 회사 가까이 찾아가겠습니다."

"예, 그럼 우리 회사 바로 건너편에 있는 카페에서 뵙도록 하지요."

내일 오후에 만날 시간을 정하고 전화를 끊으면서 윤민서는 못내 마음이 무거워졌다. 친구 박현규만 생각하면 금세 마음이 침울해지면서 '그 똑똑한 친구가 왜 그랬을까' 하는 아쉬움과 안타까움이 일고는 했다.

고등학교 졸업 앨범의 그룹 사진을 함께 찍을 정도로 친했던 친구들 중에서 성격이 가장 서글서글하고 사교적이고 운동도 헌걸차게 잘했던 것이 박현규였다. 그 덕에 그는 누구보다 먼저 회사의 중간 간부가 되었고, 승진을 거듭해 머지않아 그룹의 대여섯 사장 자리 중에 하나를 차지하게 되어 있었다. 그런데 그는 그리도 엄청난 불행에 치이고 만 것이었다. 그 영리하고 판단력 빠른 친구가 왜 그런 불행을 예감하지 못했을까……, 왜 피하지 못했을까……, 이런 생각이 다 부질없다는 것을 알면서도 박현규만 생각하면 또 떠오르고, 또 떠오르는 생각이었다.

인간이 저지르는 많은 어리석음 중에서 가장 큰 어리석음 두 가지는, 첫째 게으름을 피워서는 안 되는 줄 알면서 게으름을 피우는 것이고, 둘째는 돌이킬 수 없는 지난 일을 자꾸 자꾸 생각하며 후회하는 것이라고 했다. 그래서 박현규가 저지른 일을 생각하지 않으려고 했지만 그 결심은 너무 쉽게 허물어지고는 했다. 그건 박현규의 아내와 하나 남은 그의 아들이 겪고 있는 불행이 너무 크기 때문이었다.

윤민서는 박현규의 아내를 보고 너무나 놀랐다. 그녀는 그동안에 딴사람이 된 것처럼 변해 있었던 것이다. 곱상하고 품위 있게 생겼던 얼굴은 어디로 가고 꺼칠하게 마르고 근심이 가득 담겨 있었다. 몸고생, 마음고생에 시달린 여인의 추레한 모습은 갈데없이 시들어가는 꽃 모양 그대로였다.

"남편 병세는 좀 어떻습니까?"

윤민서는 이 말을 인사로 삼을 수밖에 없었다.

"아무 차도가 없이 그대로……."

그녀의 첫마디는 벌써 물기에 젖어 있었다.

"그것 참……." 윤민서는 다른 할 말이 없어서 혀를 차고는, "예, 부탁할 일이 무엇인지요?" 상대방이 말 꺼내기 쉽도록 먼저 물었다.

"예에, 다름이 아니라 병세는 아무 차도가 없이 언제 회복될지 알 수가 없고, 병원비는 너무 비싸서 1인실에서 2인실로 옮겼고, 회사에서는 그간에 휴직 처리해서 반씩 주던 급료를 퇴직 처리해야 되겠다고 연락이 오고, 앞으로 2인실에서 더 아래로 내려보낼 수는 없고, 아들 뒷바라지는 계속해야 되고……, 그래서 제가 벌이를 나서야 되겠고, 이 나이에 그 어떤 회사에서 써줄 리도 없고, 생각하다 못해 윤 상무님 회사의 보험 일을 좀 했으면 해서 이렇게 찾아본 겁니다."

박현규의 아내는 밤새껏 연습이라도 한 것처럼 차분하고 명료하게 말을 해나갔다.

"아니, 부인께서 보험설계사 일을 하시겠다고요……?"

너무 뜻밖의 말이라 윤민서는 놀라서 물었다.

"그것도 너무 나이 들어서 안 되나요?"

박현규의 아내는 불안한 눈빛으로 윤민서를 쳐다보았다.

"아, 아닙니다. 나이는 아무 제한이 없습니다. 우리 회사로서는 설계사 지원이 많을수록 좋지만, 그 일이 쉽지 않은 일이고, 부인께서 그 일을 하신다는 게 너무 뜻밖이라서요."

윤민서는 당황스러운 감정을 감추기 위해 커피 잔을 들었다.

"저도 자신이 없지만……, 그래도 남편이 살아 있을 때 나서서 주변의 아는 사람들에게 처음이고 마지막으로 도와달라고 사정하는 게 떠난 다음에 하는 것보다 나을 것 같아서 결심을 하고 나선 겁니다."

박현규의 아내가 눈물을 찍어내며 커피 잔을 들었다.

"예, 시기가 늦어지는 것보다는 빠른 게 좋지요. 박 형에 대한 애석한 마음들을 가지고 있을 때요."

윤민서는 그녀의 선택에 힘을 실어주려고 동의를 표했다.

"그리고 한 가지 더 부탁이 있는데요." 그녀가 자세를 가다듬으며 말했고, "예, 말씀하세요." 윤민서는 새로운 긴장을 느끼며 들고 있던 커피 잔을 놓았다.

"저어, 다른 게 아니라 남편 고등학교, 대학교 동창들의 명단과 주소를 좀 알았으면 하는데요."

"예, 무슨 말씀이신지는 알겠습니다만, 요즘은 개인정보보호법 때문에 동창회에서 제공하지 않을 겁니다. 제가 아는 친구들에게 연락을 해놓겠습니다."

윤민서는 '환경이 사람을 만든다'는 말을 생각하며 그녀가 안심하도록 분명하게 말했다.

"그럼 설계사 일은 어떻게 시작하면 되는지요?"

그녀는 빈틈없이 단계적으로 일에 접근하고 있었다.

"예, 그걸 말씀드리려던 참이었습니다. 바로 소정의 설계사 교육을 받고 일을 시작하시면 됩니다."

"네, 하루라도 빨리 일할 수 있도록 해주셨으면 합니다."

"예, 그리 조처하지요. 그런데 한 가지 미리 말씀드릴 게 있습니다. 이 일을 하시다 보면 흔쾌하게 도움을 주는 사람보다는 실망시키고, 배신감 느끼게 하고, 자존심 상하게 하는 사람들이 더 많을 수 있습니다. 자기네 돈을 빼앗는 게 아닌데도 돈 문제로 얽히게 되면 사람 마음이란 이상하게 꼬이고 굳어지고 닫히고 그러니까요. 이런저런 이유로 거절을 당하더라도 절대로 고까워하지 마시고, 실망하지 마시고, 상처받지 마시라는 말을 미리 해둡니다. 이 일은 비즈니스일 뿐입니다. 비즈니스는 으레껏 성공도 하고, 실패도 하게 되어 있습니다. 성공했다고 웃고, 실패했다고 울어서는 안 됩니다. 성공해도 덤덤하고, 실패해도 덤덤해야만 올바른 비즈니스맨이고, 건강한 비즈니스맨입니다. 이 말 이해하시고, 소화시킬 수 있으시겠습니까?"

윤민서는 그녀를 주시하며 진지하게 말했다.

"네에, 명심하겠습니다."

그녀도 분명하게 대답했다.

이런 사람, 저런 사람

손채경 변호사님께

안녕하십니까.

뵙지 못한 상태로 인사드립니다. 저는 ㅊ신문의 민노진 기자라고 합니다.

스마트폰 만능의 시대 현실에 안 어울리게 편지 쓰는 걸 이해하여 주십시오. 변호사님을 취재하려고 근무처로 열 번, 예, 꼭 열 번을 찾아갔지만 실패했기 때문입니다. 대형 로펌의 파워가 엄청나다는 것은 익히 알고 있었지만, 이번에 저를 완전 차단, 거부하는 일을 당하면서 그 폐쇄적 파워를 여실하게 실감할 수 있었습니다.

그 완강한 배타적 조직 보호에 막혀 마음 단단히 먹었던 취재를 포기, 단념한다는 것은 기자의 근성상 용납하기 어려운 일이었습니다. 그래서 마지막 수단으로 이 편지를 쓰게 되었습니다. 개인정보보호법에 가로막혀 변호사님의 핸드폰 번호를 알 방도가 없으니 다른 방법이 더 무엇이겠습니까.

그러나 어찌 보면 이렇게 편지를 쓸 수밖에 없는 게 오히려 잘된 것일 수도 있다는 생각이 들기도 합니다. 왜냐하면 할 얘기를 아무런 구애 받지 않고 길게 다 할 수 있기 때문입니다.

그리고 용건과 상관없는 일로 한 가지 이해를 구합니다. 컴퓨터를 이용하지 않고, 별로 잘 쓰지도 못하는 손글씨로 편지를 쓰는 것 말입니다. 물론 저도 모든 기사를 컴퓨터로 작성하고, 손글씨에 비해 컴퓨터의 속도는 10배 이상, 비교가 안되게 빠릅니다. 그런데 굳이 손글씨를 쓰는 이유는 이 편지가 공문서가 아니고 사신이기 때문입니다. 저는 공문이 아닌 편지는 기계 활자로 찍어대지 말고 직접 손으로 써야 한다고 생각하고 있습니다. 저는 가끔 편지를 받는데, 독자들의 편지는 말할 것도 없고, 친구나 친척들의 편지도 언제부턴가 컴퓨터로 찍어 보내고 있습니다. 그런 편지는 꼭 공문서같이 건조하고 무성의해 보여 살벌하고 전혀 정다움을 느낄 수가 없습니다. 그래서 저는 사신은 시간이 좀 걸리고, 쓰는 불편이 있더라도 꼭 손으로 써야 한다고 생각하고 있습니다. 타이프라이터 사용부터 계산하면 서양 사람들이 기계를 이용해 온 세월이 우리보다 훨씬 긴데도 불구하고 사신은 반드시 손글씨로 쓰고 있습니다. 그 예의에서 배운 바 없지 않습니다. 죄송합니다. 군소리가 길어졌습니다.

변호사님, 왜 제가 변호사님을 취재하려고 하는지 직감적으로 아시겠지요. 변호사님께서 당하신 일은 엄청난 충격이고, 분노이고, 고통일 것입니다. 그런 만큼 단단히 복수하고 싶고, 응징하고 싶고, 처단하고 싶을 것입니다. 그러나 그 반대로 그 더러운 기억에서 빨리 벗어나고 싶고, 덮고 싶고, 잊고 싶기도 할 것입니다. 변호사님께서는 지금도 이런 상반된 감정에 시달리고 계실 것임을 잘 알고 있습니다.

그러면서도 제가 변호사님을 꼭 취재하려고 하는 것은 그 사건이 너무나도 큰 사회적 문제이기 때문입니다. 이 지점에서 제가 분명히 밝혀둘 사실이 있습니다. 저는 사회부 기자이지 연예부 기자가 아닙니다. 그러므로 저는 변호사님이 당하신 사건을 반드시 대수술이 필요한 우리나라의 중대한 사회문제로 다루고자 하는 것이지 선정적 흥밋거리로 다루려는 것이 아닙니다.

정치적으로 몰아댄 이 나라의 급속한 압축적 경제발전은

숱한 문제점들을 야기했습니다. 그중에서 가장 큰 문제가 재벌들의 특혜 육성이었고, 그와 함께 형성된 부익부 빈익빈은 우리 사회의 존망을 위협하는 가장 뿌리 깊은 고질병이 되었고, 그 천민자본주의의 황제로 군림하게 된 재벌들은 이 나라의 모든 분야를 맘대로 흔들어대는 무한 권력을 자행하게 되었습니다. 그 생생한 실례, 무도한 횡포 중의 하나가 바로 변호사님께서 당하신 그 어이없고 참담한 사건입니다.

어찌 감히 재벌 2세에 지나지 않은 인간이 여성 변호사에게 그런 만행을 저지를 수 있단 말입니까. 그 기막히고 끔찍한 사건은 유야무야 우물쭈물 묻혀가고 있습니다. 저는 그런 현실을 도저히 묵인할 수 없었고, 용납할 수 없었습니다. 사회부 기자로서, 이 사회가 인간다운 사회로 운영되고, 또 그런 사회가 되게 하기 위해 최소한이나마 역할을 하고 싶기 때문입니다.

그래서 변호사님을 심층취재하려고 근무처를 거듭거듭 방문했으나 결국은 좌절의 쓴잔을 마실 수밖에 없었습니다. 그랬으면서도 체념해 버리지 못하고 이렇게 편지를 쓰는 것은 두 가지 이유 때문입니다. 첫째는 취재가 성사되었을 때 변호사님께 드리고 싶었던 질문들을 간추려 보여드리고 싶었습니다. 둘째는 중대한 제보를 하기 위해서입니다.

취재 시 첫 번째 질문입니다. 변호사님이 가해자의 처벌을 원치 않아 재벌 2세인 그 폭행범은 무죄가 되어버렸습니다. 그런데 처벌을 원치 않은 것은 변호사님의 뜻이었습니까, 아니면 조직으로부터 무슨 압력을 받은 것입니까. 둘째, 무슨 대화가 문제가 되어 가해자가 변호사님의 머리채를 낚아채서 마구 휘둘러댔는지요. 셋째, 가해자의 다른 손찌검은 또 없었는지요. 넷째, 동석한 남자 변호사 둘은 그 폭행이 자행되고 있을 때 어떻게 대응했는지요. 다섯째, 그 가해자는 술만 마시면 여자 종업원들을 괴롭히고 폭력행사를 하는 것으로 강남 일대에 소문이 자자합니다. 그날 그 가해자는 변호사님만이 아니라 남자 변호사들의 따귀를 갈겨댈 정도로 막 나가는 판이었는데, 변호사님한테는 머리채를 낚아채서 휘둘러댄 것 외에 다른 성추행을 저지르지는 않았는지 의심스럽습니다. 여섯째, 가해자 처벌을 원치 않게 된 데에는 가해자 쪽으로부터 손해배상을 한다는 뜻으로 돈을 받았기 때문인지요. 일곱째, 가해자 쪽에서 안 받았으면 직장인 로펌에서 무슨 특별한 조처라도 취해 줬는지요. 여덟째, 영업 관계상 이 사건을 무조건 덮기 위해 로펌 쪽에서 변호사님께 부당한 압력 행사 같은 건 없었는지요.

　대충 위와 같은 질문을 하고자 했습니다. 이 질문들 모두가 변호사님을 곤혹스럽게 하리라는 것을 잘 알고 있습니다. 또한 이 편지에 대한 답장으로 그 응답이 오지 않으리란 것도 잘 알고 있습니다. 그러나 제가 열 번 찾아간 그 헛수고가 안타까워 이 편지를 쓰지 않을 수가 없었습니다.

둘째 문제, 중대한 제보를 할 차례입니다. 제가 이번 사건 취재를 시작하면서 가해자 쪽도 동시에 했습니다. 그 결과 이번 사건을 무마하기 위해서 가해자 쪽에서는 로펌에 100억을 전했습니다. 이 사실은 기자의 명예를 걸고 무한책임을 질 수 있는 100퍼센트 확실한 정보입니다. 이 사실을 알려드리는 것은 변호사님께서 이미 이 사실을 다 알고 있을 수도 있고, 전혀 모르고 있을 수도 있기 때문입니다.

변호사님 사건에 대해 기대했던 저의 마지막 소회를 적겠습니다. 박정희 개발독재의 철저한 비호 아래 급속도로 비대해진 이 나라 재벌들의 행태가 세계 그 어느 나라에서도 찾아볼 수 없는 비정상임은 이미 다 알려져 있습니다. 그들이 행사하는 어마어마한 돈의 힘이 국가권력까지도 좌지우지하는 건 이미 오래된 일입니다. 그래서 재벌들이 자행하는 횡포와 병폐를 진보를 내세운 정권들도 전혀 수술하지 못했던 것입니다. 정경유착, 경언유착, 경법유착, 권경유착이 상시적으로 벌어지고 있으니 권력이 바뀔 때마다 '경제개혁, 재벌개혁' 구호를 요란하게 떠들어대지만 조금씩 시간이 지남에 따라 우물쭈물 용두사미가 되고는 할 수밖에 없는 일입니다. 그 진경을 언론에 몸담으면서 점점 명료하게 보게 되면서 실망이 절망으로, 절망이 완전한 좌절에 이르게 됩니다.

그런데 변호사님 사건이 터졌습니다. 저는 그 사건을 변호사도 우습게 알고 술주정 폭력 대상으로 삼는 재벌 횡포의 전형적, 표본적 사건으로 보았고, 이 사건이 적나라하게 폭로되고, 피해당사자 여변호사가 성추행·인권유린·폭행 등으로 본격적으로, 적극적으로 법적 대응에 나선다면 이 나라 재벌들이 저질러대는 안하무인적 횡포와 무소불위의 병폐를 사회적으로 적극 문제시하고 비판하고 매도하여 대수술하는 계기가 될 수 있다고 판단했고, 기대했습니다. 그리고 그 큰 의미의 일에 미력이나마 저의 힘도 적극 보태기로 작정하고 변호사님 취재에 본격적으로 나섰던 것입니다.

저는 이번 사건으로 그 재벌 쪽에서 100억을 내놓은 것에 대해서 전혀 놀라지 않습니다. 왜냐하면 그들의 재산은 수십조에 이르고, 그들에게 100억은 시쳇말로 '껌값'에 지나지 않기 때문입니다.

그런데 편지를 끝내면서 한 가지 '기우'를 전하고자 합니다. 저의 하찮은 기자로서의 감각과 판단은 어쩐 일인지 변호사님께서 그 100억의 존재를 전혀 모르고 계실 것 같다는 것입니다. 왜냐하면 변호사님은 (죄송한 말씀입니다만) 햇병아리 변호사이시고, 그 로펌은 그저 돈만 밝히는 닳고 닳은 노회한 백여우이기 때문입니다.

이제 편지를 끝내겠습니다. 긴 편지를 읽어주신 고마움에 대한 선물을 하나 드릴까 합니다. 만약 100억의 존재를 저의 편지를 보고 아셨다면, 변호사님은 어찌하시겠습니까. 저는 그 돈을 변호사님이 변호사님의 것으로 꼭 찾으시기를 바랍니다. 그런데 그 일은 변호사님 혼자 힘으로는 쉽게 해결하기 어렵습니다. 제가 그 일을 일거에 명쾌하게 해결할 수 있는 적임자를 소개하고자 합니다. 제가 기자 생활을 통해서 알게 된 수많은 변호사들 중에서 그분은 가장 양심적이고, 가장 정의롭고, 가장 인간적이고, 가장 믿을 만한 분입니다. 그분은 이태하 변호사이고, 변호사님의 대학 대선배이시기도 합니다.

어서 상처 회복하시기를 빌며, 이만 편지 마칩니다.

손채경은 다 읽은 편지를 손에 든 채 와들와들 떨고 있었다. 편지가 던진 충격이 한두 가지가 아니었던 것이다. 모든 것을 꿰뚫고 있는 민노진 기자의 예리함은 마치 탐조등 같았다.

그 기자는 그날 현장에서 모든 것을 목격한 것처럼 '성추행'을 지적하고 있었다.

그날의 사건에 대해 신문에 보도된 것들은 아주 짧았고, 사건도 머리채를 낚아채서 흔들어댔다는 것 하나뿐이었다. 그리고 이름 뒤에 '가명'이라고 표시되어 적힌 이름은 전혀 딴 이름이었다. 그 기사에서 사실이 사실대로 명료하게 밝혀진 것은 두 가지였다. 재벌 회사 이름과 로펌 이름이었다.

그런데 자신은 그 기사를 보고 순진, 단순하게도 자신의 이름이 감추어진 것만을 큰 다행으로 여기고 있었던 것이다. 그 대형 로펌에는 변호사들이 100여 명이었고, 여성 변호사들도 20여 명이었으므로 가명이 씌어진 이상 자신의 존재가 드러날 위험은 전혀 없었기 때문이다. 그래서 자신은 위험에 처한 조개처럼 입을 꼭 다물고 그 누구에게도 그 사건을 얘기한 적이 없었다. 그렇게 자기 보호에만 웅크리고 있으면서 그 사건이 어떻게 해서 신문에 보도된 것인지를 따져볼 생각은 전혀 해보지 않았던 것이다.

그런데 민 기자의 편지를 받고 보니 그 발설자가 누구인지 단박에 드러나고 말았다.

'변호사님은 (죄송한 말씀입니다만) 햇병아리 변호사이시고, 그 로펌은 그저 돈만 밝히는 닳고 닳은 노회한 백여우이기 때문입니다.'

바로 이 문장이 그 열쇠였다.

발설자는 바로 로펌이었다.

"그거 미친개에게 물렸다고 생각하시오. 술 먹은 미친개라는 말이 있지 않소. 그리고 똥 밟았다고 생각하고. 똥 밟은 발은 씻으면 그만 아니오. 알겠소?"

로펌 대표는 자신만을 따로 불러 대범한 듯 이렇게 말하며 호탕하게 웃어댔다.

"네에……."

자신은 어찌할 수 없이 겨우 대답을 했다. 자신으로서는 그날 받은 충격으로 매일 밤 악몽에 시달리고 있었고, 삭일 수 없는 분노 때문에 날마다 일손이 전혀 잡히지 않고 있었던 것이다. "이 일만 조용히 잘 넘기면 내가 대학 선배로서 손 변 장래는……. 알겠소?"

대표는 상대방의 시원치 않은 대답에 만족하지 못했는지 굳이 '대학 선배'라는 것까지 강조해 대며 '손 변 장래는……' 하고 강한 여운을 남겨놓고 있었다. 대표의 그런 의미심장한 말은 100여 명 직원 변호사들이 하나같이 듣고 싶어하는 감언(甘言)이었다.

"네에, 말씀대로 하겠습니다."

자신은 '손 변 장래는……' 그다음에 여운으로 남은 '……내가 보장하겠소'까지 역력하게 들으며 대표가 흡족하도록 분명하게 대답했다.

그러나 지금 돌이켜 생각해 보면 대표는 그때 자기 목표를 분명히 정해 놓고 그 회사와 딜을 하기 위해 각 매스컴에 그 짤막한 기삿거리를 뿌리고 있었던 것이다.

그리고 대표는 자신을 독대해 주는 것으로 그 사건을 깨끗하게 정리해 버렸다.

그런데 당사자인 자신은 아무것도 모르게 해놓고 대표는 뒤로 그 기업한테서 100억을 챙겨 넣은 것이었다. 그 기사에서 피해당사자의 이름은 가명으로 처리하고, 회사와 로펌 이름은 사실 그대로 밝혔던 것은 바로 회사를 협박하기 위한 약삭빠른 전술이었던 것이다. 그렇게 기사가 터지기 시작했으니 빨리 해결 짓지 않으면 그 거대한 변호사 집단에서 회사를 향해 얼마나 큰 원자폭탄을 투하할지 모를 무시무시한 상황이었다. 회사에서는 부랴부랴 100억을 내놓으며 빨리 없었던 일로 덮어달라고 몸이 달았을 것이고, 대표는 마지못한 척 거드름을 피워대며 아무도 모르게 100억을 챙겼을 것이다. 과연 민 기자의 말 그대로 자신은 햇병아리 변호사에 지나지 않았고, 대표는 그저 돈만 밝히는 닳고 닳은 노회한 백여우였던 것이다.

그날 남자 변호사 둘과 그 재벌 2세를 만났던 것은 상견례를 하기 위해서였다. 그 회사는 자기네 로펌의 단순한 클라이언트(고객)가 아니었다. 많은 클라이언트 중에서도 최고로 꼽는 VVIP 클라이언트였다. 그 그룹의 여러 회사들 중에서 하나를 곧 물려받게 되어 있는 그 2세에게 담당 변호사로서 인사를 하러 간 것이었다.

건장한 체구의 2세는 젊은 기운이 넘쳐나는 반면에 지적인 정서감은 희박한 인물이었다. 세 변호사들의 분위기와는 사뭇 달랐다.

서로 악수를 하고 명함을 교환하고 나자 마땅한 이야깃거리가 없었다. 언제 정식으로 업무 개시를 하시게 되냐, 사장 취임식은 따로 하실 것이냐, 그들이 짜낸 물음은 겨우 이런 정도였고, 2세가 전혀 흥미 없다는 듯 단답을 해버림으로써 자리는 어색스럽고 뻑뻑하기만 했다.

"짜아, 갑시다. 한잔하러. 술을 마셔야 서로 감정이 통하고 얘기가 되고 친해지고 그러지요."

2세가 인상처럼 야성미 넘치는 목소리로 말하며 벌떡 몸을 일으켰다.

그들 세 사람은 당황스러운 기색으로 서로를 쳐다보았지만 2세의 기세에 눌려 아무 말도 못 하고 엉거주춤 일어서고 있었다.

그들은 2세의 차를 뒤쫓아가며 핸드폰 걸기에 바빴다. 다급하게 선약을 취소하는 것이었다.

"허 참, VVIP 클라이언트 힘 한번 세다." 한 남자 변호사가 쓴 입맛을 다시며 말했고, "빌어먹을. 돈이라는 게 뭔지, 드러워서." 다른 남자 변호사가 곧 침이라도 내뱉는 것처럼 말했다. '별수 있나요. 돈은 천하무적, 절대 강자 아니던가요. 어차피 당하는 것, 너무 기분 나빠하지 마세요. 더 초라해지기만 하니까요.' 손채경은 이 말을 하고 싶었지만 꾹 참았다. 그 말을 하면 두 남자의 체면이 너무 비참해질 것 같았던 것이다. 아니, 자신의 비참함까지 피하려는 계산이었다.

돈의 힘에 의한 이런 강압적이고 일방적인 일을 당할 때면 반작용처럼 거부감과 회의가 일고는 했다. 처음 로펌에 발탁되었을 때 가졌던 승리감과 자부심과는 정반대되는 감정이었다. 초임 연봉 3억! 얼마나 큰 승리감이고 자랑스러움이고 황홀감이었던가. 그러나 그런 감정은 막강한 돈의 힘에 지배당하고 굴복하고 시종 노릇을 하게 되면서 차츰차츰 금이 가고, 멍이 들고, 마모되어 가고 있었다.

2세가 앞장선 강남의 술집은 사치의 극치였다. 큰 꽃무늬의 짙은 자줏빛 천으로 도배된 벽이며, 야들야들한 감촉의 갈색 소파며, 너무 섬세하고 예술적이어서 구둣발로 마구 밟기가 저어되는 카펫이며, 돈을 맥질해 놓은 최고급 치장이었다.

"아유, 왕자님 오셨어요. 보고 싶었어용."

뒤늦게 나타난 마담이 예쁘장한 얼굴에 간드러지는 애교를 분칠해 대며 곧 안기기라도 할 포즈로 2세에게 인사했다.

"오늘은 술만!"

2세가 무뚝뚝하게 명령했다.

"술만……? 예, 알았어요."

마담이 재빠른 동작으로 나가자 방 안에는 아까 사무실에서처럼 어색한 침묵이 담겼다.

2세는 화젯거리가 전혀 없는 모양이었고, 세 변호사는 사기네가 먼저 무슨 얘기를 꺼낼 입장이 아니었던 것이다.

큰 쟁반을 받쳐 들고 온 두 젊은이가 빠른 동작으로 술상을 차렸다.

"짜아, 술은 장모가 따라도 여자가 따라야 제맛이라니까 술 따르시오!"

2세가 빈 술잔을 들며 손채경에게 명령했다.

손채경은 비위가 확 상하며 얼굴이 화끈해지는 걸 느꼈다.

'내가 술집 여자야!'

이런 반감이 화끈하게 솟아올랐다. 그러나 말이 되어 입 밖으로 튀어나갈 힘은 없었다.

"상견례니 잘들 하고 오시오."

대표가 굳이 그들 셋을 불러 당부한 말이었다.

손채경은 심히 마땅찮고 자존심 상했지만 꾹 참으며 양주병을 들었다. 자신의 집안 형편상 연봉 3억은 절실하게 필요한 황금 덩어리였던 것이다.

손채경은 술이 술잔의 3분의 1쯤 차자 따르기를 멈추었다. 영화나 드라마에서 얼핏얼핏 보아온 양주 따르는 법을 상기하면서.

"더 따르시오. 꽉 채워!"

2세가 퉁명스럽게 말했다. 아니, 그 최하 낮춤말은 분명 명령이었다.

'뭐……? 꽉 채워!'

그 해라체의 말이 또 손채경의 비위를 확 긁어댔다.

'이거 미친놈 아니야!'

손채경은 견딜 수 없는 모독감을 느꼈다. 그러나 다시 아버지와 동생들을 생각하며 어금니를 맞물었다. 아버지는 교수였던 권위를 완전히 잃은 늙은 허수아비였고, 동생들은 사기당한 아버지의 실수로 궁핍에 시달리고 있었다.

'이 미친놈아, 이 독한 양주를 어쩌자고 가득 채우라는 거야.'

손채경은 이렇게 욕을 해대며 술잔이 가득 차게 술을 따랐다.

"짜아, 잔들 받으시오."

2세가 기세 좋게 술병을 들고 변호사들을 둘러보았다. 그는 술을 보자 마침내 기운이 솟는 것 같았다. 그는 인심 좋게도 세 변호사의 술잔마다 술을 가득가득 따랐다. 술병이 곧 동났지만 걱정할 것이 없었다. 탁자에는 술 대여섯 병이 조로록 줄을 서 이미 대기하고 있었던 것이다.

"짜아, 원샷이오, 원샷! 앞으로 화끈하게 잘하기 위해서!"

2세는 마침내 남자답게 우렁차게 외치며 술잔을 앞으로 쑥 내밀었다. 그 동작에 맞추어 세 변호사는 다 함께 잔을 들어 2세의 잔에 부딪쳤다. 정식 상견례가 된 셈이었다.

'이걸 어쩌지? 이걸 어째야 좋지? 큰일 났네……, 어찌지……, 어찌지…….'

손채경은 겉모습과는 다르게 속이 다급하게 끓고 있었다. 대학교 1학년 축제 때 막걸리 한 사발, 소주 서너 잔을 마셔본 게 술 마신 이력의 전부였다. 그 후로는 변호사 되기 위한 공부를 하느라고 축제는 완전히 외면했던 것이다. 그때 마셔본 술은 전혀 매력 없는 음료였고, 어릿어릿 취하는 것 또한 전혀 기분 좋지가 않았던 것이다.

'이거 다 마시면 죽게 되는 것 아냐……?'

이렇게 겁이 난 손채경은 술잔을 입에 대고 세 남자를 빠르게 훑었다.

2세는 아주 자연스럽게 잔을 기울이며 술을 꿀꺽거리고 있었고, 두 변호사도 눈을 질끈 감은 채 술을 마셔대고 있다. 그 결연한 모습은 2세가 외쳐댄 구호에 맹세라도 하는 것처럼 보였다. 아니면, 이런 기싸움에 꺾여서는 안 된다는 느낌이 들기도 했다.

'에라 모르겠다. 남녀평등이다. 이까짓 술 한 잔 마시고 죽기야 하겠냐!'

손채경은 괜히 분위기 깨고 싶지 않았고, 다 마시지 못해 여자라고 말거리가 되는 것도 싫어서 원샷을 향해 술잔을 기울이기 시작했다.

목은 화끈거리고, 입은 쓰고, 숨은 막히고, 속은 짜릿짜릿하고……, 손채경은 술 넘기기를 잠깐씩 멈추고 숨길을 고르며 악착같이 술잔을 다 비웠다.

"와하! 좋아요, 좋아요. 딱 내 맘에 들었어요. 아주 좋아요."

2세가 목청 드높여 흔쾌하게 외쳐대며 마구 박수를 쳐댔다.

"하아, 손 변, 다시 봐야겠어요. 그런 줄 몰랐는데." 한 변호사가 정말 감탄스럽게 말했고, "정말 대단하시네요. 술 못하는 줄 알았는데." 다른 변호사도 감탄하며 2세에 맞추어 박수를 쳐댔다.

"짜아, 그럼 이번엔 내가 술을 따르겠소." 2세가 술병을 번쩍 치켜들며 손채경 쪽으로 다가앉았고, "아니에요, 아니에요. 전 더 못 해요. 어지럽고 메스꺼운 게 꼭 죽을 것 같아요." 손채경은 질겁을 하며 손사래를 쳐댔다. 그건 과장이 아니라, 머리가 어질어질 흔들리고, 가슴이 두근두근하며 속이 화끈거리고 울렁거리는 게 겁이 나기 시작했다.

"예, 안 마셔도 좋으니까 술이나 받아두라고요." 2세는 곧 술병을 기울이려고 들었고, "예, 그럼……." 손채경은 어쩔 수 없이 술을 받았다.

"짜아, 우리 남자들은 이번에도 원샷이오. 술은 빨리 취해야 제맛이니까."

2세의 호쾌한 외침에 따라 남자 셋은 다시 술잔들을 소리

나게 부딪쳤다. 그리고 달리기 시합을 하듯 그들은 황갈색 양주를 물 마시는 것처럼 해버렸다.

'저 사람, 사업해서 돈 버는 것보다 술 마시는 걸 훨씬 더 잘할 수 있나 보다. 근데 언제까지 저렇게 원샷을 계속할 거야?'

술기운이 거칠고 뜨겁게 전신으로 퍼지는 것을 느끼며 손채경은 세 남자를 걱정스럽게 바라보았다.

"내가 미국 유학할 때 친구 놈들하고 라스베이거스로 카지노 원정을 갔었지. 근데 재수가 옴 붙어서 순식간에 5만 달러를 날려버렸지 뭐야. 그래서 분풀이하느라고 다시 쪼았는데 또 5만 달러가 날아갔어. 난 열이 받쳐서 또 하려고 했는데 친구 두 놈이 술이나 마시자며 말렸어. 그래서 바로 이 술을 셋이서 세 병씩 마시고 완전히 뻗어버렸어. 짜아, 오늘 저녁에도 우리 세 병씩 마셔보자고."

술기운 따라 말문이 트이기 시작한 2세는 어느새 말을 완전히 놓아 '해라'를 해대고 있었다.

'뭐라고? 세 병씩이나……? 이 독한 술을. 근데 어쩔려고 저 사람들 아무 말이 없어? 자신이 있는 거야, 아니면 기가 죽은 거야? 그것도 아니면 죽을 때 죽더라도 해보자는 배짱인 거야?'

손채경은 점점 심하게 휘도는 술기운을 이겨내려고 애쓰며 두 변호사를 근심스럽게 바라보았다.

"예, 지금부터는 반 잔씩만 마시면 어떨까요." 한 변호사가 술을 받으며 2세의 눈치를 살폈고, "예에……, 저도 반 잔씩이 좋겠는데요." 다른 변호사가 얼른 말을 이었다.

"뭐라고? 반 잔씩?" 2세가 술 따르던 것을 멈추며 두 변호사를 쏘아보듯 하더니, "쪼았어. 더 못 마시겠다는 것보다는 나으니까 반 잔씩, 그렇게 해. 공부들은 잘했는지 모르지만 변호사 아저씨들 영 쪼잔하시네. 난 그대로 원샷이야!" 2세는 두 변호사를 제압했다는 듯 호쾌하게 웃어젖혔다.

"이봐, 중국 사업가들하고 거래를 틀 때 뭘 잘해야 되는지 알아? 첫 술자리에서 불 퍼렇게 붙는 그 독한 중국 백주를 계속 간빠이, 간빠이, 간빠이로 서너 병은 거뜬히 해치울 수 있어야 해. 그래야만 믿을 만한 사나이로 인정받아 거래가 팍 트이는 거야. 이봐, 내가 왜 딴 형제들보다 먼저 사장 자리를 차지한 줄 알아? 바로 그 일을 화끈하게 해치워서 아주 큰 거래를 성사시켰기 때문이야. 무슨 말인지 알아들어? 그게 싸나이들의 세계란 말야."

2세는 연달아 원샷을 해가며 자신의 무용담을 질펀하게 풀어놓고 있었다.

'하이고, 중국 놈들 요상하고 유치하네. 사업 능력을 주량으로 평가해? 삼국지 시대도 아니고 그게 뭐냐? 요따위 인간도 필요하게 만들어주다니……'

자꾸 심해지는 술기운을 이겨내려고 애쓰며 손채경은 이런 생각을 하고 있었다. 그때였다.

"머리 좋은 사람은 젖통이 작다고 하던데 손 변은 아주 크잖아. 그거 진짜야, 가짜야?"

이 말과 함께 2세가 손채경의 가슴을 덮치고 들었다.

"어머나!"

2세의 커다란 두 손이 자신의 젖가슴을 움켜잡는 것을 느끼며 손채경은 그를 힘껏 떠다밀었다.

"화아, 이거 진짜잖아!"

2세는 끄떡도 않고 외쳐대더니 다음 순간 그의 손이 스커트 밑으로 쑥 들어왔다.

"사람 살려!"

손채경은 울부짖으며 두 손으로 2세의 얼굴을 힘껏 할퀴었다.

"하, 요런 쌍년이 버릇없이! 이년아, 영광인 줄 알어."

2세가 침을 내뱉으며 손채경의 머리채를 낚아채서 마구 흔들어대기 시작했다.

"사람 살려! 사람 살려!"

손채경은 꼼짝달싹 못 하고 휘둘리면서 비명을 질러댔다.

"왜 이러세요. 진정하세요."

"이러지 마세요. 이건 안 돼요."

두 변호사가 양쪽에서 2세를 붙들며 말렸다.

"이 새끼들아, 이거 놔! 저년이 감히 내 얼굴을 할퀴어. 이 새끼들아, 이거 놓으라니까!"

2세는 이렇게 외쳐대다가 손채경의 머리채를 놓고 두 변호사의 따귀를 갈기기 시작했다.

그 틈을 타서 손채경은 헝클어진 머리칼을 쓸어대며 방을 뛰쳐나가고 있었다.

눈물이 주체할 수 없이 흘러내려 편지의 글씨가 보이지 않았다. 손채경은 편지를 책상 위에 놓고 티슈를 뽑았다. 눈물이 그렇게 흐르는 것은 이 세상 그 누구에게도 말하지 못할 수치와 치욕과 억울함과 분노를 그 편지는 자상한 손길로 따스하게 어루만지며 위무해 주고 있었기 때문이다. 민노진 기자라는 사람은 칼날같이 예리한 추리력과 판단력으로 사건 전모를 꿰뚫고 있었다. 그리고 자신이 전혀 모르고 있었던 중대 정보를 알려줌과 동시에 해결책까지 제시해 주고 있었던 것이다.

민 기자는 머리채를 휘둘러댄 폭행 외에 또 다른 성추행은 없었는지 묻고 있었다. 그 질문을 읽는 순간 젖가슴과 불두덩 속을 긴 꼬챙이로 찌르는 것 같은 통증이 찌르르르 퍼졌던 것이다. 젖가슴도 그렇지만, 그의 손이 불두덩을 우악스럽게 움켜잡았을 때 그 놀람이란 무어라고 형용할 수가 없었다. 자신이 어떻게 그 인간의 얼굴을 할퀴었는지도 기억이 없었다. 그자의 억센 추행에서 벗어나는 길은 그 저항밖에 없었던 것이다.

그런데 그자의 그 추행은 엄청난 상처를 남겨놓고 있었다. 이튿날부터 거의 매일 밤 그자에게 옷이 갈기갈기 찢기며 저항하다가 끝내는 발가숭이가 되어 강간당하는 악몽에 시달려야 했다. 열흘 넘게 그러다가 생리가 없이 그때가 지나가고 말았다. 처음 당하는 일이었다. 하루도 어김없이 치르던 일이 중단된 당혹감 속에서 한 가지 떠오르는 이야기가 있었다.

어떤 여자가 한적한 길을 가는데 앞에서 걸어오던 남자가 느닷없이 달겨들어 치마 속으로 불쑥 손을 넣었다. 여자는 질겁을 해서 소리치며 남자를 떼쳐냈는데, 그 남자는 아무 일도 없었다는 듯 태연하게 걸어가고 있었다. 여자는 사방을 둘러보았지만 사람은 없었고, 파출소가 어디인지도 알 수가 없었다. 그 여자는 다음 달부터 전에 없었던 생리 불순과 생리통에 시달려야만 했다는 것이었다.

그리고 민 기자의 또 다른 예리함은 그 기업 쪽에서 사건을 무마하기 위해서 로펌에 100억을 제공했다는 정보를 알려주면서, 당사자는 그 사실을 전혀 모르고 있을 것이라고 판단한 점이었다. 그 기자는 그 판단의 근거까지 대고 있었다. '변호사님은 햇병아리 변호사이시고, 그 로펌은 그저 돈

만 밝히는 닳고 닳은 노회한 백여우이기 때문입니다.'

그 기자는 사회부 기자답게 로펌의 생리와 속성을 환히 꿰뚫고 있었다. 로펌은 그 기자의 지적처럼 '돈만 밝히는' 곳이었다. 로펌이 돈만 되면 무슨 사건이고 맡고 나선다는 것은 로펌에 들어오고 나서야 알았다. 사건의 선별이 따로 없었다. 기준이 있다면 딱 하나, 오로지 돈이었다. 그러니까 대형 로펌이란 '법조 정글 속의 하이에나'였다. 그러니 로펌은 떼부자일 수밖에 없었고, 젊은 변호사들은 조심조심 수군수군 자기네 대표가 얼마나 부자일지 짐작하고 추측하고 상상하기 바빴다. 그들이 어림잡고 점친 대표의 재산은 몇천억을 헤아렸다.

그런 끔찍한 재산가가 자신을 완전히 속이고 100억을 깨끗이 착복한 것이었다. 그래놓고 대표는 자신에게 '이 일만 조용히 잘 넘기면 내가 대학 선배로서 손 변 장래는……' 하고 특별히 많이 봐주겠다는 투로 그 뻔뻔스러운 연극을 그토록 태연하고도 능란하게 해치운 것이었다.

대표는 그 돈 100억을 피해당사자인 자신에게 마땅히 다 넘겨주었어야 했다. 그러나 꼭 로펌의 기득권을 행사하고 싶었으면 100억의 절반인 50억은 넘겨주었어야 했고, 그것도 아니라면 하다못해 10억이라도 주었더라면 배신감이 이토록 크지는 않았을 것이다. 하지만 민 기자의 제보가 없었더라면 자신은 그 사실을 까마득하게 모른 채 연봉 3억에 감지덕지해 가며 대표에게 그저 순종하는 충직한 종이 되었을 것이다.

그런데 그 피해보상금 100억은 연봉 3억으로 따져보면 33년 치의 연봉인 셈이었다. 그러니까 대표는 100억을 깨끗이 먹어치우고 자신을 33년 동안 무보수 노예로 부려먹을 작정을 한 것이었다. 생각이 여기에 미치자 대표에 대한 배신감은 그만 저주스러운 복수심으로 바뀌는 것이었다.

그런데 그 예리한 민 기자는 자신의 이런 심경 변화를 다 예견하고 있기라도 한 것처럼 복수의 길까지 열어주고 있었다. '저는 그 돈을 변호사님이 변호사님의 것으로 꼭 찾으시기를 바랍니다.' 그리고는 '그 일을 일거에 명쾌하게 해결할 수 있는 적임자'까지 소개하고 있었다.

일생의 목표가 돈 많이 버는 것이 목적인 사업가들의 무한 탐욕도 보기 역겹지만 그야 어찌할 수 없는 일이었다. 그런데 명색이 법조인이란 사람이 사업가 쩜 쪄 먹는 탐욕을 부리는 데는 오만 정이 다 떨어지고 말았다. 인간의 인간다운 삶을 위해 정의롭고 정직하게 이용하고 활용하라는 법을 공부해 가지고 그 반대로 법 장사치 노릇을 해 수천억 치부를 했으면 됐지, 그것도 모자라 상처 입은 여자 후배의 피해보상금까지 몽땅 먹어 치워버린 것이 대표의 파렴치한 탐욕이었다.

밤마다 덮쳐오는 그 악몽에 시달리면서 몇 날 며칠을 생각해 보았지만 그 사건의 깨끗한 해결책은 민 기자가 제시해 준 대로 자신을 감쪽같이 속인 대표에게 통쾌하게 복수함과 동시에 그 돈 100억을 남김없이 되찾는 것이었다. 그러자면 '변호사들 중에서 가장 양심적이고, 가장 정의롭고, 가장 인간적이고, 가장 믿을 만한' 이태하 변호사와 접촉할 수밖에 없었다.

손채경은 여러 가지로 생각하다가 이태하 변호사를 직접 만나는 것보다는 먼저 편지부터 보내기로 했다. 말로 설명하기보다는 민노진 기자의 편지를 동봉하면 이 변호사가 사건 전모를 파악하는 것이 명료해질 것 같았기 때문이다.

처음 뵙는 이태하 변호사님께

저는 K 로펌에 근무하는 손채경입니다. 저는 3년 전에 변호사의 말석을 얻게 되었고, 변호사님의 대학 후배이기도 합니다.

이렇게 글월 올리는 것은 다름이 아니오라 저의 일신상의 중대 문제를 해결하는 데에 변호사님께서 힘을 베풀어주시기를 바라기 때문입니다.

여기, 변호사님을 저에게 소개해 주신 ㅊ신문의 민노진 기자님이 저에게 보내주신 편지의 사본을 동봉합니다. 그 편지를 읽어보시면 제가 어떤 일을 당하고, 어떤 곤경에 처해 있고, 변호사님께 부탁드리고자 하는 일이 무엇인지 명쾌하게 아시게 될 것입니다.

변호사님께서 저의 문제를 해결해 주기로 마음 정하시면, 죄송하지만 저에게 전화 좀 주십시오. 제가 먼저 전화 올리는 것이 도리인 줄 잘 알고 있지만, 제가 문제해결을 바라는 마음이 한시가 급한 형편에 자꾸 전화 드리면 변호사님 일을 방해하는 폐가 될 뿐이라서 변호사님 전화를 기다리는 것이 바른 방법이라 여겨지기 때문입니다.

변호사님께서 전화 주시면 그날로 사표 내고, 바로 변호사님을 찾아뵙도록 하겠습니다. 변호사님의 전화를 학수고대하면서, 후배 손채경 올림.

손채경은 민노진 기자에게 배운 대로 한 글자, 한 글자에 정성을 들여가며 손글씨로 편지를 썼다. 처음에는 바로 A4 용지를 펼쳐놓았지만 전혀 글이 쓰여지지 않았다. 초등학교 때 작문을 하려고 종이를 펼쳐놓으면 무엇을 써야 좋을지 몰라 머릿속이 하얗게 비어버리는 것과 똑같았다.

그 백지가 주는 두려움과 공포의 원인을 한참 만에 찾아냈다. 초등학생 때는 생각의 짧음 때문이었고, 지금의 원인은 벌써 20년이 다 되어가는 기계 의존의 글쓰기 습관 때문이었다. 그래서 컴퓨터를 두들기기 시작하자 글이 풀려나갔다. 기계로 다 쓴 다음 손글씨로 정서를 해나갔다. 그러면서 민노진 기자가 그 긴 편지를 손으로 다 쓰느라고 얼마나 수고가 많았을까 뒤늦게 깨달았다. 자신과 함께 그 일을 당했던 두 변호사에 비하면 민 기자는 한없이 고마운 사람이었다.

그 두 변호사는 이튿날부터 이상하게도 자신을 피해 다녔다. 복도 저 멀리에서 눈에 띄면 바로 돌아서 딴 길로 갔고, 서로 딴 사무실에서 나오다가 어쩔 수 없이 가까이 마주치면 얼른 눈길을 피하며 지나가버리곤 했다. 그런 그들의 심리상태를 이해할 수가 없었다. 한 가지 분명한 것은, 그런 그들의 이상스러운 행동으로 왕따당하는 기분이 들었고, 직장이 전과 전혀 다르게 느껴지기 시작했다는 점이다. 민 기자의 편지는 그런 옹색함에 처하기 시작한 자신까지 구해 주는 천행의 손길이기도 했다.

손채경은 등기 속달로 이태하 변호사에게 편지를 부쳤다.

'변호사님, 제발 저 좀 도와주세요.'

그녀는 우체국을 나오며 이런 속말을 기도하듯이 저절로 뇌었다.

사흘이 지나 이태하 변호사에게서 전화가 왔다.

"만납시다. 사표 내고 바로 오시오."

이태하 변호사의 첫마디였다.

"네에……, 변호사님……."

울컥 눈물이 솟아 손채경은 말이 막히고 말았다.

전화는 끊겨 있었다.

뼈만 추린 그 한마디가 남긴 여운 속에서 손채경은 민노진 기자의 말을 듣고 있었다.

'그분은 가장 양심적이고, 가장 정의롭고, 가장 인간적이고, 가장 믿을 만한 분입니다.'

손채경은 미리 써두었던 사직서를 대표의 비서실에 내고 아무런 미련 없이 로펌을 등졌다.

"민 기자의 편지를 읽고 사태를 충분히 파악했소. 한시도 시간을 끌 일이 아니니까 오늘부터 바로 일을 시작합시다."

서로 명함을 주고받으며 인사가 끝나자 이태하 변호사가 말했다.

"네에……, 그럼 선임료는 내일 준비……." 일이 너무 빨리 진행되는 것에 손채경은 약간 당황하며 말했고, "아니오, 아니오. 바로 제소하는 게 아니라 그 전에 한 가지 할 일이 있소." 이태하 변호사가 흐릿하게 웃음 스치는 얼굴로 말하며 손을 저었다.

"……?"

손채경은 무슨 뜻인지 알아챌 수가 없어서 이태하 변호사를 쳐다보기만 했다.

"아, 다른 게 아니고 제소하기 전에 오늘 중으로 저쪽에 내용증명을 띄우겠소."

"내용증명이요……?"

손채경은 더 말을 못 알아듣는 얼굴이 되었다.

"내 이름으로 내용증명이 날아가면 정면공격이 시작되었다는 걸 실감하고 다급하게 사건 수습에 나설 수밖에 없소."

"……."

말이 없는 손채경의 눈길은 더 자세한 설명을 요구하고 있었다.

"이 사건이 제소되어 그 로펌 대표가 직원의 피해보상금을 착복한 파렴치 행위가 세상에 폭로되면 어찌 되겠소? 그 로펌까지 문 닫게 될 것이오. 더구나 내가 내용증명과 함께 민 기자의 편지도 동봉할 것이오. 그럼 그 대표가 어찌 되겠소."

"아니, 민 기자의 편지는 사신인데……."

손채경은 당황스럽게 말했다.

"그래서 내가 민 기자한테 미리 전화했어요. 그랬더니 민 기자가 흔쾌히 동의했어요. 자기도 보내기 바란다고."

"어머나, 민 기자님이……."

손채경은 너무 고마워 감탄이 절로 흘러나왔다.

"그뿐만이 아니오. 재판이 붙으면 증인으로 재판정에 나서겠다고 했소."

"어머나……, 어머나……."

손채경은 눈물이 복받쳐 오르는 것을 느끼며 더 말을 잃고 있었다. 타인이 자신을 위해서 그렇게 큰 호의를 베풀어 주는 것은 최초의 일이었던 것이다.

"그런 마음이 아니었다면 애초에 그런 편지도 보내지 않았을 겁니다. 민 기자는 그런 사람입니다."

"……."

손채경은 목이 메어 아무 말도 하지 못한 채 새끼손가락 끝으로 눈꼬리의 눈물을 찍어냈다.

"아마 내 예측으로는 제소할 것 없이 내용증명으로 문제가 마무리될 것 같소. 여기 은행 계좌번호 적어놓고, 가서 좀 쉬시오."

"계좌번호요……?"

손채경은 더욱 못 알아듣는 얼굴이 되었다.

"아, 돈 받아야 될 거 아니오. 내용증명에 적어 보내야지요."

이태하 변호사가 비로소 편안하게 웃으며 손채경 앞으로 메모지를 밀어놓았다.

손채경은 손아귀에 잔뜩 힘을 주며 계좌번호를 적어나갔다. 어쩐 일인지 가슴도 손도 와들와들 떨리고 있었다. 그 번호로 그 어마어마한 돈이, 100억이라는 돈이 들어오리라는 것이 도무지 믿어지지 않았던 것이다. 손이 떨리지 않게 하려고 있는 힘을 다 주었지만 종이에 씌어지고 있는 숫자에는 손떨림이 여실하게 드러나고 있었다.

"됐소. 그럴 리도 없겠지만, 만약 그쪽에서 전화 오면 절대 받지 마시오. 지금부터 그쪽과 하는 말은 이쪽에 치명적으로 불리하게 작용할 수가 있소. 알겠소?"

이태하 변호사가 웃음 싹 가신 얼굴로 냉정하게 말했다.

"네, 알겠습니다."

"이제 가시오. 난 내용증명 작성해야 하니까."

이태하 변호사가 먼저 몸을 일으켰다.

엿새째 되는 날에 손채경은 이태하 변호사의 전화를 받았다.

"다 끝났소. 입금 확인하시오."

"네에……?"

결론만 간추린 이태하 변호사의 말에 손채경은 또 어리둥절했다.

"아, 저쪽에서 손 변 계좌로 요구액 입금 완료했다는 연락이 방금 왔소. 손 변은 은행에 가서 입금 확인하시오."

"어머나, 변호사님!" 손채경은 정신이 아찔한 것을 느끼며 탄성을 질렀고, "그럼 전화 끊겠소." 이태하 변호사는 더 할 말 없다는 듯 전화를 끊었다.

'요구액 입금 완료……?'

손채경은 이 말이 무슨 말인가 싶었다. 그 말뜻을 몰라서가 아니었다. 요구액이면 100억을, 자신의 계좌로 입금시키는 것을 끝냈다는 것이었다. 그 끔찍스럽게 많은 돈이 단 며칠 사이에 자신의 계좌로 들어왔다는 것이었다. 그 사실을 도무지 믿을 수가 없었다. 그런데 입금을 확인하라는 것 아닌가…….

손채경은 숨이 가쁜 것을 느끼며 정신없이 옷을 갈아입고 저금통장을 챙겼다. 엘리베이터를 타고 지하 주차장까지 내려갔지만 어질어질해서 차를 운전할 자신이 없었다. 은행까지는 그다지 멀지도 않았다. 택시를 타든지 걷든지 하기로 했다. 자가용들만 질주해 댈 뿐 드문드문 지나는 택시도 빈 것이 없었다. 손채경은 걸음이 빨라지며 로펌 대표를 생각했다.

그는 민노진 기자의 긴 편지를 읽고 얼마나 질겁을 했을까. 그리고 빈틈이라고는 없이 완벽한 논리로 공격을 가했을 이태하 변호사의 내용증명을 대하고 또 얼마나 무서웠을까. 두 사람의 양면 공격을 받고 자신의 파렴치한 범죄가 온 세상에 폭로되어 완전히 몰락하기 전에 그는 그 돈을 모두 토해 내기로 한 것이 분명했다.

오후 시간이라 은행에는 사람이 별로 없었다. 손채경은 순번표를 뽑으면서도 그 어마어마한 돈이 자신의 계좌에 들어

와 있으리라는 것을 전혀 실감할 수가 없었다.

"입금 확인하러 왔는데요."

손채경은 떨리는 것을 막으려고 애쓰며 통장을 내밀었다.

"아 네, 손채경 고객님, 저희 모두 기다리고 있었습니다. 저희 지점 오늘 입금 액수 중에 제일 큰 액수니까요."

통장을 받으며 은행원이 더없이 친절하게 말했다.

"……."

"앉으시지요. 바로 통장 정리해 드리겠습니다."

은행원이 자리를 권해서야 손채경은 자신이 뻣뻣하게 서 있다는 것을 알았다. 그녀는 의자에 조심스럽게 앉으며 지금 정리되고 있는 자신의 통장에 그 상상하기 어려운 돈 100억이 숫자로 찍힐 것 같지가 않았다.

"고객님, 확인하시지요. 100억입니다."

은행원이 통장을 내밀며 말했다.

'뭐라고……?'

손채경은 가슴이 쿵 울리는 것을 느꼈다.

'정말이네!'

손채경은 눈앞이 흐려지는 것 같아 정신을 차리려고 마음을 가다듬으며 두 손바닥으로 얼굴을 야무지게 훔쳤다. 그리고 통장을 받아 들고 눈길을 모았다.

눈앞에 주루룩 줄을 선 동그라미들. 그것이 몇 개인지, 너무 많아 셀 수가 없었다. 자신의 통상에서 그렇게 많은 수의 동그라미들을 본 것은 그야말로 세상에 태어나서 최초의 일이었다.

초등학생 때 했던 것처럼 그녀는 동그라미 끝에서부터 하나씩 짚어나가기 시작했다. 일, 십, 백, 천, 만, ……일억, 십억, 백억! 정말 맨 끝 동그라미가 십억이었고, 마지막 숫자 1을 짚자 전체가 100억이 되었다. 그 동그라미들 수를 전부 다시 세어 보았다. 모두 10개였다. 동그라미 10개에 1자가 붙으니 100억이 된다는 것도 처음 하는 경험이었다.

손채경은 은행에 들어올 때와는 다르게 작은 핸드백을 품에 안듯이 하고 은행을 나섰다.

'민노진 기자님, 감사합니다. 이태하 변호사님, 감사합니다. 두 분께서 이 돈을 찾아주셨습니다. 이 은혜를 어떻게 갚아야 합니까. 고맙습니다, 고맙습니다.'

손채경은 깍지 낀 두 손을 가슴에 모으고 눈을 감고 서서 움직일 줄을 몰랐다. 절실한 기도를 드리는 그 자세를 오가는 행인들이 힐끔거리며 지나갔다.

손채경은 집에 오자마자 이태하 변호사에게 전화를 걸었다.

"입금 확인했습니다."

"틀림없었소?"

"네, 틀림없었습니다."

"아, 아주 잘됐소."

"변호사님, 내일 아침 10시쯤 찾아뵀으면 하는데요."

"아니, 잘 끝났으면 됐소. 올 것 없어요."

"아닙니다. 아직 처리할 일이 한 가지 남았습니다."

"뭐요, 전화로 말하시오."

"전화로는 안 될 일입니다. 내일 찾아뵙겠습니다. 시간 오래 안 걸립니다."

"아니, 무슨 일이길래……."

"내일 뵙겠습니다."

손채경은 서둘러 전화를 끊었다.

"다름이 아니라 그 돈의 절반을 민 기자님과 변호사님께 드리고 싶습니다."

이튿날 이태하 변호사와 마주 앉자마자 손채경이 한 말이었다.

"아니, 그게 무슨 소리요? 25억씩을 말이오?"

이태하 변호사가 깜짝 놀랐다.

"네. 그 돈은 저만의 것이 아닙니다. 두 분이 아니었으면 그 돈은 영영 못 찾게 되었을 것이고, 두 분께서 찾아주셨으니까 그 돈은 공동 소유입니다."

"그 말은 꽤 그럴싸한 말 같지만 합리성과 타당성이 전혀 없으니 그런 말을 괴변이라고 하는 거요. 그리고 그 돈을 나한테 주려는 것은 손 변이 나를 그 로펌 대표와 똑같은 도둑놈 만드는 것이오. 그건 절대 안 될 일이니 그만 돌아가시오. 민 기자도 그 얘길 들으면 고마워하는 게 아니라 모독감을 느낄 것이오. 근데 그런 것보다 훨씬 중요한 일이 있소. 이제 모든 일이 다 잘 끝나고 시간 여유도 갖게 되었으니 손 변 건강부터 살피시오. 그 사건으로 받은 상처가 클 텐데 어서 병원 치료부터 받으시오. 그런 상처 잘못 방치했다가는 평생 트라우마가 될 수 있어요."

"네, 염려 말씀 감사합니다. 근데 제가 두 분께 은혜를 못 갚게 하시면 변호사님께서도 저를 로펌 대표처럼 도둑놈 만드는 것입니다."

"알겠소. 그 마음만 받겠소. 그 마음 참 고맙소. 그리고 이 길로 빨리 병원이나 찾아가시오."

이태하 변호사가 먼저 몸을 일으키며 손채경을 내쫓듯 문을 향해 두 팔을 휘저었다.

열흘쯤 지나 이태하 변호사는 비서로부터 한 통의 서류봉투를 건네받았다. 발신자가 손채경이었다. 이 변호사는 당황해서 서류봉투를 뜯었다.

제가 이렇게나마 하지 않고는 도저히 견딜 수가 없어서 하는 것이니 이 보은을 넓은 마음으로 이해하여 주시고 받아주

십시오. 민 기자님도 제 마음을 헤아려주시리라 믿습니다.

변호사님이 이 편지를 받으실 즈음이면 저는 딴 나라를 향해 하늘을 날고 있을 것입니다. 철학을 하고, 디자인을 하는 친구 둘과 함께 긴 외국 여행을 시작했습니다. 여러 나라의 문화와 문명을 여유롭게 살피며 저의 앞날의 삶에 대해서도 진지하고 심각하게 생각하는 시간을 갖고 싶습니다. 마음의 상처가 어느 만큼 다스려지면 귀국해서 연락 올리겠습니다. 건강하십시오. 존경합니다.

이 편지와 함께 5억짜리 자기앞수표 2장이 들어 있었다.

"참 사람도……."

이태하 변호사는 이렇게 중얼거리며 민노진 기자에게 전화를 걸기 시작했다.

인간의 인간다운 길

이 형에게

어떻게 지내시오. 소식 못 전한 지도 벌써 반년이 지났나 보오. 이게 계절이 없이 바쁜 비닐하우스 농사 탓이오. 그리고 또 하나, 새 과일 생산을 성공시키느라고 몰입했기 때문이라오.

이 형, 주말 이용해 쉬었다 가라고 편지 보내는 것이오. 왜냐하면 우리 부부가 몇 년에 걸쳐 정성을 다 바친 애플망고가 성공하여 마침내 그 첫 수확을 앞두고 있소. 우리 부부는 그 첫 수확의 애플망고를 이 형 부부께 대접하고 싶은 거요. 그동안 다른 작물들을 택배로 보냈지만 이것만은 그렇게 하고 싶지 않소. 왜냐하면 우리 부부가 너무 애쓴 결실인 데다가, 그 맛이 얼마나 기막힌지, 내가 글 쓰는 재주가 없어서 표현을 못 하겠는데, 한마디로 천하일품, 이 세상에서 제일 맛있다고 자신할 수 있소. 흔한 말로 둘이 먹다가 하나 죽어도 모를 만큼 기막힌 그 첫 수확의 맛을 이 형 부부와 우리 부부가 함께 즐기고, 함께 기념하고, 자랑하고, 칭찬받고 싶소.

그리고 돈벌이 잘 못 하는 변호사 남편 좀 잘 봐달라고 이형 부인께 이 맛있는 애플망고를 실컷 대접해 정치를 하고 싶소. 내 집사람도 이 형 부부를 어서 만나기를 바라고 있소. 또이 형 부인께서도 이곳 광양의 풍광이며 음식을 좋아하시지 않소. 앞으로 열흘쯤이면 맛이 절정에 이를 것이니 첫 수확을 안 할 수 없소. 그 시기를 맞추어 꼭 좀 내려오시오.

여기 시골 생활에 아무런 불만도 불평도 없지만, 말벗이 마땅치 않은 것이 늘 아쉬운 점이오. 오실 때 절대로 손수 운전하지 마시오. 거리가 너무 멀고, 시간도 2배나 더 걸리오. 전처럼 KTX로 순천에 내리면 우리 부부가 마중 나가겠소.

'햇빛이 더욱 찬란하게 빛나는 고장'이라는 뜻인 이곳 광양의 4월은 온 천지가 꽃이 만발한 꽃 잔치고, 꽃물결이오. 부인께서는 다른 계절은 보셨지만 봄을 못 보셨으니 이 풍광을 보시면 무척 기뻐하고 행복해하실 것이오.

어쭙잖은 선배 한지섭 씀

편지를 다 읽은 이태하는 빙긋이 웃으며 찻잔을 들었다.

이 찻잔도 한 선배가 마련해 준 것이었고, 녹차도 떨어지지 않게 보내주고 있는 것이었다. 한 선배는 커피 너무 많이 마시지 말고 녹차도 좀 마시라며 권해 주었던 것이다. 녹차의 온갖 효능 설명과 함께. 녹차는 구취 제거부터 시작해서 뇌 기능의 활성화를 촉진시키고, 면역력을 강화할 뿐만 아니라 각종 암의 예방 효과까지, 그 효능이 참으로 놀라웠다. 그 살아 있는 증거가 중국인들이었다. 저 옛날부터 중국인들 전체가 물을 끓여 차를 우려내서 식수로 마셨던 것은 수질이 나빴기 때문이다. 그 차 마시는 오랜 전통이 서양 사람들의 식민지 침탈에 따라 서양으로 퍼져나갔고, 녹차의 발효차인 홍차에 매료되어 너무 많은 돈이 중국으로 흘러들어가게 되자 영국은 그 막대한 무역 역조를 해결하고자 식민지 인도에서 재배한 아편을 중국에 팔아먹기 시작했고, 그 바람에 전 국민적 아편중독 현상으로 나라가 망할 지경에 이르자 중국 정부는 아편 규제에 나섰다. 그 규제를 제거하려고 영국은 전쟁을 일으켰는데, 그것이 인류 전쟁사에서 가장 비열하고 추악한 전쟁으로 명명된 아편전쟁이었다. 그건 자기네 잇속을 차리기 위해서는 수단과 방법을 가리지 않았던 영국의 민낯이었다. 그리고 돈을 위해 식민지 침탈을 일삼았던 유럽 여러 나라들의 대표적 사례이기도 했다.

한지섭 선배는 독서광인 사회학도답게 이런 상식까지를 전해 주는 것이었다. 법학도 후배가 법조문에만 갇혀 몰상식해질까 봐 그런 속 깊은 배려까지 해주고 있었다.

중국 사람들은 그렇게 오랜 전통을 이어오며 차를 마셨기 때문에 수명장수를 누렸다. 중국의 역대 지도자들인 마오쩌둥(모택동), 저우언라이(주은래), 덩샤오핑(등소평), 장쩌민, 후진타오 등 모두가 90을 넘기거나 90 가까이 살고 있는 것이다.

한지섭 선배는 이런 상식만 전해 주는 것이 아니었다. 왜 우리나라 명차의 주산지가 해남을 비롯한 보성이며 하동으로 이어지는 남쪽 바닷가 지역인지를 알려주는가 하면, 나라가 금하는 천주교를 믿어 강진으로 귀양을 가야 했던 정약용의 호가 왜 다산(茶山)인지, 그가 마신 차 찌꺼기가 산을 이룰 정도로 녹차를 대준 것이 누구인지, 한국 사찰의 차 전통을 부활시킨 해남 대흥사의 초의 선사는 왜 다산에게 유배 18년의 긴 세월 동안 녹차가 산을 이루도록 그 많은 차를 대주었던 것인지, 다산 정약용과 초의 선사와 추사 김정희로 이어지는 인간관계는 어떤 필연성이 있는지를 세세하게 일깨워주었다.

한지섭 선배는 농촌에서 농사짓는 단순한 농부가 아니었다. 장서가라고 할 만큼 줄기차게 책 읽으며 공부하는 사회학자였고, 지방에 앉아서 세계의 정치 현실과 각국의 역학 관계를 꿰뚫고 있는 세계학자였고, 한국의 정치와 정치인들의 문제점들을 속속들이 파악하고 냉철한 비판을 가하는 탁월한 정치평론가였고, 삶과 인생에 대해 넓은 안목과 깊은 통찰의 세계를 구축하고 있는 철학가이기도 했다. 그런데 그는 과학적 영농을 끝없이 연구하고, 실천하고, 그리고 실한 결실을 거두는 성실하고 충실한 농부가 현직인 불가사의한 사람이었다.

그런데 한지섭 선배는 후배를 꼭 불러 내리려고 자기 나름으로 아주 약은 꼼수 작전을 구사하고 있었다. 몇 번이고 '이 형의 부인'을 끌어들여 이쪽이 꼼짝하지 못하게 공략하고 있었다.

아내는 이상하게도 한 선배의 고향을 좋아했다. 자신처럼 서울 태생인 아내는 농촌이나 시골에 대한 정서가 전혀 없었다. 그런데 한 선배가 고향으로 내려가 어느 정도 기반을 잡고 초청을 한 것이 15년쯤 전이었다. 그때 아내는 중소 도시를 에워싼 농촌을 처음 본 것이었는데, 그만 첫눈에 반하고 말았다. 흔히 남녀 관계에서 '첫눈에 반했다'는 말을 쓰는 줄 알았는데, 아내가 한 선배의 고향을 처음 보고 반한 것이 꼭 그랬다.

아내는 기차 창밖으로 끝없이 이어지던 지리산 준령의 장엄함을 보고 놀라며 탄복한 것에서부터, 한 선배의 많은 비닐하우스에서 경작되고 있는 여러 가지 농작물을 둘러보며 연상 신기해하고 감탄했고, 두어 번 발길 했을 뿐이지만 계절따라 싱그러운 자연이 연출해 내는 남도의 신비로운 풍광에 반해 버렸고, 이글거리는 참숯불 위에 구리 석쇠를 놓고 구워 먹는 광양불고기 맛에 반해 버렸고, 그윽한 향이 깊게 스미는 무공해 야생 녹차의 신비로운 맛에 취해 버렸고, 컴퓨터가 놓인 책상 자리만 빼고는 사면 벽을 빈틈이라고는 없이 빽빽하게 채우고 있는 한 선배의 장서를 보고는 입을 다물지 못했고, 자기네 집과 다를 것 없이 지어준 이주노동자들의 숙소를 둘러보고 아내는 놀라다 못해 그만 한 선배를 존경하게 되고 말았다. 아내의 그런 마음을 환히 알고 있는 한 선배는 계속 '이 형의 부인'을 호출하는 전략을 구사했던 것이다.

이태하는 한 선배의 편지를 손다리미질을 해서 다시 봉투에 넣었다. 한 선배는 대학 생활 4년 동안에 사귀게 된 가장 믿을 만한 말벗이었다. '여기 시골 생활에 아무런 불만도 불평도 없지만, 말벗이 마땅치 않은 것이 늘 아쉬운 점이오.' 한 선배의 이 말에 이태하는 전적으로 동의하고 있었다. 한 선배만 그런 게 아니라 자신도 그랬기 때문이다.

한 선배는 말벗이 마땅찮은 것을 '시골'에게 유죄 혐의를 씌우려 하고 있었지만 '도시'인 이곳에서도 말벗이 마땅찮기는 마찬가지였다. 아니, 어쩌면 이곳이 더 심할 수도 있었다.

서울은 삭막해지는 것이 날로 심해져 가고 있었다. 그 삭막함의 도는 계속 높이 치솟고 있는 건물들의 수와 비례하고 있었다. 하늘과 높이 경쟁이라도 하듯이 치솟아 오르는 건물들은 상업용만이 아니었다. 사람이 사는 아파트마저도 30층에서 40층으로, 40층에서 50층으로 날개를 달았다. 20층 이상의 아파트가 임신부의 유산 위험을 높이고, 아동들의 성장을 저해하고, 면역력을 약화시키고, 우울증을 유발하며, 어지럼증으로 정서불안을 촉진시키는 등 그 폐해가 10여 가지에 이른다는 세계적인 연구 결과는 아랑곳하지 않고 그런 초고층 아파트들이 인기리에 분양되고 있는 것 또한 기현상이었다. 아파트들까지 그렇게 앞다투어 높아지는 것은 끝없는 수도권 인구집중과 직결되어 있었다. 서울에 집중된 인구가 940여만, 서울을 에워싼 경기도에 1천3백여만, 전 국토의 겨우 10퍼센트에 전체 인구의 절반이 몰려들어 와글와글, 바글바글 들끓어대는 것이 수도권의 현실이었다. 세계 어느 나라에도 없는 그 기현상은 필연적으로 극한적 경쟁을 유발시키고, 양보 없는 경쟁은 몰인정을 촉진시키고, 몰인정은 삭막한 세상을 만들 수밖에 없었다. 그래서 15층, 20층이 넘는 아파트에서 택배 배달부들에게 엘리베이터를 타지 못하게 하는 살벌한 일이 벌어지는 것이 수도권의 인심이었다. 전기 요금 많이 나온다고 엘리베이터를 못 타게 하니 배달하는 사람들은 무거운 짐을 들고 아파트 계단 하나하나를 걸어 올라가야 하는 것이다. 나만 배달부 아니면 그만이라는 그런 냉혹한 이기주의가 난무하는 사회 속에서 서로 마음이 통하는 말벗을 얻는다는 것은 얼마나 어려운 일인가.

서울의 삭막함은 그런 야박한 몰인정에서만 생겨나는 것이 아니었다. 건물들이 날로달로 높아지면서 자취 없이 사라진 소중한 것이 있었다. 서울을 드넓게 에워싸며 더없이 아름다운 풍광을 이루어냈던 그 장엄하고 우아했던 산줄기들이었다. 드높은 건물들이 자연 풍광을 완전히 차단해 버려 서울 시내에서는 사방 그 어디를 둘러봐도 직립된 시멘트 덩어리들만이 우악스럽게 시야를 가로막고 있을 뿐이었다. 겨우 발견할 수 있는 자연이란 조각나고 좁아지고 오염된 하늘뿐이었다. 자연 풍광과 예술적인 조화를 이루고 있었던 500년 고도 서울을 그렇게 살벌한 도시로 망쳐버린 위인이 있었다. 그저 '이익 창출'이라는 돈벌이에만 혈안이 되어 재벌 기업에서 젊은 시절을 보낸 사람이 시장이 되자마자 실용성을 내세워 전부터 내려왔던 '고도 제한'을 풀어버렸던 것이다. 그리고 그 몰상식한 처사에 아파트 업자들은 만만세를 불렀고, 시민들은 무관심하고 무신경하게 세월을 보내고 말았다.

이런 삭막한 곳에 살다가 싱그러운 자연이 넓은 품으로 보듬고 있는 아담한 소도시에 가자 그 완전히 다른 세상에 아내는 단박에 반하고 만 것이었다. 그리고 겸손하고 해박한 농부 한지섭과, 다정하고 남도 음식 솜씨 깔끔한 그의 아내 김혜은까지 있어서 아내의 마음이 더욱 쏠리게 된 거였다.

이태하는 집에 돌아오자마자 아내한테 편지를 내밀었다.

"뭐예요?" 그의 아내 황연주가 무심하게 물었고, "저 남쪽 소식." 이태하도 일부러 무심한 듯 대꾸했다.

"어머, 한 선생님이 편지하셨군요?"

황연주는 화들짝 반가워하며 얼굴에 환한 꽃을 피워냈다.

"여보, 우리 날짜 맞춰서 당장 가요."

이태하가 양복을 벗고 나오자 그사이에 편지를 다 읽은 황연주가 신바람 나게 말했다.

"알았어. 내가 전화 해볼게."

"근데 여보, 애플망고는 원래 열대 과일인데 어떻게 광양에서 난다는 거지요? 제주도에서 나는 건 먹어봤는데."

"나도 그 생각을 해봤는데……, 그거 그럴 수도 있어."

"그럴 수도……?"

"남·북극 얼음 마구 녹아내리고 있잖아."

"지구온난화?"

"응, 바로 그거지 뭐. 사과 경작 지대가 자꾸 북쪽으로 올라가 강원도 태백시에서 제일 맛있는 사과가 생산되고 있잖아. 그와 마찬가지로 애플망고도 제주도를 벗어나 남쪽 해안지대까지 경작지가 확장된 거지. 광양과 같은 위도인 고흥 같은 데서도 제주도 대표 과일인 귤이며 한라봉 같은 품종들이 벌써 십수 년 전부터 생산되고 있잖아."

"그렇겠네요. 근데 한 선생님은 벌써 몇 년 전부터 애플망고 농사를 시작하셨으면서 왜 그동안 한 번도 말을 안 하셨지요?"

"아마 실험 재배 단계니까 그랬겠지. 원래 그분 그런 사람이야. 입 무겁기가 바윗덩어리야. 운동권에서도 입 무겁기가 설악산 울산바위라고 소문나 있었어."

"아니, 얘긴 참 재미있게 잘하시는데."

"으응, 그것과 그건 다른 문제지. 지켜야 할 비밀을 지키는 데만 바윗덩이고, 해야 할 얘기가 있을 때는 논리적으로, 체계적으로 그 누구보다도 말을 잘하니까."

"네. 근데 말예요, 얼마나 맛이 있길래 이 세상에서 제일 맛있는 애플망고라고 그렇게 자신만만해하실까요?"

"글쎄, 나도 그게 참 궁금해. 전혀 허풍을 떠는 사람이 아니니까 맛이 좋기는 아주 좋은 모양이야."

"근데 어떻게 남보다 먼저 그런 새로운 농사를 시작해 성공시키는 거지요?"

"그분 서재의 그 많은 책들 좀 봐. 끝없이 공부하고 연구하는 과학 영농가잖아."

"근데 그분은 농사꾼만이 아니잖아요. 옛날 책에서부터 신간까지, 각종 분야의 책들이 다 있던걸요. 그분 앞에서 무슨 얘기 하기 겁나요."

"그렇지. 시골에서 그렇게만 살기는 참 아까운 사람이지. 큰일을 얼마든지 할 수 있는 사람인데."

이태하는 시름 깊은 한숨을 쉬었다.

"예에, 그분이 대통령을 하고 당신이 총리를 하면 어떨까 가끔 생각해요. 히히……."

황연주는 어깨를 움츠리며 부끄러운 듯 웃었다.

"글쎄, 나야 자격이 없지만, 그분은 충분한 자격이 있어. 단, 조건이 있어. 5년은 너무 짧고, 10년 임기를 해야 해. 그럼 이 문제 많고 말썽 많은 나라를 완전히 뒤집어엎어 쓸 만한 나라로 만들어놓을 거야."

이태하는 농담기 전혀 없이 아주 진지하게 말했다.

"어머, 그분을 그렇게 평가하고 믿으세요?"

황연주는 놀란 눈으로 물었다.

"믿지, 틀림없이 믿지. 지금 그분이 하고 있는 일은 정치에 환멸을 느껴 시골로 내려가면서 했던 말을 그대로 실천하고 있는 거야. 당신이 감동한 이주노동자들의 숙소를 봐. 그건 인간 평등을 실천한, 대한민국에서 제일 좋은 이주노동자 숙소일 거야. 나랏일을 맡기면 그런 식으로 철저하게, 인간 본위로 대개혁을 단행해 전 국민이 사람답게 사는 나라를 만들어낼 거야."

"그렇게 세상을 완전히 뒤엎으려고 하니까 당신이나 그분이나 왕따를 당하는 거잖아요. 같은 운동권들까지도 마땅찮아하고."

"그래서 억울해? 돈 많이 못 벌어오는 반편이 변호사라서?"

"아니에요, 아니에요. 왜 갑자기 그쪽으로 튀고 그래요?"

황연주는 손사래를 치며 일어섰다.

이태하는 '같은 운동권들까지도 마땅찮아하고'라는 말에 또 그만 감정이 상했던 것이다. 아내는 무심코 한 말일지 모르나 자신은 그런 투의 말만 들으면 즉각적으로 반감이 일어나는 것이었다. 그건 기존 정치권에 편입된 운동권 출신들의 급속한 변절에 대한 절망감과 증오감에 대한 반작용이었다. 그리고 변절한 그들은 운동권 의식의 순수성과 처녀성을 그대로 유지한 채 그 실현을 도모하려는 한지섭 선배를 촌스러워하고 부담스러워하다가 끝내는 외면하고 거부했던 것이다.

"운동권 누구나 그랬겠지만, 내가 가장 싫어했던 것이 '즈네들 출세의 수단으로 운동한다'는 말이었소. 보수세력들은 그 말로 운동권을 비판하고 부정했는데, 그 말이 사실인 것을 입증해 주고 현실화시켜 준 것이 운동권 출신들이잖소. 그 대표적인 인물이 '이렇게 쉽게 출세할 수 있는 길이 있는 줄 모르고 괜히 운동했네' 하고 말한 자가 극치였소. 그래서 그 부류들은 야당 쪽의 자리가 동나자 허둥지둥 여당 쪽으로 몰려간 것 아니겠소. 운동할 때 자기들이 그렇게 비판하고 매도해 댔던 그 보수 집단 여당으로 말이오. 그래서 운동권 출신들은 서로 경쟁이라도 하듯이 변절을 하기 시작했소."

정치를 접고 고향으로 내려가며 한 선배가 한 말이었다.

한 선배는 애초에 운동권 출신들의 기존 정당 입당을 반대했다. 운동권 정신의 변질이 필연이기 때문이라는 것이었다. 그의 주장과 구상은 운동권 출신들이 대동단결하여 창당을 하고, 총선에서 전국적으로 출마하여 50명에서 70명까지 당선자를 내면 새로운 판도의 정치판을 만들어낼 수 있다는 것이었다. 당선자를 그렇게 낼 수 있는 가능성은 30년 군부독재를 타도하고 민주적 정권교체를 성취해 낸 운동권이 전국민적 지지와 신뢰를 받고 있었기 때문이다.

이태하는 한 선배의 그런 주장과 구상을 전적으로 지지했다. 그 시대적 분위기에 의석을 그만큼 확보하기가 어렵지 않은 일이었고, 그 신생 정당은 기존의 두 정당을 충분히 견제하고 대등하게 맞설 수 있는 힘을 발휘할 수 있을 것이었다.

그러나 그 신선한 꿈은 이루어질 수 없었다. 그 단결이 이루어지지 않은 것이 바로 운동권 출신들의 변절을 예고하는 증거였다. 그들은 자기 욕심 채우기에 급급해 기존 정당의 손짓에 부랴부랴 달려가기 바빴던 것이다.

이태하는 아내와 함께 금요일 일찍 순천행 KTX에 몸을 실었다. 주 5일제가 정착되면서 주말이 금요일부터 시작되는 업종이 더러 있었다. 변호사라는 직업도 그런 여유를 얻기가 비교적 수월해 가끔씩 3일 연휴를 즐길 수 있었다.

단 1분도 어김없이 출발하는 KTX는 탈 때마다 신기했다. 기차가 그렇게 빨리 달린다는 게 신기했고, 그러면서도 전혀 진동이 없이 편안한 것이 신기했고, 좌석표는 있는데도 표를 조사하는 일이 없는 게 신기했고, 탈 때마다 거의 만원인데도 언제나 정적이 유지되는 것이 신기했다.

그러나 시속 200킬로가 넘는 그런 쾌속 열차는 세계적으로 보아 우리가 한참 뒤진 것이었고, 그 신설 계획이 발표되었을 때 비판적 반대 여론이 시끌시끌했었다. 고속도로가 있고 비행기가 있는데 왜 그런 열차가 필요한 것이냐, 경제발전을 더욱 촉진시키기 위해 육성, 투자할 분야가 한두 군데가 아닌데 왜 그 천문학적인 돈을 헛되게 쓰려 하느냐 등.

그런데 쾌속 열차는 오랜 시일이 걸려 탄생하자마자 원수 갚음을 하듯이 첫 번째로 고속버스를 잡아먹어버렸다. 날아가듯 하는 그 장쾌한 속도에 고속버스들은 일시에 버림받은 신세로 전락하고 말았다. 사람들은 2배 이상 빠른 신생 열차로 몰렸고, 고속버스들은 텅텅 빈 채로 외롭게 고속도로를 달리다가 날로 불어나는 적자를 견디지 못해 차츰 사라져갔다. 그러나 쾌속 열차가 잡아먹은 것은 고속버스만이 아니었다. 비행기도 어떤 노선들은 취항이 중단되기 시작했다. 비행기는 속도 때문이 아니라 탑승에 탕진되는 많은 시간과 번거로움 때문에 외면당한 것이었다.

결과적으로 쾌속 열차가 국민적 사랑을 받는 교통수단이 된 것은 좋은데 왜 그 명칭이 'KTX'인지 이태하는 기차를 탈 때마다 눈에 거슬리고 비위가 상했다. 그것은 갈수록 통제 불능 상태로 범람하고 있는 영어 남발에 대한 거부감이었다. 수출에 주력하는 개인기업도 아니고 국가가 경영관리하는 국철에 왜 군이 'KTX'라고 외국어를 붙이는가. 외국인들이 편하라고? 외국 사람들이 몇이나 타는가. 글로벌 시대에 맞춰서? 이 열차가 파리나 뉴욕까지 달리는가? 영어 남발은 김영삼 정권의 영어 조기교육에서부터 시작되었다. 그 대표적인 것이 아파트 단지들이 국적 불명의 뜻 모를 외국어 명칭들을 경쟁적으로 붙이기 시작한 것이다. 그리고 서울시가 '하이 서울'이라는 그 천박하고 방정맞은 슬로건을 내걸자 도시마다 줄줄이 그 뒤를 정신없이 따랐고, 그리고 은행들도 본

이름 뒤에도 아니고 굳이 앞에다가 영어 약자를 받들어 올리는 유치하고 정신 나간 짓을 하고 나섰고, 그런 바람에 실려 일반 상점들도 앞다투어 영어 간판을 내거는 유행 바람을 일으키더니 언제부턴가는 급기야 한글 표기를 싹 지워 없애고 완전히 영어 글자로만 간판이 바뀌기 시작했다. 그 얼빠진 요상스러운 바람은 서울에서 시작되어 저 제주도 끝까지 휩쓸고 있었다.

그런 현상들을 보면서 이태하는 20여 년 전에 가보았던 연변을 생각하고는 했다. 그 조선족자치주에서 가장 먼저 눈에 띄었던 것이 모든 상점의 간판들이었다. 그 간판들은 반드시 두 가지 문자로 쓰여 있었다. 조선족 문자인 한글과, 중국 문자인 한문이었다. 그런데 그것이 한문이 위가 아니라 한글이 한문의 위에 올라앉아 있었다. 그것은 중국이 조선족자치주의 위상과 위신을 존중한다는 명백한 뜻이었다.

우리는 왜 국가적으로 이런 조처를 취하지 못하는가. 영어 간판을 쓰되 위에는 반드시 한글로 쓰고, 아래에는 영어를 쓰게 하는 방법 말이다. 이것은 쇄국이 아니다. 그건 국가적 존엄성과 국민적 자주성을 스스로 지키는 일인 것이다. 이 나라의 이 정신없는 영어 범람 현상을 미국 사람들은 뭐라고 하며 바라볼까. 고마워할까, 기특하다고 할까, 스스로 문화식민지가 되려고 허둥거리는 꼴을 보며 불쌍해하고 경멸할까.

김영삼 정권이 국민 공청회 한 번 거치지 않고 막무가내로 영어 조기교육을 밀어붙인 이후 여섯 번째로 정권이 바뀌었지만 그 어떤 정권에서도 영어 범람의 문제점에 대해서 무슨 대책을 세운 일이 없었다. 역대 교육부는 계속 실패하는 대학입시 제도에만 매달려 그 무능을 확대하고 있을 뿐 영어 남발의 폐해에 대해서는 아무런 관심도 없었다.

그런데 최근에 미국에 사는 어떤 여성 독자가 모국의 영어 남발의 폐해에 대해서 날카롭게 비판하는 칼럼을 썼다. 이태하는 그것을 읽어보고 글다운 글을 읽은 공감을 했고, '나는 이 땅에 살면서도 이런 글을 써서 신문에 투고해 본 일이 있는가' 하고 부끄러움을 느꼈다. 자신 또한 그동안 그 문제에 대해서 아무 일도 하지 않은 무책임한 방관자에 불과했던 것이다. 그 미국에 사는 여성처럼 보통 시민이 아니고 명색이 변호사라는 특수 직업을 가지고.

변호사로서 그 문제를 시정하려고 나선다면 못 할 것도 없었다. 사회적 힘을 조직화하고, 국가의 위상과 국민적 자존심을 지키기 위한 명분과 그것을 뒷받침하는 논리를 개발해 내고, 20개가 넘는다고 하는 한글 단체들을 규합하고, 뜻있는 시민단체들까지 연대해 나서서 교육부를 상대로 행동을 전개하면 국회의 입법이 필요 없이 행정 시행령으로 규제책을 만들 수 있었다. 그것은 마음 단단히 먹고 해볼 만한 일이기도 했다.

"뭘 그리 생각해요?"

황연주가 무료한 듯 남편을 질벅였다.

"응? 아니 뭐……."

이태하는 멈칫 놀라며 그 생각을 털어냈다.

"또 무슨 재판 생각해요?"

황연주가 마땅찮은 표정으로 눈을 흘겼다.

"아니, 아니야. 그냥……, 당신이 들으면 또 한심해할 생각을 하고 있었어."

이태하는 멋쩍게 웃으며 물병을 땄다.

"무슨 생각이게요?"

"응, 왜 열차 이름이 영어로 KTX인가. 멋진 한글 이름이 얼마든지 있었을 텐데 하고."

"하이고, 또 애국자 나오셨네. 하여튼 못 말려요."

황연주가 눈을 더 심하게 흘겼다.

열차는 벌써 천안을 지나 대전을 향해 질주하고 있었다. 넓은 차창 밖으로는 서울에서는 전혀 느낄 수 없었던 싱싱한 봄의 정취가 넘치는 들녘이 펼쳐지고 있었다. 그런데 그 들녘의 푸르른 풍광 속에서 이질적으로 눈에 거슬리는 것들이 있었다. 반원형의 긴 비닐하우스들이었다.

"이게 눈에는 좀 거슬려도 이것들 덕에 우리의 먹거리가 계절의 제약 없이 다양해지고 풍요로워져서 건강에도 큰 도움이 되고, 농민들 경제에도 아주 큰 힘이 되었소. 이래저래 효자인 셈이오."

과학 영농가로서 비닐하우스 영농에 권위자라 할 수 있는 한지섭 선배의 설명이었다.

"근데 한 가지 의문이 있어요. 노천에서 직접 햇볕을 받고 자라는 야채와 비닐하우스에서 직사광선을 받지 못하고 자라는 야채가, 그 영양이 동일할 수 없지 않나요?"

이태하는 평소에 가졌던 궁금함을 물었다.

"흥, 역시 이 변다운 예민함이오. 그 점에 대해서 일본에서 심층 연구가 가해졌는데, 별다른 차이가 없다는 결론이었소. 그 차이라는 게 아주 미미했으니까."

그 차이 없음을 입증이라도 하듯이 한 선배는 주먹 크기의 새빨간 파프리카 하나를 뚝 땄다. 그리고 그 두꺼운 질감의 열매를 두 손으로 불끈 힘을 써 반으로 쪼갰다. 그 하나를 이태하에게 불쑥 내밀고는, 나머지 하나는 자기 입으로 가져가 으석으석 씹어 먹기 시작했다. 깨끗하니 안심하고 먹어보라는 시범이었다.

"이게 맛이 달치근한 게 건강식품으로 최고요. 각종 비타민의 덩어리인 데다가, 이 수분이 수박, 오이와 함께 최고로 양질이라 피를 맑게 하고, 특히 섬유질 때문에 변비 예방에 특효요."

불그스레한 파프리카의 즙을 양쪽 입꼬리에 물고 한 선배는 자랑하듯 설명에 열중했다. 그 건강미 넘치는 야성적인 모습에 또 하나의 한 선배 모습이 오버랩되는 것을 이태하는 보고 있었다. 단상에서 시위대를 향해 열변을 토하던 대학생 때의 모습이었다. 예리한 논리, 자극적인 표현, 격정적인 목소리, 탄력적인 제스처, 이런 것들이 총체화되어 폭발하는 선동성. 특히 그의 연설은 여학생들을 매료시켰다. 그의 연설을 들으면 시위에 안 나설 수 없다는 것이 여학생들의 반응이었다.

그렇게 타고난 정치성의 소유자가 국회의원을 한번 해보고 단호하게 정치를 접고 고향으로 발길을 돌린 것이었다.

"나도 사람이고 남자인데 어찌 야심이 없고 욕심이 없었겠소. 오래 권력 잡고, 크게 출세하며 떵떵거리고 폼 잡으며 살고 싶었소. 그러나 그렇게 하자면 계속 거짓말해야 하고, 불의와 야합해야 하고, 진실을 외면해야 하는 것이었소. 허나 그건 바로 국민에 대한 배신이고 사기가 아니고 무엇이겠소. 나는 그런 위선과 기만행위를 견뎌낼 자신이 없었고, 이겨낼 자신이 없었소. 의원 생활 4년 동안 국민들이 까맣게 모르고 있는 온갖 일들을 보고 겪으면서 괴로움과 고민은 갈수록 커져갔소. 결국, 내가 해야 할 일보다 하지 말아야 될 일을 더 많이 하면서 자꾸 죄짓지 말라는 결론을 내리고 정치를 외면했던 거요."

한지섭 선배의 고뇌에 찬 진실 토로였던 것이다.

그런데 한 선배 같은 뜻밖의 결단을 내린 사람이 전혀 없지도 않았다. 어느 소수 정당의 한 의원도 돈키호테라는 비아냥을 들을 정도로 4년 동안 분투하다가 매운 말 한마디를 남기고 정치를 버렸다. 그 사람도 고향으로 내려가 농부가 되었다.

"지치고 절망했다. 그리고 내가 너무 순진했었다. 역사가 왜 더디게 발전하는지를 비로소 깨달았다."

그런데 그런 진정한 사람들을 뒤에서 매도하는 상투어들이 그 두 사람을 향해서도 날아갔다.

사회부적응자, 다혈질, 고집불통, 이상성격, 독불장군, 안하무인, 미숙아.

"여보, 여보, 그만 자고 저것 좀 봐요. 저 멋있는 지리산맥!"

황연주는 달뜬 목소리로 잠든 남편을 흔들었다.

"응, 응, 뭐야……."

깜빡 잠이 들었던 이태하는 말을 더듬거리며 눈을 껌벅였다.

"저거 봐요, 저 멋진 지리산맥이 또 나타났어요."

황연주는 몸까지 창 쪽으로 돌리고 생기 넘치게 대꾸했다.

"아, 지리산 줄기? 당신은 저게 볼 때마다 그렇게 좋아?"

이태하는 자세를 바로잡으며 얼굴을 훔쳤다.

"예, 저것처럼 웅장하고 아름답고 신비스런 경치가 어디 흔해요? 산 하나가 저렇게도 거대하다니 믿어지지가 않아요. 그리고 저걸 좋아하는 이유가 또 한 가지 있어요."

황연주는 여전히 빠른 기차의 속도에 따라서 계속 이어지고 있는 산맥을 향해 먼 눈길을 보낸 채 말하고 있었다.

"또 한 가지 이유?"

"예, 소설을 읽을 때는 저 산에서 빨치산 8만여 명이 그렇게 치열하게 투쟁하면서 죽어갔다는 게 잘 이해되지 않았거든요."

"아니, 왜? 소설에서 저 산에 대해서 아주 구체적으로 묘사하고 설명하고 있잖아?"

"그래도 잘 실감이 나지 않았어요. 8만 명이나 되는 그 많은 사람들이……. 그런데 저 장엄하고 끝없이 긴 지리산맥을 보는 순간 '아 알았다!' 하고 딱 실감이 나더라구요. 그리고 소설의 감동이 새로워지구요."

"응, 그건 당신 말이 옳아. 그래서 백문이 불여일견이라는 말이 나온 거 아니겠어."

"얼마 전에 서준이가 그 소설을 다 읽고 나서 한 가지를 묻는 거예요. 휴전협정을 하면서 남북이 서로 포로 교환을 했는데, 왜 그때 그 많은 지리산 빨치산들은 제외해 버렸냐고요."

"서준이가 그걸 다 읽었다고?" 이태하는 놀라는 반응을 보이고는, "당신, 그래서 뭐라고 대답했어?" 하며 흥미롭다는 표정을 지었다.

"뭐라고 대답하긴요. 나는 재미나게 열심히 읽었지만 그런 의문을 갖지는 않았으니까 갑자기 뭐라고 대답할 말이 있어야지요. 그래서 얼른 둘러댔지요."

"둘러대? 뭐라고?"

"그런 것 잘 아는 아빠한테 물어보라고."

"나한테? 근데 아무 말도 없던데……?"

이태하가 고개를 갸우뚱했다.

"그랬겠지요. 걔한테는 아빠가 기피 대상이니까."

황연주가 장난스럽게 웃었다.

"사람 야비하기는. 그런 걸 다 알면서 나한테 미뤄? 대답을 못 하겠으면 솔직하게 자수를 해야지."

"어머, 당신도. 엄마 체면이 있지 어떻게 모른다고 자수를 해요? 말이 나온 김에 어디 당신이 정답 좀 말해 봐요. 늦게라도 엄마 체면 좀 세우게."

"그거 아주 복잡한 문제지. 서준이가 의문을 가질 만큼 역사적으로 중요한 문제고. 나도 여러 가지 측면에서 생각은 많지만, 쉽게 말하기는 어려워."

이태하의 표정과 말은 심각하고도 신중했다.

"그래서 그랬을까요? 작가는 그렇게 길게 소설을 쓰면서 왜 그 문제는 구체적으로 밝히지 않았을까요? 작가도 말하기 어려워서 그랬을까요?"

"글쎄……, 당신이 아주 날카롭게 지적을 했는데……, 거기 이해룡인가 하는 빨치산 간부가 그 문제를 지적하는 장면이 잠깐 비쳤다가 사라지는데, 그게 아마 작가가 독자들에게 제기하는 문제점이고, 암시가 아닌가 싶어. 우리 서준이도 그점을 놓치지 않고 의문이 생겨 당신한테 물은 것일 것이고. 우리 고등학교 국어 시간에 얼핏 배운 것 있잖아. 소설은 문제의 해결이 아니라 문제의 제시라고. 아마 작가는 독자들에게 문제를 제시하고, 그 답은 역사에 요구하고 있는 게 아닐까 싶어."

"아이고, 대답이 문제를 더 복잡하게 만드네요. 당신하고 얘기하면 늘 이런 식이라니까요. 어머, 그동안에 지리산맥이 다 끝났어요. 거의 다 왔나 봐요."

황연주가 시계를 들여다보며 물병을 집어 들었다.

'역사의 무덤'이라 일컬어지는 지리산의 노고단 아랫동네 구례를 지난 기차는 금방 그들을 순천역에 데려다주었다.

한지섭 선배 부부는 언제나처럼 플랫폼까지 마중 나와 있었다.

"이 형, 어서 오시오."

짙은 갈빛으로 그을린 얼굴의 한지섭이 더없이 환하게 웃으며 이태하의 손을 덥석 잡았다.

"선배님, 안녕하셨어요."

이태하도 한 선배의 손을 힘껏 맞잡았다.

"좋아 보이는데, 별일 없지요?" 한지섭이 이태하의 손을 잡은 손아귀에 자꾸 힘을 가하며 마구 팔을 흔들어댔고, 이태하도 한지섭의 손이 으스러져라 힘을 가해 맞잡으며 맘껏 팔을 흔들어댔다. 서로 그 억센 기운 뻗치는 뜨거운 악수를 통해서 그동안에 쌓였던 그리움과 정겨움과 신뢰와 격려를 풀고, 나누고, 확인하고 있었다.

"선배님은 더 건강하고 젊어지셨습니다."

이태하도 한지섭처럼 밝게 웃으며 덕담을 나누었다.

"아, 저 백운산, 지리산 정기를 마시고 살아서 그렇소."

한지섭이 반가워 못 견디겠다는 듯 호탕한 웃음을 거침없이 터뜨렸다.

"저렇게도 좋을까, 원." 한지섭의 아내 김혜은이 남편을 보며 웃었고, "언제나 두 분은 형제간보다 더 가까워 보여요." 이태하의 아내 황연주도 두 사람을 바라보며 행복한 웃음을 짓고 있었다.

"농사꾼 차는 늘 짐차니까 좀 덜 편하셔도 이해해 주십시오."

한지섭이 차의 뒷문을 열며 황연주에게 정중히 사과하듯

했다.

"아니에요, 아무 걱정 마세요. 이 차도 편하던걸요."

황연주가 재빨리 전에도 타봤다는 것을 상기시켰다.

"예, 고맙습니다. 역시 인권변호사의 부인이시라 맘이 넓으시니 참 좋습니다."

한지섭이 정말 좋아하는 기색으로 다정하게 웃었다.

한지섭의 차는 앞에 4인승 좌석이 있고, 뒤에 짐 싣는 칸이 있는 그야말로 실용적인 다목적 차였다. 한지섭은 아무런 거리낌 없이 그런 차를 몰고 손님을 마중하러 역에 나왔고, 넓은 주차장에 빽빽하게 찬 승용차들 사이에다 버젓이 세워 두고 있었다. 그것이야말로 한지섭다운 모습이었다.

"운전은 제가 할게요. 두 분 하실 말씀 많잖아요."

김혜은이 민첩하게 운전대로 오르며 말했다.

"네, 그럼 제가 앞에 앉을게요."

황연주도 재빠르게 김혜은에게 박자를 맞추어 앞문을 열었다.

"그런데……, 애들 교육 문제……, 무슨 문제는 없으신가요?"

차가 출발하자 황연주는 목소리를 낮추어 김혜은에게 아주 조심스럽게 물었다.

"아, 애들 대학 진학 문제 말입니까?"

뒷자리의 한지섭이 어느새 알아듣고 말대꾸를 하고 나섰다.

"네, 두 아이 다 그게 걱정이 되실 것 같아서. 시골 살면 누구나 그게 가장 큰 고민거리일 것 같아서요."

황연주는 고개를 뒤로 돌려 한지섭에게 말했다. 한지섭은 남편의 선배였지만 결혼이 늦어 두 남매가 이제야 고3과 고2, 연년생이었던 것이다.

"아, 그 문제, 아무 고민, 걱정 없이 아주 상쾌하게 해결됐습니다."

상대방도 상쾌함을 느낄 수 있을 만큼 한지섭이 홀가분한 어조로 응답했다.

"아니, 어떻게 해결됐는데요?"

이태하가 궁금하다는 듯 관심을 드러냈다.

"그거참, 아주 묘하게, 뭐랄까……, 신기하다고 할 정도로 쉽게 문제가 풀렸소." 한지섭은 그 해결이 다시 생각해도 묘하고 신기하다는 듯 흡족하게 웃고는, "그 두 놈이 고등학생이 되자 대학 진학 문제가 코앞으로 닥치지 않았소. 그래서 그 애들 어렸을 때부터 저 사람하고(턱짓으로 자기 아내를 가리키며) 약속했던 것을 바로 실시했소. 그게 뭐냐면, 저 사람은 애들이 유치원에 들어가기 전부터 애들 공부에 대해 본격적으로 걱정하기 시작했소. 대한민국 시골 사람들이 전부 앓고 있는 중병을 저 사람도 앓기 시작한 거요. '애들 교육을 위해서는 서울로 가야 한다.' 이게 그 중병의 병명 아니오? 그래서 너나 나나 서울로 몰려가면서 시골은 텅텅 비고, 서울과 경기 일원에는 전체 인구의 절반이 들끓는 세계 초유의 사태를 빚어내고 있는 것 아니오. 그래서 난 저 사람하고 약속했어요. 자식들의 진로는 부모의 개입 없이 자식들이 스스로 선택하고 결정해야 한다. 그러므로 그 기회를 주기 위해서 고등학교 1학년 때부터 여름방학, 겨울방학에 서울로 올려 보낸다. 고모 집에 기거하면서 본인이 원하면 학원도 보내준다. 그렇게 3년을 해서 서울의 대학으로 진학하고 싶어하면 얼마든지 그 뒷바라지를 해준다. 단, 지방에서 고등학교를 다녀서 서울의 대학에 진학할 수 없었다는 변명은 용납하지 않는다. 나도 지방 고등학교 나와서 서울 일류 대학에 합격했고, 지금도 그런 학생들이 지방마다 다 있기 때문이다. 이런 조건으로 두 애를 고모 집에서 서울 생활을 하게 했는데, 둘다 대학 가기 전에 벌써 진로를 결정해 버렸소. 여기 고향의 대학을 나와서 아빠의 뒤를 이어 농사를 짓겠다고. 왈, 한국에서는 그 미덕이 끊기다시피 한 가업승계의 전통을 부활시키겠다고 한 것이니 이보다 더 신통하고 고마운 일이 어디가 있겠소. 이 애들이 아주 효자 중의 효자이니 내가 무얼 더 바라겠소. 황 여사님, 그렇게 수월하게 해결돼 버렸으니 상쾌하지 않을 수가 있습니까!" 하며 그는 양쪽 어깨까지 들썩거리며 정말 상쾌하고 유쾌하게 웃어댔다.

"어머나, 그런 해결책이 있었군요." 황연주는 전혀 예상하지 못했던 방법에 놀라면서, "저어……, 김 여사께서도 그 해결책과 결과에 만족하세요?" 운전하는 김혜은에게 눈길을 돌렸다.

"네에, 애들이 그렇게 하겠다니까 저도 좋아요. 저는 이렇게 농사짓고 사는 게 행복하니까 애들도 그러리라고 생각해요."

김혜은도 남편 못지않게 상쾌한 만족을 표시했다.

"역시 선배님다운 해결책이군요. 그런데 자식들 교육을 위한 서울 집중은 자식들의 의사는 전혀 없이, 부모들의 막무가내식 일방통행인 것이 문제 아닌가요?"

이태하가 말을 꺼냈다.

"맞소, 바로 그 점이오. 부모들이 자식들 교육에 열성이고 최선을 다하는 건 더할 수 없이 좋은 미덕인데, 그건 어디까지나 자식의 소질과 재능과 능력이 객관적으로 확인되고, 본인의 욕구와 의지와 선택이 선행된 다음에 따라야 할 뒷받침이오. 그런데 우리나라에서는 그런 과정이 전혀 없이 부모들의 과도한 욕심만 앞서서 무작정 저질러지는 일이 그 교육열 아니오? 우리나라 부모들은 무작정 자식들이 출세하고, 부자로 잘살기를 갈망하고 있소. 그 신기루를 향해 부모들은, 불빛을 보고 무작정 달려드는 불나방 떼처럼 서울로 서울로 몰려가고 있는 것이오. 그러나 부모들이 소원하는 그 꿈을 이루어내는 자식들이 몇 퍼센트나 되겠소? 그 상위층이 된다는 것은 10퍼센트도 안 되는 숫자요. 나머지 90퍼센트는 다 실패고 헛수고요. 도시빈민으로 허덕거리며 죽을 둥 살 둥 자식들 뒷바라지를 하지만 결국에는 빈손이기 십상인데, 그런 무모하고 어리석은 인생살이가 어디 있소. 그런 과욕이 자기 인생도 망치고, 자식 인생도 불구로 만드는 것이오. 그런데 불행인 것은 우리나라 부모들은 그런 인식이 전혀 없고, 돈에 대해서 끝없는 탐욕을 가지고 있듯 자식들 출세에 대해서도 대책 없는 탐욕만 팽배해 있소. 이런 사회현상은 해방 이후 지금까지 계속 팽창되어 오기만 했는데, 그건 집단적 정신이상 증상인 거요. 그런 심각한 병적 현상을 국가도, 교육도, 사회도 바로잡으려는 노력은 전혀 없이 방치해 왔소. 인구의 급속한 감소와 함께 그건 분명 나라 망할 징조요. 그러나 어쩌겠소, 운전수 없이 제멋대로 달리고 있는 KTX인걸. 그런 상황에서 우리 아이들이 저희들 갈 길을 스스로 정했으니 그보다 더 고맙고, 장하고, 행복한 일이 어디 있겠소."

긴 말에 목이 마른 한지섭이 뒷문에 달린 주머니에서 물병을 꺼내 꿀럭꿀럭 소리가 나도록 시원스럽게 마셔댔다. 그는 마침내 마음에 맞는 말벗을 찾은 참이기도 했다.

"근데 한 선생님, 농촌인구의 도시집중 원인들 중에 자식들 교육 문제도 중한 데다가, 농사 일이 너무 힘들고, 수입은 적고 해서 고향을 떠난다는 말도 있던데요."

황연주가 조심스럽게 말했다.

이태하는 아내의 말에 빙긋이 웃고 있었다. 아내의 그 이의 제기적인 동시에 질문성 발언은 사회학자 한지섭의 논리 개진 욕구를 자극하는 것이기 때문이었다.

"아 예, 그런 말을 하는 사람들도 더러 있지요. 그러나 그건 근거 부족하고, 자기 입장을 합리화하기 위한 변명성 발언이기 십상이지요. 그런데 그 점을 밝히려면 우리 농민사를 간략하게 요약할 필요가 있습니다. 저 조선시대부터 일제시대를 거쳐 박정희의 경제 건설 이전까지는 국민의 85퍼센트가 농민이었고, 그중에서 80퍼센트 이상이 소작농이었습니다. 국민 절대다수인 소작농들은 가혹하게 착취만 당한 계급입니다. 첫째는 지주들에게 빼앗겨야 했고, 둘째는 나라에 빼앗겨야 했습니다. 그래서 소작농들은 뼈 빠지게 일하고 나서도 쌀밥은 겨우 2~3개월 먹고, 나머지 세월은 깡보리밥으로 살아야 했고, 시래기도 없이 먹을 것이 다 떨어져버리는 보릿고개에는 그야말로 초근목피, 풀뿌리를 캐 먹고 나무껍질을 벗겨 먹어야 했습니다. 그런 끔찍스러운 가난이 대대로 이어지는 세습농들의 의식 속에는 두 가지가 동시에 아로새겨집니다. 첫째는 보상받을 수 없는 피해의식이고, 둘째는 그 한스러운 가난한 계급에서 탈출하고 싶은 욕구입니다. 그 첫 번째의 피해의식을 해결하는 방법은 출세하는 것이었습니다. 빼앗기기만 하는 자가 아니라 빼앗는 자가 되는 것, 곧 권력을 갖는 것이었습니다. 그래서 농민들이 공통적으로 바랐던 것이 자기 아들이 면서기 되는 것이었습니다. 면서기야말로 농민들이 직접 눈으로 보고, 직접 상대하면서 확인한 가장 큰 권력자였기 때문입니다. 그리고 둘째인 가난한 계급에서 탈출하고자 하는 욕구 실현의 기회는 박정희 시대와 함께 왔습니다. 박정희가 드높이 들어 올린 경제 건설의 깃발은 곧 공업화였고, 공업화는 시골의 젊은 남녀들을 도시의 공업 노동자로 끝없이 빨아들이는 블랙홀이었고, 그 생활은 하루 평균 14시간의 가혹한 노동 강요였지만, 시골에서는 만질 수 없는 월급이라는 목돈을 쥐여주며 조금씩이나마 그 한 맺힌 가난을 면하게 해주었습니다. 그런데 문제는 '말 사면 경마 잡히고 싶다'는 인간의 욕심입니다. 출세의 욕구가 면서기로 끝나지 않은 것입니다. 그 욕구는 세상의 변화에 따라서 점점 커져서 판사·검사·변호사·의사·교수·고급 공무원 등으로 확대되면서 교육 열풍이 함께 일어나게 된 것입니다. 그 직업들의 공통점은 권력도 누리고, 돈도 많이 벌어 부자로 살 수 있다는 것입니다. 그래서 농사짓던 사람들은 그 신기루를 좇아서 서울로, 서울로 올라가서 급기야 시골이 텅텅 비어 소멸 위험 군(郡)들이 수십 개 생겨나는 현실이 되고 말았습니다. 그리고 두 번째 문제인 농사일이 너무 힘들고, 수입이 적다고 한 점입니다. 그러나 지금은 쟁기질하고, 손으로 모를 심던 1950년대가 아닙니다. 그때는 쌀 한 톨을 생산하는 데 농부의 손이 88번 간다고 하는 말이 어울리던 시대였습니다. 그러나 지금은 놀랄 만큼 기계화되어 노동강도가 그 시대와는 비교가 안 될 정도로 가볍고 편해졌습니다. 그리고 지금은 지주의 착취가 전무하고, 농작물들도 전 시대와 비교가 안 될 정도로 다양화하고 특성화된 데다가, 농작물 판매도 인터넷 시대와 함께 중간도매상들의 농간이나 횡포에서 점점 벗어나기 시작해 소비자와 직거래하는 인터넷 판매가 활성화되고 있어서 그 수입은 날로 안정되고 커져가고 있습니다. 그런데 고향 떠나 무작정 대도시로 간 사람들은 어떤가요? 거의가 도시가 요구하는 기술이나 노동력이 없으니까 그야말로 몸으로 때우는 막일에 나설 수밖에 없습니다. 그들은 거의가 일용직 노동자나 비정규직 등으로 소모되면서 최하층 도시빈민들이 되어 허덕거리고 있습니다. 그런 그들이 매달리고 있는 유일한 꿈이 자식들이 출세해서 돈 많이 벌고 부자로 살 수 있을 것이라는, 아무런 기약도 없고 보장도 없는 허황된 기대입니다. 그 실패 90퍼센트인 위험하기 짝이 없는 꿈 말입니다."

한지섭은 논문 발표라도 하듯이 막힘없이 말을 끝내고는 다시 물병을 기울였다.

"아, 좋습니다, 아주 좋습니다."

이태하가 흡족한 표정으로 고개를 끄덕이며 박수를 쳤고, "어머, 꼭 명강의를 듣는 기분이에요. 어쩜 그렇게 명쾌하고 속이 시원하게 말씀하실 수 있으세요. 이렇게 시골에서 농사만 지으시기는 너무 아까워요. 대학에서 많은 사람들을 가르치셔야지요." 황연주도 남편 따라 가만가만 박수를 치며 감탄하고 있었고, "당신, 사람 무시하지 마. 겨우 교수가 뭐야. 내가 뭐랬어. 나라를 완전히 개혁할 수 있는 대통령감이라고 했었잖아." 이태하가 퉁을 놓듯이 말했고, "당신 참 좋으시겠네요. 저렇게 열심히 듣고 좋아하는 고급스러운 제자들이 생겼으니." 김혜은이 운전만 하고 있을 수 없다는 듯 끼어들었다.

"허, 내가 말을 너무 길게 한 것 같소. 벌써 광양에 다 왔으니."

한지섭이 흐뭇하면서도 멋쩍은 얼굴로 뒷머리를 긁적였다.

"여보, 어떡할까요? 점심때가 다 됐는데." 김혜은이 차를 좌회전시키며 남편에게 물었고, "이 계절의 별미를 드셔야 하니까 그 집으로 가." 한지섭은 아내한테 이르고는, "지금부터 재첩국이 시작이오. 제때 아주 잘 오신 거요. 특히 우리 광양 재첩국은 일미 중에 일미요. 바다 정기를 품고 있으니까." 그는 두 손님에게 자신만만하게 자랑했다.

"아니, 그 쬐그만 조개 재첩이 바다 정기를 품어요?"

황연주가 믿을 수 없다는 듯 물었다.

"예, 조금 있다가 실물을 보면서 설명드리지요."

한지섭이 느긋하게 말했다.

"저어……, 그런데 광양은 지금도 인구가 늘고 있나요?"

이태하가 시가지를 내다보며 물었다.

"그게 말이오, 포스코 덕에 인구가 부쩍 늘어나다가 그 효과가 종료됨에 따라 인구 유입도 정지 상태로 들어갔는데, 거기서 안정을 유지해 가야만 좋은 건데, 몇 년 전부터는 조금씩 줄고 있소."

"아니, 왜 그렇지요?"

이태하가 약간 놀라는 기색을 보였다.

"글쎄, 그것도 참……, 교육 문제 때문이라오."

"또 교육 문제요?"

이태하의 얼굴이 찌푸려지며 가는 한숨을 흘렸다.

"애들이 크고 경제력이 있는 사람들은 서울로 가고, 애들이 어리면 순천으로 가고 그렇소."

"순천이라고요?"

"광양이 학원들 숫자로나 질적으로나 순천보다 못하기 때문이라는 거요. 그러니 어린것들을 날마다 차로 실어 나를 수도 없고, 그래서 이사를 가서 어른들이 출퇴근을 하기로 하는 거요."

"참, 어쩔 수가 없는 일이군요."

이태하가 떫은 입맛을 다셨다.

"어쩌겠소, 병적인 이 나라 교육 문제의 현실이니. 병적인 부모들의 교육열에, 학원 만능의 병적인 교육 현실, 그 두 가지가 뒤얽혀 일어나는 게 이 나라 교육 문젠데, 그 해결 능력을 발휘해야 할 국가가 속수무책이니 원……."

한지섭도 쓴 입맛을 다셨다.

"아, 다 와가네요."

김혜은이 식당이 가까워졌음을 알렸다.

"어머나, 저 강, 저 꽃들 좀 봐! 여기는 금방 별천지네요."

황연주가 탄성을 터뜨렸다.

우악스럽게 큰 건물들 없이 아담하고 정갈한 시가지를 벗어나자 금방 섬진강이 드러났던 것이다. 바다가 가까운 섬진강 하류는 드넓은 자태를 펼치며 잔잔하게 흐르고 있었고, 양쪽의 긴 강변으로는 가지가지 꽃들이 만발해 온화한 남도의 4월을 현란하게 장식하고 있었다.

"어쩜 저렇게 아름다울 수가 있어요. 이렇게 눈부신 경치 속에 사시니 얼마나 행복하세요, 그래."

황연주는 바쁜 눈길로 풍광을 두루두루 살피며 감탄하기

에 바빴다.

"그렇게 부러우시면 부인도 내려오세요. 여기 네 가지는 자신 있게 보장하니까요." 김혜은이 경쾌하게 차를 몰며 말했고, "네 가지요?" 황연주가 대답을 독촉했고, "네에, 우리 광양은 경치 좋고, 공기 좋고, 인심 좋고, 음식이 좋거든요. 오세요, 이 변호사님 댁이 내려오시면 언제든지 대환영이에요." 김혜은이 달뜬 목소리로 말했다.

"안 돼, 이 사람아! 이 변은 아직도 그 자리를 한참 더 지켜야 해. 할 일이 얼마나 더 많이 남았다고. 앞으로도 약한 사람들 위해 좋은 일 더 많이 많이 하고, 나이 지긋해 정식으로 은퇴하면 그때 내려오시라고. 그럼 내가 환영의 뜻으로 집을 선물할 테니까."

한지섭도 아내 따라 신명 나게 말했다.

"집 한 채를요?" 황연주가 깜짝 놀라며 한지섭을 뒤돌아보았고, "예, 당연히 독립가옥 한 채를 지어드리지요. 방 하나를 빌려드리는 게 아니고." 한지섭이 속 시원하게 응답했다.

"부인, 들으셨어요? 이 말 믿어도 돼요?" 황연주는 도저히 믿을 수 없다는 듯 옆자리의 김혜은에게 물었고, "네에, 확실히 들었어요. 이 변호사님 댁 같으면 그런 선물 드릴수록 좋지요. 너무 걱정 마세요, 여긴 서울에 비하면 집값이 아주 싸니까." 김혜은은 '인심 좋다'고 한 자기 말을 입증이라도 하듯이 봄꽃처럼 환하게 웃었다.

"저어……, 이런 말 여쭤봐도 될지 모르겠는데요. 저어……, 그러니까 그게……." 황연주는 말하기를 머뭇거리며 남편에게 눈길을 돌렸고, "무슨 얘긴데 그래? 무슨 문제든 여쭤봐. 한 선배님은 모르는 게 없으시다니까." 이태하는 부드럽게 웃으며 말했다.

"네에, 다른 게 아니구요, 그러니까 오래전부터 알고 싶었던 것인데, 전라도 사람에게는 물을 수가 없고, 딴 사람들한테 물으면 잘 모른다고 하는 건데요, 한 선생님이니까 안심하고 여쭤볼게요. 그게 다른 게 아니구요, 왜 전라도 사람들보고 '하와이, 하와이' 하면서 불신하고 나쁘게 생각하는지요."

황연주가 한지섭의 눈치를 보아가며 아주 조심스럽게 말했다.

"하하하하……." 한지섭이 고개까지 뒤로 젖히며 흔쾌하게 웃어대고는, "그 별명에도 아주 심각한 역사성과 시대상이 내포되어 있습니다. 그 뿌리를 찾아가자면 저 식민지 시대까지 거슬러 올라갑니다. 무슨 말인고 하니, 미국에서 독립운동을 제일 먼저 시작한 사람은 다름 아닌 이승만이었습니다. 그는 외교력을 발휘해 독립을 이룩해야 한다는 외교독립론을 내세우며 미국에 매달리기 시작했습니다. 그러나 그는 미국의 고위 관리들을 단 한 사람도 만날 수 없었습니다. 왜냐하면 미국과 일본 사이에는 그가 전혀 모르고 있는 중대 밀약(密約)이 있었던 것입니다. 그것은 바로 '가쓰라·태프트 조약'인데, 그건 일본 수상 가쓰라와 미국 육군 장관이 꿍꿍이 수작을 부린 건데, 좀 야하지만 아주 솔직하게 말하자면 '우리 미국은 필리핀을 먹을 테니, 너희 일본은 조선을 먹어라' 하는 비밀 약속이었습니다. 이런 흉계를 꾸민 미국의 관리들이 자기네 속셈과는 정반대의 요구를 하는 개인 이승만을 거들떠볼 리가 있었겠습니까. 지친 이승만은 미 본토를 떠나 하와이로 옮기기로 했습니다. 왜냐하면 일본 상인들에게 속아 하와이로 팔려간 우리나라 사람들이 10년 넘게 사탕수수 농장에서 채찍을 맞는 노예노동을 1년이면 365일 동안 하면서 생활 기반을 잡아놓았기 때문입니다. 이승만이 동포들을 찾아간 것은 허황된 구호일 뿐인 외교독립론의 힘을 강화시키기 위해 지지기반이 확실한 동포들로 물적 토대를 갖추고자 한 것이었지요. 그런데 이승만을 뒤따라 하와이에 나타난 새로운 인물이 있었습니다. 독립운동가 박용만이었습니다. 그는 이승만처럼 관립 유학생으로 미국에 가 대학을 졸업하고, 군사학교까지 나온 사람이었습니다. 그는 이승만과 반대로 무장투쟁론자였고, 하와이에 오자마자 군사훈련을 시작했습니다. 그때까지 의지할 데 없이 눌려만 살아온 동포들은 뜨겁게 호응했고, 그들은 낮에는 농장에서 팥죽땀을 흘리며 일

하고, 밤에는 목총이나마 메고 열심히 군사훈련을 받았습니다. 그리되자 이승만과 박용만 사이에는 반목이 생기기 시작했습니다. '이승만이 가는 곳에서는 반드시 반목과 분열이 일어난다'는 말을 입증한 셈이었습니다. 박용만에게로 쏠리는 동포들의 인기가 화근이었던 것이죠. 서로 갈등하는 가운데 박용만은 더 적극적인 활동을 위해 중국으로 떠났습니다. 그렇게 세월이 흘러 해방이 되어 이승만은 귀국했습니다. 그런데 뒤따라 제2의 박용만이 중국에서 귀국했습니다. 그 거물의 독립운동가가 누구일까요? 임시정부 주석 백범 김구였습니다. 이승만과 김구는 만나자마자 바로 반목이 시작됐습니다. 이승만은 미국의 힘을 업은 사람이었고, 한반도 38선 이남을 장악한 미군정은 중국에서 독립투쟁한 임시정부를 인정하지 않았고, 그 요인들도 임시정부 직책을 버리고 '개인자격'으로 입국하라는 조건을 내걸었습니다. 그 임시정부 전면 부정은 자기네 뜻에 맞는 정부를 세우겠다는 미국의 노골적인 선언이었습니다. 그것은 바로 이승만과 김구의 운명적 정치 숙적 관계의 표출이기도 했습니다. 그래서 두 사람은 서로 다른 노선의 정치활동을 전개했습니다. 그 대표적인 것이 이승만의 남한 단독정부 수립이었고, 김구는 그에 맞서 단독정부 수립은 일제시대보다 못한 민족의 분단을 획책하는 것이므로 있을 수 없는 일이라고 반대를 분명히 했습니다. 그리고 그 반대운동을 확산시키기 위해서 김구는 선국 순회강연에 나섰습니다. 그 강연회는 가는 도시마다 구름 관중이 몰려들었습니다. 그런데 그 인기 절정의 장관이 저 보성군의 벌교에서 벌어졌습니다. 광주에서 강연을 마친 김구는 열차 편으로 순천에 가 강연을 하기로 되어 있었습니다. 그런데 순천을 향해 달리던 열차는 벌교역에서 막혀 더 갈 수가 없게 되었습니다. 군중 수천 명이 모여 벌교역 철로 전체를 채우고 기차를 가로막았던 것입니다. '여기서 강연을 하지 않고는 그냥 못 지나간다. 동학 때 백범 선생은 여기 보성에서 피신을 하신 깊은 인연도 있는데 어찌 그냥 간단 말이냐.' 이 말을 전해 들은 김구는 흔쾌히 열차에서 내려 민족 분단의 비극이 민족사에 얼마나 큰 상처와 불행을 남기게 될지 열렬하게 강연했고, 강연만큼 뜨거운 박수를 받으며 순천으로 떠났습니다. 그런데 그런 열기 높은 강연 상황이 이승만 쪽에서 파견한 정보원들에 의해서 일일 보고되었을 것은 너무 뻔한 일이지요. 그때 이승만의 감정이 어땠을까요? 김구가 박용만보다 더 미웠겠지요. 그리고 박용만을 좋아한 하와이 동포들보다 김구에게 열렬히 호응한 전라도 사람들이 더 미웠겠지요. 그래서 이승만의 입에서 터져 나온 말이 '전라도 하와이'였던 것입니다. 하와이 동포들처럼 꼴 보기 싫은 것이 전라도 것들이라는 뜻이죠. 그때부터 아첨배들에 의해 전라도 사람들을

'하와이'라는 별명으로 불러대며 '인간성이 나쁘다, 배신을 잘한다, 거짓말을 잘한다, 의리가 없다' 등등 온갖 나쁜 누명은 다 씌워가며 이승만 독재 12년 동안 여론조작을 계속해 왔습니다. 그리고 뒤따라 이어진 박정희 독재 18년 동안 경상도 최우선의 지방 차별을 자행하면서 '하와이' 매도를 확대재생산해서 전라도는 모든 국민이 무조건 경원하고 경계하는 대상이 되고 말았습니다. 전두환 때 '광주 사태'를 하필 전라도 땅 광주에서 일으킨 것도 결코 우연한 일이 아닙니다. 이만 재미없는 얘기 끝내겠습니다."

한지섭이 양쪽 입꼬리를 훔치며 물병을 집어 들었다.

"어머나, 재미없긴요. 너무나도 재미있고, 새롭고, 유익한 강연이었습니다. 이런 강연 어디서 듣겠어요."

그동안 두 눈 똑바로 뜨고 얘기를 열심히 듣고 있었던 황연주가 상기된 얼굴로 박수를 열렬하게 쳐댔다. 이태하도 흡족스럽게 웃으며 아내를 따라 힘껏 박수를 치고 있었다.

"당신, 당신 얘기 끊을까 봐 음식점 지나쳐 한참 멀리 돈 것 모르지요?"

김혜은이 차를 정거하며 말했다.

"아, 그랬어? 그러니까 내 마누라지."

한지섭이 차 문을 열다 말고 아내의 어깨를 툭 쳤다.

"여보, 한 선배 말씀, 책을 수십 권 요약하고 결합한 것이라는 거 알지?"

이태하도 아내의 어깨를 툭 치며 말했다.

"아니요. 나 무식해서 그런 것 전혀 몰라요. 가르쳐줘서 고마워요."

황연주가 톡 쏘며 차에서 내렸다.

"선배님, 제가 이렇게 점수 잃을 소리만 하고 삽니다." 이태하가 한지섭에게 눈을 찡긋했고, "나도 마찬가지요. 매냥 통을 맞고 사는 게 내 신세니까. 그게 속 편한 거요." 한지섭도 이태하에게 눈을 찡긋했다.

섬진강 재첩국의 명성이 드높은 것에 어울리게 강변 따라 재첩국 식당들도 줄지어 있었다. 그 식당들 앞에는 승용차는 물론이고 관광버스들도 꼬리를 잇대고 있었다.

"저 차들, 다 관광객들인 모양이지요?"

황연주가 나란히 걷는 김혜은에게 물었다.

"네, 이제부터 관광객이 몰려들기 시작하네요. 거의가 구례 화엄사하고 지리산을 함께 보고, 우리 광양으로 오면서 산수유 실컷 보고, 광양 여기서 재첩국 먹으며 섬진강도 보고, 매실 꽃도 보고, 포스코 광양제철도 본 다음에 순천으로 넘어가고, 그 역코스로 도는 사람들도 많아요."

김혜은이 설명하며 식당으로 앞장서 들어갔다.

"어머, 제철소도 구경할 수 있어요?" 황연주가 반색을 하며 물었고, "아니, 아직 안 보셨어요?" 김혜은이 의아해하며 고개를 돌렸고, "네, 그전에는 저이 혼자만 다녔고, 제가 함께 왔을 땐 코로나로 견학이 중지됐었잖아요." 황연주가 서운한 기색으로 말했고, "아, 그랬었군요. 잘됐네요, 이참에 구경하세요. 코로나가 풀리면서 견학이 재개됐으니까요. 근데, 포스코에 관심 많으세요?" 김혜은이 안내받은 식탁에 자리 잡으며 살갑게 웃었다.

"으음……, 포스코에 관심이 많다기보다 포스코를 세우신 박태준 회장님을 존경해요."

황연주도 의자에 앉으며 경건함이 느껴지게 말했다.

"어머, 그래요? 저이도 박태준 회장님을 엄청 존경해요. 하긴 뭐, 이곳 광양 사람들은 저 경상도 포항 사람들처럼 박 회장님을 다 좋아하고 존경하고 고마워해요."

김혜은도 경외감이 담긴 표정으로 진지하게 말했다.

"어머나, 그렇군요. 근데 저는 가끔 이런 생각을 해요. 저이는 늘 한 선생님을 참 아까운 대통령감이라고 하는데, 저는 그 전에 박태준 회장님이 대통령을 하시고, 그다음에 우리 한 선생님이 이어받았으면 이 나라가 지금보다는 훨씬 더 좋아졌을 텐데 하고 가끔 생각해요."

"어머, 황 여사님은 생각하는 게 어쩜 그리 저이하고 똑같으지요? 저이도 박태준 회장님은 참 아까운 대통령감이었다고, 나라에 좋지 않은 일이 생길 때마다 안타까워하고는 해요. 보수이면서도 진보도 잘 이해하고 존중했던 폭넓은 분이었다고요."

"아니, 두 분이 무슨 얘기가 그렇게 흥미진진하실까요?"

한지섭이 앞서 의자에 앉으며 두 사람을 번갈아 쳐다보았다.

"황 여사가 한 분과, 한 사람을 대통령 만들고 있었어요." 김혜은이 다정하게 웃으며 말했고, "두 사람······?" 한지섭이 아내를 쳐다보며 고개를 갸웃했고, "한 분은 박태준 회장님, 한 사람은 농부 한지섭!" 하며 장난스레 웃었다.

"아, 박 회장님을 그렇게 생각하십니까?" 한지섭은 황연주에게 눈길을 돌리며 반색하고는, "예, 참 잘 보셨습니다. 제가 보기에 우리의 현대사에서 박태준 회장님은 참으로 걸출하신 분입니다. 다만 시운이 맞지 않아 나라를 위한 더 큰일을 못했을 뿐입니다. 첫 번째 빗나간 시운은 박정희 대통령이 10월유신을 하지 말고 3선까지만 마치고 그분에게 대권을 넘겨야 했던 것입니다. 두 번째 빗나간 시운은 노태우 대통령이 차기 후보로 김영삼이 아닌 박태준을 선택해야 했던 겁니다. 그 두 번의 시운이 빗나가면서 박 회장님 개인적으로 치명적 불운에 빠졌고, 국가적으로 엄청난 퇴보를 하게 되었습니다. 제가 사회과학적 분석과 정치적 상황판단으로 자신 있게 말할 수 있는 것은, 박 회장님이 대통령을 했더라면 '6·25 이

후의 가장 큰 국난'이라고 했던 IMF 사태는 절대로 안 왔다는 겁니다. 박 회장님은 국가 경영을 총체적으로 파악하고 있는 탁월한 정치인인 동시에 예리하고 정확한 판단력을 갖춘 경제전문가이기 때문에 그 점을 자신할 수 있습니다. 그분이 나라를 맡았더라면 IMF 사태가 안 왔고, 그랬으면 수십 년 동안 가장 큰 사회문제가 되고 있는 비정규직 문제도 야기되지 않았고, 이 나라는 벌써 10여 년 전에 1인당 GDP 5만 불을 돌파한 선진국이 되었을 것입니다. 저는 그분만 생각하면 가슴이 쓰라립니다."

한지섭의 말에 담긴 비감함은 얼굴에 그대로 드러나고 있었다.

"저어, 죄송하지만……, 한 선생님은 박 회장님을 어떻게 그렇게 잘 아세요? 따로 공부하셨나요?"

황연주가 조심스럽게 물었다.

"아닙니다. 평전을 읽기는 했습니다만, 그 전에 제가 국회에 있을 때 박 회장님을 직접 겪어보았습니다. 당은 달랐지만 저는 그분을 깊이 존경하며 대했고, 그분께서도 저의 마음을 다 읽으시고 따뜻하게 충고해 주시고, 가르쳐주시고, 격려해 주시고 그랬지요. 그분께서 나라를 맡으셨으면 포스코 건설하듯 했을 테니 나라가 얼마나 건강하게 발전했겠습니까. 두고두고 생각해도 참으로 아까운 대통령감이었고, 나라가 국운이 없었던 겁니다."

한지섭의 얼굴은 침통하게 일그러져 있었다.

"여보, 밥부터 시켜요. 두 분 시장하실 텐데."

김혜은이 남편에게 말했다.

"응, 재첩국 백반."

한지섭이 착잡한 감정을 수습하듯 큰 소리로 말했다.

"그분이 돌아가셨을 때 어느 저명한 시인이 추도사에서 '한국 경제의 아버지', '마하트마(성스러운 영혼) 박태준'이라고 칭송한 것을 보고, 그분은 여한은 없겠구나 하고 생각했었습니다."

이태하가 말했다.

"나도 그 추도사를 읽었는데, 결코 미사여구가 아니라 사실 그대로를 진실하게 쓴 거지요. 그분이 박정희의 다른 수하들처럼 앞에서는 충성 다 바치고 뒤로는 마구 해먹었던 식으로 했더라면 오늘의 포스코인 포항제철과 광양제철은 존재할 수 없었을 것이고, 그럼 여러 종류의 가전산업, 자동차산업, 조선산업, 각종 기계산업 등 쇠로 하는 산업들은 그렇게 안정적 발전을 도모할 수 없었을 것이고, 이 나라 경제도 오늘의 모습이 아니라 영 보잘것없었을 것 아니오. 그분의 미담을 말하자면 끝이 없어요. 그래서 그 시인은 총체적으로 응축시켜 마하트마라고 칭송했을 것이오."

"여기 식사 나왔습니다."

종업원이 분주한 손놀림으로 밥상을 차리기 시작했다.

"드셔보시지요. 이게 광양의 명물 재첩국입니다. 지금부터 제맛이 나는 제철입니다. 요것들이 보기에는 손톱만 한 조개들이지만 좋은 성분이 많아서 특히 간 정화 작용에 좋고, 혈관을 깨끗하게 해 고혈압이나 빈혈 등 혈관계 질환의 예방이나 치료에 좋고, 열량이 높지 않으면서 각종 비타민이 풍부해 다이어트에도 효과가 좋습니다. 또 이 부추향과 궁합이 잘 맞아 국물 맛을 더 시원하고 깊게 해줍니다."

한지섭은 황연주에게 친절하게 설명하며 주인 노릇을 충실히 하고 있었다.

"네, 다이어트에 좋다니까 더 구미가 당깁니다. 잘 먹겠습니다."

황연주가 김혜은과 한지섭에게 눈인사를 하며 숟가락을 들었다.

"아아, 광양 재첩국 맛은 언제나 기가 막힙니다." 이태하가 먼저 감탄을 터뜨렸고, "어머나, 이 맛! 서울 재첩국은 재첩국이 아니에요." 황연주가 잇따라 감탄했다.

"상큼하고, 알싸하고, 풋풋하고, 은은하고, 그러면서 깊고, 진하고⋯⋯, 참 맛이 뭐라고 표현하기 어렵게 특이하고 묘해요. 이 국물 색깔도 푸르스름한 게 아주 곱기까지 하구요."

황연주가 국물 맛을 음미하는 깊은 표정으로 마땅한 말을 찾느라고 애쓰고 있었다.

"예, 이 맛을 아주 제대로 표현하신 겁니다. 지금 말씀하신 그 맛들이 다 포함되어 있으니까요. 아까 바다 정기를 품고 있다고 했었지요? 그게 바로 이 푸르스름한 국물 색깔입니다. 밀물 때면 바닷물이 광주에서 삼랑진까지 가는 경전선의 저 철교 아래까지 올라옵니다. 그래서 거기 사는 재첩들은 바닷물까지 맛보게 됩니다. 그러니 바다 정기가 자연히 스미고, 광양 재첩국은 재첩국 중의 재첩국이 된 것입니다. 그런데 철교 그 위의 재첩들은 민물만 먹어 국물 색깔도 회색이고, 맛도 광양 것처럼 오묘하지도 않고 진하지도 않습니다. 그러니 광양 재첩국의 감칠맛을 따라올 수가 없는 거지요."

한지섭은 연방 국물을 맛있게 먹으며 설명에도 신명이 나고 있었다.

"많이 드시고, 모자라면 더 달라고 하시면 돼요."

김혜은이 황연주에게 안내했다.

"네에, 너무나 맛있어서 더 먹어야 될 것 같아요."

황연주가 입맛을 다시며 정답게 웃었다.

"네, 그러세요. 어떤 남자분들은 세 그릇까지도 잡수세요."

"어머, 정말 인심이 후하군요."

황연주는 숟가락을 놓고 국그릇을 양손으로 받쳐 잡고 들어 올렸다.

그들은 한동안 말이 없었다. 자디잘게 썬 부추가 동동 뜬 푸르스름한 재첩국물의 그 혀에 감기고 목에 스미는 기묘한 감칠맛에 젖어들고 있었다.

"아, 정말 맛있어요. 서울의 때가 다 씻겨 내려간 것 같아요."

이태하가 빈 국그릇 옆에 숟가락을 놓으며 더없이 흡족하게 웃었다.

"한 그릇 더 드세요." 김혜은이 말했고, "아니, 됐습니다. 애플망고 먹을 배는 남겨둬야지요." 이태하가 입을 훔치며 대꾸했고, "아, 그거 맞는 말이오. 오늘의 본론은 재첩국이 아니라 애플망고니까. 자아, 갑시다. 후식으로 애플망고 먹게." 한지섭이 껄껄 웃으며 먼저 일어났다.

"아휴, 눈부셔." 식당을 나선 황연주는 얼른 손차양을 이마에 대고는, "세상에나……, 저 꽃들 좀 봐. 이 눈부신 햇살에 저 아름다운 꽃들……." 눈을 가느스름하게 뜨고 멀고 긴 강변 풍광을 보며 또 감탄하고 있었다.

"예, 실컷 보세요. 이것이 광양이 드리는 선물입니다."

손님의 만족에 흡족해진 한지섭이 흥겹게 말했다.

한지섭의 농장은 멀지 않았다. 봄이 한창 무르익고 있는 들에 이색적인 풍경으로 반원형 비닐하우스들이 도열하듯 자리 잡고 있었다. 농촌의 어느 들에서나 볼 수 있는 그 비닐하우스들은 한국 농업의 다양화와 함께 계절에 구애받지 않는 농산물 생산을 보여주고 있었다. 그건 곧 경제성장과 비례하는 국민 건강 향상으로 이어지고 있었다.

"자아, 집 안에서 먹지 말고 실감 나게 농장 안에서 먹읍시다."

한지섭은 한 비닐하우스로 앞장서 들어갔다.

"아니, 이 하우스 천장은 어찌 이리 높습니까. 파프리카 하우스하고는 다르잖아요?"

비닐하우스로 들어서자마자 이태하가 높은 천장을 쳐다보며 놀란 듯 물었다.

"하, 이 형은 누가 검사 안 해먹었다고 할까 봐 눈초리 매섭게 그 차이를 첫눈에 알아차리오, 그래." 한지섭은 감탄스럽다는 듯 헛웃음을 치고는, "그건 작물의 차이 때문이오. 파프리카는 줄기가 뻗으며 번창하는 줄기 식물이고, 애플망고는 키가 자라 올라가는 수종 식물이기 때문이오. 이게 4, 5년 차라 우리 키보다 조금 작은데, 이것들 수령이 자그마치 50년에서 70년이오. 그러니 세월 따라 키가 조금씩 커 올라가게 되니 미리 천장을 높게 잡을 수밖에 없는 거요." 그는 전문가답게 설명했다.

"저게 딱 보니까 열대식물 표가 나네요. 두꺼우면서 윤기 나는 저 짙은 초록색 잎들 말이에요." 황연주가 높고 넓은 비닐하우스에 가득 찬 애플망고 나무숲을 신기한 듯이 바라보며 말했고, "예, 잘 보셨습니다. 어디서나 흔히 볼 수 있는 고무나무와 비슷한 열대식물 느낌인데, 이건 고무나무에 비해 잎이 폭이 좁으면서 길고, 잎맥들이 더 많이 드러난 것이 차이라고 할 수 있죠." 한지섭이 즐거움 넘치는 얼굴로 설명했다.

"자아, 난 잘 익은 것으로 따올 테니 두 분은 돌아다니면서 구경하세요."

한지섭은 빠른 걸음으로 사라졌다.

김혜은은 어디로 갔는지 보이지 않았다.

"어머, 저 열매 좀 보세요. 너무 예쁘고 탐스럽게 생겼어요. 꼭 열대지방에 와 있는 것 같지 않아요?"

진초록빛 두꺼운 잎들 사이로 윤기 나는 흑적색과 짙은 적황색이 자연스럽게 어우러진 달걀꼴의 긴 타원형 열매들이 어른 주먹 크기로 주렁주렁 달려 있었다.

"응, 저 초록색과 빨간색이 아주 잘 어울리네. 저 싱싱한 애플망고 색깔이 상점에 있는 것들하고는 영 다르구만."

이태하도 아내 따라 감탄하고 있었다.

"한 선생님은 참 대단하신 분이에요. 어쩌면 이렇게 계속해서 특수작물 농사를 성공시켜 나가시는지." 황연주가 감동스러운 느낌으로 남편을 쳐다보았고, "그게 한 선배의 기질이

고 집념이고 능력이고 노력이지. 대학 때부터 그랬으니까." 이
태하는 한 선배에게 보내는 신뢰인 듯 잔잔하게 웃음 지었다.

"이 형, 이 형, 이쪽으로 오시오."

출입문 반대쪽에서 한지섭의 목소리가 들려왔다.

이태하와 황연주는 그쪽으로 달리듯 빨리 걸었다.

그곳 공간에는 탁자에 의자 네 개가 놓여 있었고, 김혜은
은 접시와 스푼들을 놓아 상차림을 마친 상태였고, 한지섭은
큰 바구니에 고운 색감의 싱싱한 애플망고들을 수북이 따다
놓고 있었다.

"자아, 앉읍시다. 이게 과일의 왕, 과일 중의 과일이라고 부
르는 애플망고요. 근데 실은 금년이 첫 수확이 아니라, 첫 수
확은 2년 전이었소. 그러나 그 맛이 첫 수확 때는 완전히 자
리 잡히지 못했소. 제맛이 제대로 잡히는 데는 2년쯤 더 지
나야 하는데, 첫해에 비해 작년의 맛이 완연히 달라졌고, 금
년 들어 맛을 보니 이젠 됐다, 이 변 부부에게 자랑할 만하
다 하고 자신할 수 있어서 첫 수확으로 쳐서 연락한 것이오.
그리고 황 여사님, 이 과일이 맛만 좋은 게 아니라 몸에 좋기
로, 한마디로 만병통치입니다. 비타민의 덩어리, 섬유질의 덩
어리일 뿐 아니라 우리 건강에 좋은 중요 성분들이 다량 들
어 있어서 각종 암 예방과 치료 효과가 크고, 특히 남자에게
만 있는 전립선암에 특효니 이 형 많이 드시오. 그리고 피부

미용에도 효과가 크니 황 여사도 많이 드시고요. 그 외에 면역력을 강화시켜 주고, 변비를 해결해 주며, 혈관을 깨끗하게 해 고혈압 등 혈관계 질환의 예방과 치료에 효과가 큽니다. 그래서 인도에서는 '신성한 과일'로 특별 취급을 합니다."

한지섭이 설명을 마치기를 기다려 김혜은이 익숙한 솜씨로 애플망고를 잘랐다.

애플망고 한 쪽씩이 겉 색깔보다 더 고운 속을 드러내며 하얀 접시에 선명한 타원을 그려냈다.

"자아, 어서 맛보세요."

김혜은이 밝게 웃으며 두 사람에게 애플망고를 권했고, 한지섭은 긴장한 듯 입을 꾹 다물고 앉아 있었다.

이태하는 함께 먹자고 하려다가 한 선배의 그 야릇한 표정을 보고 그만 아내에게 어서 맛보자는 눈짓을 했다. 황연주는 남편의 눈짓을 금방 알아채고 스푼을 들었다.

황연주는 입에 군침이 고이는 것을 느끼며 애플망고의 고운 속살에 스푼을 깊이 찔렀다. 보드라운 감촉으로 스푼이 들어갔고, 스푼을 떠 올리자 애플망고가 가득 담겨 나왔다. 그것을 조심스럽게 입에 넣고 살금살금 씹었다. 그 순간 황연주는 자신도 모르게 "어머나, 세상에!" 하며 큰 탄성을 터뜨렸고, "아, 어찌 이리 달지요? 최곱니다, 최고!" 이태하도 아내보다 더 크게 외쳐댔다.

"허, 이제 됐네!"

그제야 한지섭이 안도의 웃음을 허허허 크게 터뜨렸다.

"아니, 어떻게 이렇게 맛이 달고 사르르 녹는 게 기막힙니까. 전에 가끔 애플망고를 먹어봤지만 이건 정말 맛이 전혀 다른 게 최곱니다." 이태하가 새로 한입 가득 떠 넣으며 말했고, "네, 정말이에요. 누렇고, 불그스름한 다른 애플망고들하고는 때깔부터가 다른 게, 당도가 어쩜 이렇게 높을 수가 있어요? 단맛도 설탕의 단맛과는 전혀 다른 게, 꿀맛하고도 다르고, 어떻게 표현할 수 없도록 진득한 듯, 졸깃한 듯 묘하게 감기는 맛이 하여튼 최고 중의 최고예요. 제 입맛 버려놓으신 것 한 선생님께서 책임지세요." 황연주가 환하게 웃으며 애플망고 시식평을 흔쾌하게 했다.

"예, 그 극찬 감사합니다. 황 여사님 입맛 버린 것 제가 평생 책임지겠습니다. 맛있게만 들어주십시오."

한지섭이 가성 섞어 말하며 고개를 깊이 숙였다.

"당신 맘 편해져서 좋겠수. 두 분한테 최고의 품평을 들었으니."

김혜은이 더없이 행복하게 웃으며 애플망고를 연달아 절반씩 자르고 있었다.

"그런데 어떻게 다른 애플망고들에 비해 당도가 이렇게 월등하게 높지요? 한 선생님의 특수 기술 때문인가요?"

황연주가 의문이 안 풀린다는 듯 물었다.

"예, 제 기술이 아니고 여기 광양 땅의 덕일 겁니다. 제가 편지에 썼듯 광양이란 이름은 '햇빛이 더욱 찬란하게 빛나는 고장'이라는 뜻이거든요. 그런데 애플망고가 좋아하는 두 가지가 햇볕과 물입니다. 다시 말해 일조량이 애플망고의 때깔, 당도, 수확량을 결정합니다. 그 특혜를 받은 거지요. 어서 더 드세요."

한지섭의 얼굴에 행복이 넘치고 있었다. "딴 사람들도 애플망고를 많이 재배하나요?" 이태하가 물었고, "같은 시기에 시작했던 일곱 농가는 다 실패하고 포기했소." 한지섭이 대답했고, "예, 바로 그 점입니다. 한 선배님이니까 열대 과일 생산을 성공시킨 것이지요" 하며 이태하는 아내를 쳐다보았다.

"두 분 정말 수고하셨고, 대단하세요. 최고 부부예요, 최고!"

황연주는 '엄지척'을 한지섭과 김혜은에게 번갈아가며 보냈다.

"예, 감사합니다. 두 분께서 합격점을 주셨으니 그걸 믿고 경작면적을 지금보다 대여섯 배로 늘리겠습니다." 한지섭이 행복 넘치게 웃었고, "네에, 그러세요. 제가 홍보대사로 나서서 제 주변 사람들부터 다 먹이기 시작할 테니까요. 전에는 맛이 특이해 가끔 먹었을 뿐이지 그렇게 몸에 좋은 만병통치 과일인 줄은 몰랐잖아요. 그런 신통한 과일을 먹는 것보다 더 좋은 일이 어디 있어요." 황연주가 신명 나게 말하며 박수를 쳤고, "당신 아주 멋진 생각 해냈네. 나도 홍보대사야!" 이태하가 힘차게 말하며 박수를 따라 치기 시작했고, "고맙습니다, 고맙습니다." 김혜은이 울먹이듯 하며 박수를 따라 치자 한지섭도 함께 박수를 치기 시작했다.

네 사람의 시식 파티가 절정을 이루고 있었다.

"자아, 서재로 가서 차 하십시다."

한지섭이 편안한 웃음 가득 담긴 얼굴로 천천히 몸을 일으켰다.

이태하는 그런 한 선배의 모습을 바라보며 '한때 국회의원 권력을 누렸던 사람이 이런 시골에 묻혀 농사를 지으며 저리도 편안하고 행복한 웃음을 지을 수 있다니……' 하며 자신도 그럴 수 있을까를 생각해 보고 있었다. 그러나 자신은 그럴 자신이 없었다. 한 선배는 어려서부터 익숙해진 농촌 고향이 있었지만 자신은 그런 고향이 없었다. 서울 태생들은 서울이 고향이면서도 서울에서 고향의 정을 느낄 수가 없었다. 날로달로 급변하는 것이 서울이기 때문에 10년이나 20년이 지나 살았던 곳을 지나칠 때면 너무나 많이 변해 버려 그곳이 어디인지 알아볼 수가 없고는 했다. 그 이질감이 서울은 고향이면서도 늘 타향이었다. 그 뿌리 뽑힌 공허함이 서울 출신들의 비애였다. 그런데 자신은 한 선배를 그지없이 부러워하면서도 이런 시골살이에서 한 선배처럼 행복해질 자신이 없었다. 이런 시골은 아름답고 아늑하고 잠잠해서 좋지만 여전히 낯설고 마음에 착 감겨들지가 않았다. 자신은 서울에서도 시골에서도 안정을 찾을 수 없고 행복해질 수 없는 부랑자라는 생각이 한 선배를 만날 때마다 떠오르는 것이었다.

"어머나, 책이 더 불어났군요?"

서재에 들어서자마자 황연주는 놀라움과 감탄을 함께 드러냈다.

"예, 하루에 5~6시간 정도 일하면 되니까 나머지 시간에 책을 읽다 보니 자꾸 불어나는군요."

한지섭이 자리를 권하며 웃었다.

넓은 방에 책상 놓은 자리만 빼고 사면 벽을 가득 채운 천장높이의 책꽂이에는 빈틈이라고는 없이 책들이 빽빽하게 차 있었다. 그러나 그것도 모자라 책꽂이 칸칸마다 4~5권의 책들이 눕혀져 또 빈틈없이 칸칸을 채우고 있었다.

"대단하세요, 정말 대단하세요. 이렇게도 꾸준히 책을 읽으시니⋯⋯." 황연주는 또 감탄하고는, "저어⋯⋯, 애들이 아버지 가업만 물려받는 것이 아니라 독서 습관도 물려받았나요?" 하고 물었다.

"아 예, 얼마 전에 둘이서 대학생이 되면서 이 책들을 차근 차근 다 읽어나가자고 약속했다는군요. 그리고 마음에 드는 책들에 표시를 해 반반씩 나누자고 저희들끼리 유산 분배까지 했고요. 아주 귀여운 도둑놈들입니다."

한지섭은 더없이 흐뭇하게 웃었다.

"하, 정말 귀여운 도둑놈들이군요. 선배님은 정말 행복하시겠습니다. 요즘 애들답지 않게 이 많은 책들을 읽어낼 마음을 먹고, 돈이 아니라 아버지의 손때 묻은 책들을 탐내다니, 참 귀여운 도둑놈들을 잘 두셨습니다."

이태하가 정말 부러워하는 기색으로 말했다.

'저이가 미국으로 유학 가고 싶어하는 자기 애들을 원망하고 있는 것 아니야? 비싼 학비 낼 돈 없으니까 말야. 그치만 당신은 애들이 물려받을 가업이 없잖아. 당신은 애들 학원비도 화끈하게 못 대준 찌질한 변호사니깐 애들이 그런 변호사 되고 싶지 않았을 거구……'

황연주는 옹색한 자기네 사정을 생각하며 은근히 속이 상하고 있었다.

"아니 여보, 자리도 안 권하고 손님을 왜 이렇게 서 있게 하세요?" 찻잔을 챙겨가지고 온 김혜은이 말했고, "아니에요, 책 구경 하고 있었어요. 책들 반씩 나눠 갖기로 한 착한 애들 얘기도 하구요." 황연주는 얼른 자기 생각을 털어내며 환하게 웃었다.

"모르겠어요. 착한 건지 어쩐지." 김혜은은 엷게 웃으며 탁자에 쟁반을 놓고는, "여보, 방금 전화를 받았는데요, 권구범 사장님이 자살하셨대요." 남편에게 말했고, "뭐, 뭐라고?" 한지섭이 소스라치게 놀라며 소리쳤다.

"글쎄, 자식들이 끝내 생활비를 안 내놓고, 변호사한테 소송하는 것밖에는 다른 방법이 없다는 말을 듣고 고민 고민하다가 차마 소송은 못 하고 자기가 약을 먹고 자살을 해버렸다는군요."

김혜은이 침울하게 설명했다.

"참, 망해도 더럽게 망해 버린 세상이다. 재산 다 물려받은 자식들이 약속한 생활비를 안 드려 부모를 죽게 만들다니. 돈에 미쳐도 어떻게 이렇게 끔찍스럽게 미쳐 돌아가냐."

한지섭이 의자에 털썩 주저앉으며 절망스럽게 한숨을 토해 냈다.

"아니, 인심 사나운 서울에서만 그런 일이 벌어지는 줄 알았는데 지방에서도 그러는군요." 황연주가 침울하게 말했고, "아이구, 돈에 인정사정없고, 돈에 환장들 하는 데 어디 서울 지방 차이가 있나요. 사람 사는 세상이면 다 똑같지요." 김혜은이 차를 따르며 한숨을 쉬었다.

"참, 너무 기가 막혀 말이 안 나오네. 몇 년 전에 어떤 여론 조사에서 '10억이 생긴다면 1년 감옥살이할 범죄를 저지를 수 있다'고 중·고등학생들 40~50퍼센트 가까이가 응답한 것에 깜짝 놀랐고, 그렇다면 '10억이 생기는 데 1개월 감옥살이라면 100퍼센트일 것 아닌가' 하는 생각에 눈앞이 캄캄해졌고, '가난한 독립군 할아버지가 좋으냐, 부자인 친일파 할아버지가 좋으냐' 하는 물음에 모두 친일파 할아버지라고 한 것에 더 세상 살고 싶지 않은 심정이었는데, 그러나 그런 건 관념이니까 그냥 넘긴다 하더라도, 어떻게 재산 다 물려받은 자식들이 생활비를 안 드려 아버지를 죽게 만드나 그래. 다 대학 나온 것들이. 망해도 아주 쫄딱 망해 버린 세상이다."

한지섭이 넋 나간 듯 혼잣말을 하고 있었다.

"예, 세계 범죄의 90퍼센트 이상이 돈 때문에 발생하고, 살인 또한 90퍼센트 이상이 돈 때문에 저질러지고 있습니다. 그러니 재판도 마찬가지 비율인 거지요. 돈에 얽히고설킨 재판을 계속하다 보면 돈이 살아 있는 괴물로도 보이고, 인간을 맘대로 지배하는 절대자로도 보이고, 묘한 생각에 머리가 어지럽습니다."

이태하가 침통한 얼굴로 말했다.

"그 말이 맞소. 사회학적 측면에서 보면 인간은 돈이 생겨난 이후 5천여 년에 걸쳐서 줄곧 돈의 노예였소. 그런데 자본주의가 등장하고, 사회주의와의 대결에서 사회주의가 스스로 몰락하면서 자본주의가 독불장군으로 세계 지배력을 장악하게 되고, 그 세월이 30년이 넘으면서 이 나라 청소년과 젊은이 들까지 돈의 마력에 완전히 휘말리게 되고 말았소. 돈의 괴력과 마성이 문제지 거기에 휩쓸리는 젊은이들이 무슨 죄가 있겠소. 종교마저 돈 앞에서 마구 휘둘리고 꼼짝을 못 하는 판이니 돈을 제일로 치는 젊은이들을 탓할 것도 없소. 이 형은 이런 얘기 알아요? 어떤 재벌 부인 둘이서 서로 100억씩 걸어놓고 이런 내기를 했었다오. 한 종교에 20억씩 기부하기로 하고, 세 종교의 대표가 직접 와서 받아가도록 한다. 셋이 다 올 것이냐, 안 올 것이냐! 어떻게 됐겠어요? 셋 다 와서 받아가서, 안 올 거라고 했던 재벌 부인은 100억을 고스란히 날렸고, 틀림없이 온다고 했던 재벌 부인은 2 곱하기 3은 6, 60억을 제하고 40억을 거뜬히 챙겼다는 거요. 종교가 그 지경이니 속인들이야 더 말해 뭘 하겠소. 하긴 뭐 종교가 돈에 굴종해 온 것은 하루 이틀이 아니고 저 중세부터였으니까 굳이 이런 말 할 것도 없긴 없소."

한지섭의 입가에 쓴웃음이 번지고 있었다.

"허, 그렇게 순진한 재벌 부인도 있었다니 다행이군요. 어쨌거나 돈은 현실 권력이고, 없앨 수 없는 것이니 그 횡포는 점점 더 커져가겠지요."

이태하도 쓰디쓴 웃음을 지었다.

"그렇소. 세계 문화사가들이 정치와 종교를 2대 필요악으로 규정했었소. 그러나 그건 이제 보충, 수정되어야 할 거요. 돈을 포함시켜 3대 필요악으로."

한지섭이 찻잔을 천천히 입으로 가져갔다.

"여보, 사람 기분 상하게 하는 그런 돈 얘기 그만하고 변호사님하고 의논하고 싶다던 장학 재단 얘기나 해보세요."

김혜은이 황연주의 찻잔에 차를 따르며 말했다.

'장학 재단……?'

이태하와 황연주가 동시에 맞쳐다보며 눈짓 말을 교환했다.

"웅, 이따가 저녁 먹으면서 꺼내려고 했는데……, 말이 나왔으니 지금 하지, 뭐." 한지섭이 반쯤 남은 차를 비우고 나서, "장학 재단이 무슨 얘긴고 하니 말이오, 내가 정치를 접고 내려올 때 내 힘으로 실현시키고 싶었던 게 몇 가지가 있었소. 첫째가 바른 먹거리를 생산해 내는 자립 영농이었고, 둘째가 농민 이익을 극대화시키는 조합 운영이었고, 셋째가 이주노동자들의 인간적 대우 실행이었고, 넷째가 수입의 극대화 영농으로 장학 재단을 운영하는 것이었소. 그런데 앞의 세 가지는 그동안에 단계적으로 실현시켰는데, 마지막 네 번째는 이제 막 실현의 첫발을 내딛게 된 것이오. 그것이 바로 오늘 맛본 애플망고요."

한지섭은 차를 한 모금 마셨고, 이태하와 황연주는 어서 다음 얘기 하라는 듯 그에게 눈길을 모으고 있었다.

"그게 무슨 말인고 하니, 저 애플망고가 다른 작물들에 비해 이익 폭이 클 뿐만 아니라, 일반 과목들의 평균 수확 연한이 10여 년인 데 비해 저 애플망고는 50년에서 70년인 데다가, 병충해에 아주 강하고, 특별한 비료 필요 없이 햇볕과 물이면 잘 자라서 경작비가 아주 쌉니다. 더구나 수확을 거듭할수록 당도가 점점 높아지고 진해지는 강점을 가지고 있어요. 단, 결정적인 단점이면서 장애라고 할 수 있는 것이 첫 수확을 할 때까지 기술 습득이 무척 까다롭고 예민해 그 진입 장벽이 아주 높은 점이오. 그래서 많은 사람들이 실패하고, 포기하게 되는 거요. 그 점 때문에 첫 수확까지 오로지 집사람하고 나하고 단둘이서만 매달려 성공시키게 된 것이오. 그리고 두 분께서 맛에 합격점을 주셨으니 본격적으로 대량생산 체제로 들어가면서 딴 작물에 투입되어 있는 이주노동자들의 일자리를 옮겨 경작 기술을 가르칠 거요. 그때부터 큰이익이 발생되고, 그 돈으로 내가 꿈꾸어온 장학 재단을 설립하고 운영하려고 하는 거요. 그때 이 형의 변호사 힘이 필요한 거요."

한지섭이 녹차로 목을 축였다.

"근데요, 애플망고가 아주 비싸서 이익이 많이 나는 건 좋은데, 그게 대량생산이 되어 값이 떨어지면 어쩌나요?"

황연주가 예민한 점을 짚어냈다.

"아 예, 중요한 점을 정확하게 지적하셨습니다. 그래서 얼마 전에 견본품을 가지고 중국을 다녀왔습니다. 중국 상사에서 맛을 보고 '띵호아'를 연발하며 그 맛을 그대로 유지한다면 얼마든지 수입하겠다고 가계약을 했습니다. 일본의 애플망고는 다 그들 국내에서 소비되고, 중국으로 수출하는 데는 딱 한 농가뿐인데, 그 수출가격이 자그마치 우리나라 시장가격의 3배입니다. 그리고 중국 미식가들은 애플망고 맛에 완전히 매료되어 있어서 물량이 절대 부족한 상태입니다. 15억 인구 중에서 비약적 경제발전에 따라 돈에 구애받지 않는 미식가들을 5천만 명 정도만 잡아도 그 시장은 망망대해 태평양이라고 할 수 있지요. 그 시장에서 돈 많이 벌어 실한 장학재단을 운영하는 게 내 생애 마지막 꿈입니다."

한지섭은 이야기를 마치고 이태하와 황연주를 번갈아 쳐다보았다.

"아 예, 그 꿈이 빨리 이루어졌으면 좋겠습니다. 근데 제가 도와야 할 일이 뭔지요."

이태하가 조심스럽게 물었다.

"그거, 재단 설립에 따른 모든 법적 문제를 맡아주는 것은 물론이고, 재단 운영에 직접 참여해 주면 좋겠소."

"어머나, 그러면 참 좋겠네요. 저이는 변호사 노릇 하는 걸 마지못해서 하면서 늘 마땅찮아하고 있거든요."

황연주가 반색을 하며 말했다.

"아, 그거 참 잘됐습니다. 이사장부터 아무 자리나 고르시면 됩니다."

한지섭이 흔쾌하게 말했다.

"어머, 이사장은 안 되지요. 한 선생님 자리인걸요."

황연주가 눈치 빠르게 말했다.

"아닙니다. 저는 그런 욕심 없습니다. 제가 바라는 건 농사잘 지어 돈 많이 벌고, 그 돈으로 많은 학생들에게 학비를 잘대주는 것입니다. 이 형, 어쩔 생각이오?"

한지섭이 다그치듯 물었다.

"글쎄요. 이사장 자리만 아니면 아무 자리나……."

이태하가 어물거리며 뒷머리를 긁적였다.

"네, 됐네요. 제가 집부터 지어놓고 모실게요."

김혜은이 이렇게 말하며 박수를 치기 시작했다. 한지섭, 황연주, 이태하 순으로 박수를 따라서 치기 시작했다.

개보다 못한 사람

빨간불이 켜진 건널목에는 도심의 대로답게 인파가 몰려 있었다. 그 사람들 틈바구니에 선 김수희는 멍하니 건너편의 빨간불을 바라보고 있었다. 그런 그녀의 무표정한 얼굴은 지쳐 보였다.

'이 많은 사람들은 다 무슨 일을 하며 살까. 다 직장은 있을까. 나 같은 백수는 얼마나 될까⋯⋯?'

그녀는 칙칙하게 구름 낀 마음으로 이런 생각을 하고 있었다.

신호등이 바뀌었다. 사람들이 스타트라인에서 튕겨나가는 달리기 선수들처럼 다급하게 차도로 뛰어들었다. 김수희도 재빨리 걸음을 떼어놓지 않을 수 없었다. 어물거려서는 안 되고, 어물거릴 수도 없는 사람의 물결을 따라 다리를 움직여야 했다.

'군중 속의 고독…….'

문득 떠오른 생각이었다. 1학년 교양 국어 시간에 교수가 그 말을 설명하면서 바로 이런 건널목을 예로 들었던 것이다. 그런데 그동안 그 생각을 전혀 하지 않고 살았는데 4년이 지난 오늘 문득 떠오른 것이었다.

'대학 공부는 이런 정도로밖에 쓸모가 없는 모양이구나…….'

김수희는 허수아비이거나 투명인간 같은 자신의 꼴을 의식하며 이런 생각을 하고 있었다. 하잘것없고 어디에서도 필요로 하지 않는 자신의 볼품없는 존재를 확인하며 '군중 속의 고독'이라는 말을 비로소 실감 나게 느낄 수 있었던 것이다.

'웃기고 있네. 주제에 커피 향은 제대로 맡으셔요.'

카페로 들어서며 자신도 모르게 커피 향을 한껏 들이켜다 말고 그녀는 자신을 비웃었다.

저쪽에서 전진혜가 손을 흔들었다.

"아니, 왜 그렇게 풀 죽었어? 또 스키 탔구나?"

얼굴을 마주 대하자마자 전진혜가 빠르게 말했다.

"알면서 뭐 하러 말해? 쪽팔리고 기분만 더 잡치게."

김수희가 의자에 주저앉으며 톡 쏘아붙였다.

"에이구, 이게 벌써 몇 번째냐. 열여섯 번째잖아? 증말이지 쪽팔린다. 인제 싹 때려치워. 우리 같은 것들 학벌 가지고는 애당초 틀려먹은 일이야. 우리 더 불쌍해지기 전에 헛꿈 깨자."

전진혜가 몹시 화가 솟기는 듯한 기세로 거세게 말했다.

"왜 그리 다급하게 만나자는 거냐? 무슨 좋은 일이 있을 것 같지도 않은데."

김수희가 서글픈 표정으로 물었다.

"웅, 그게 말야, 취직자리가 생기긴 생겼는데 말야……. 그게 아주 고약해."

전진혜가 얼굴을 잔뜩 찌푸렸다.

"고약해……?"

"웅, 아주 드러워."

전진혜가 얼굴을 더 심하게 구겼다.

"드러워? 화장실 청소부도 아닐 테고, 속 시원하게 빨랑 털어봐!"

김수희가 눈을 부라리듯 다그쳤다.

"그거 말야, 취직이라고 할 수도 없고, 아르바이트라고 할 수도 없고, 돈은 욕심나는데 드럽고 치사해서 원……."

전진혜가 입맛을 다시며 혀를 차며 했다.

"너, 원서 열여섯 번 내고 걷어차인 인간 불러놓고 폼 잡는 거냐, 뭐냐?"

김수희가 짜증 내듯 말했다.

"짜증 내지 마. 너한테도 말하기 부끄러워서 그래. 그게 뭐냐면 말야, 거동 불편해 휠체어 타야 하는 여든다섯 살 먹은 할아버지 수발드는 거야."

"근데 그게 뭐가 어째서 고약하니 드럽니 하고 수다니, 수다가."

김수희가 눈을 흘기며 내쏘았다.

"너, 눈치 빠른 애가 내 그런 말 듣고도 뭔가 착 잡히는 게 없니?"

전진혜가 원망스러운 얼굴로 친구를 바라보았다.

"착 잡히는 거……." 김수희가 전진혜를 똑바로 쳐다보며 고개를 갸우뚱하더니, "휠체어에 태우고, 내리고, 밀고……, 그다음 또 뭐……, 거북한 수발이 있다는 거니?"

"역시 말 통하는 귀신이네. 내가 말하기 싫으니까 어디 니가 맞혀봐."

"그거 뭐 어렵다고 맞히고 말고 해. 화장실 데려가고, 샤워 시키고 그런 거지."

김수희가 심드렁하게 말했다.

"어머머, 귀신아! 넌 어쩌면 그렇게 쉽게 척척 맞혀버리니. 마치 다 해본 것처럼."

전진혜가 소리 안 나게 손뼉을 치며 감탄하듯 했다.

"우리 엄마가 한창 기운 좋을 때 대학병원 간병인 했거든. 파출부보다 수입이 훨씬 좋았으니까. 너도 알잖아, 우리 엄마 이 세상 부업 안 해본 게 없는 거."

김수희가 가늘게 한숨을 쉬었다.

"그러기는 우리 엄마도 마찬가지지, 뭐."

전진혜도 침울하게 중얼거렸다.

"너 아까 돈은 욕심난다고 했지? 보수는 얼마나 주는데?"

"응, 월 500."

"뭐, 500만 원씩이나?"

김수희의 눈이 휘둥그레졌다.

"글쎄 500은 군침 마구 넘어가는데, 넌 샤워시키는 거 징그럽고 싫지 않니?"

전진혜가 손을 모아 잡고 몸을 부르르 떨었다.

"너 내숭 떨지 마."

"내숭……?"

"그래, 내숭. 너나 나나 결혼만 안 했을 뿐 남자 경험 다 했잖아. 그래놓고 젊은 남자도 아닌 다 늙어빠진 남자 남체 씻기는 게 뭐가 고약하고 드럽고 징그럽고 그렇다고 수다냐. 돈벌이만 하면 됐지."

"기집애, 아주 산뜻하게 상담해 버리는구나. 근데 남체는 뭐냐? 그런 말도 있어?"

전진혜가 의아해했다.

"왜, 없는 말 같으니? 그래, 사전에 없어. 여체는 있는데 왜 남체는 없지? 그게 바로 뿌리 깊은 남녀 차별의 증거라 그거 야. 그래서 난 기분 나빠 남체라는 말을 쓰는 거야."

"아이구, 요런 꼴짜야, 그런 말 사전에 없는 건 어떻게 알았니?"

"너도 이 언니처럼 열심히 공부 좀 해라. 그래야 복 받는 다." 김수희는 거드름 피우는 시늉을 하고는, "500만 원씩이 나 준다니, 엄청 부자고, 인심도 좋은 모양이지?" 하고 새삼 관심을 드러냈다.

"괜히 500만 원만 좋아하지 말어. 만약 일을 시작하게 되 면 감옥살이야."

"감옥살이……?"

"응, 청소하고 반찬 하는 파출부는 따로 오지만, 난 그 집에 서 상주해야 해. 밤에도 한두 번 화장실 가는 시중을 들어야 하니까. 그러니까 24시간 근무인 셈이라고."

"휴일도 전혀 없이?"

"아니, 토요일 하루만 쉬고."

"그럼 됐지, 뭐. 얘, 너 500만 원이 얼마나 큰돈인지 알아? 그 건 대기업 6, 7천만 원짜리 연봉 직원들과 같은 수준이라고."

"뭐, 6, 7천짜리……?"

"요런 맹추, 니 월급에서는 세금을 안 뗄 거잖아. 대기업 사원들도 세금이다 뭐다 다 떼고 나면 5천밖에 더 되냐고."

"어머, 그렇네. 세끼 밥도 다 주잖아."

"여러 말 할 것 없어. 그 양반 여든다섯이라니까 아흔까지 산다 치고, 눈 딱 감고 5년만 버텨. 나는 시한부 간호사다, 난 시한부 간병인이다 하고 말야. 그럼 얼마가 생기는지 알아? 옷값, 잡비로 써야 하니까 1년에서 두 달 빼고, 5 곱하기 5는 25, 2억 5천이야, 2억 5천! 그 돈이면 니가 원하는 알뜰한 사업 딱 차릴 수 있다구. 알아들어?"

"아이구 귀신아, 계산 한번 빨리한다."

"근데 말야, 그 영감님은 자식이 없나? 그 많은 돈 들여 사람 쓰게."

"응, 그 얘기 좀 복잡해. 그 영감님 사업해서 돈 꽤 많이 번 부잔데, 10여 년 전에 아내가 죽자 다섯 자식들에게 재산상속을 했대. 그리고 '날 모시는 사람한테 이 아파트를 주겠다' 했는데 나서는 자식이 아무도 없었대. 그때부터 파출부를 부리며 혼자 살았는데, 글쎄, 얼마 전에 뇌출혈로 쓰러져 하반신을 못 쓰게 되고, 휠체어 신세를 지게 됐으니 기운 잘 쓰는 젊은 여잘 구하게 된 거지."

"음, 딱한 노인네네. 근데 너하곤 어떻게 연결이 된 거야?"

"그 집 파출부가 우리 엄마 친구거든."

"그랬구나. 근데 그 아파트는 얼마짜리래?"

"글쎄……, 그 동네면 15억쯤 가겠지?"

"됐다, 바로 그거다!"

김수희는 주위 아랑곳하지 않고 찰싹 손뼉을 쳤다.

"어머, 애! 뭐가……?"

전진혜가 깜짝 놀라며 재빨리 좌우를 살폈다.

"요 맹추야, 뭐긴 뭐야. 그 집 자식들은 다 자격상실됐구, 그 아파트는 네 차지야."

"뭐, 뭐라구?"

이번엔 전진혜가 소스라치게 놀라며 손뼉 소리보다 더 크게 소리쳤다.

"똑똑히 들어. 자식들한테 배신당한 부모는 자기 죽을 때까지 자기한테 제일 잘해준 사람한테 모든 재산을 다 주게 돼 있어. 그렇게 팔자 고친 사람들이 더러 있다구. 그 기회가 마침내 너한테 오게 됐다, 그런 말이다. 이 언니 말씀 알아듣냐?"

김수희는 전진혜의 눈을 꿰뚫듯이 쏘아보았다.

"그 영감님한테 최선을 다하라구?"

"그래, 진심을 다해서 받들고 모시고, 내 친할아버지다 생각하고 잘해서 그분이 감동하게 해. 그럼 넌 15억 부자야. 그건 틀림없어. 내가 보증해!"

김수희가 주먹까지 부르쥐며 힘 넘치게 말했다.

"알았어. 넌 역시 시원시원한 해결사야. 어머, 우리 정신 좀 봐. 얘기에 정신 팔려 여태 커피도 안 마셨어."

"이제 홀가분하게 마시자. 이 카페는 이래서 좋아. 하루 종일 앉았어도 아무 말도 없는 거."

"너무 좋아하지 마. 그거 다 너 같은 바보 손님 홀리는 상술이니까."

전진혜는 눈을 찡긋하며 일어섰다.

"엄마는 기운 좀 회복하셨니?"

전진혜는 김수희 앞에 커피 잔을 밀어놓으며 걱정스럽게 물었다.

"아니. 여전히 병자 같아."

김수희가 금세 근심스러운 얼굴이 되며 한숨을 쉬었다.

"왜 그러실까. 병원에라도 가봐야 되는 것 아니니?"

"참 이상해. 도무지 이해할 수가 없어. 남편 살았을 때는 그렇게 지긋지긋해하고, 원수 대하듯 하더니만 떠나시고 나니 그렇게 상심하고, 기력을 잃고 그러는지 모르겠다니까."

"그게 부부애라는 것 아니겠니. 미운 정, 고운 정이라는 거 말야. 당신이 남편을 그렇게 만든 것 같아 후회도 되고 말야."

"모르겠어. 내가 아무리 다시 생각해 보고, 또 생각해 봐도 엄마는 그럴 수밖에 없었고, 아빠는 자살할 수밖에 없었어. 우리 형편에 그 많은 돈을 그 빌어먹을 로또로 다 날렸으니 무슨 면목으로 살 수 있겠니. 내가 엄마 대신해서 그렇게 말렸는데도 아무 소용이 없었으니 어쩌겠냐. 아마 우리 아빤 저승에 가서도 로또에 미쳐 있을 거다."

김수희는 더 깊은 한숨을 토했다.

"수희야, 기운 내. 내가 열심히 해서 아까 니가 한 말대로 일이 잘 풀리면 무슨 일이든 너하고 동업할 거니까."

"아이고, 일없네요. 형제간에도 동업하지 말란 말 있잖아. 너나 잘살아."

"아니야, 동업이 안 좋으면 그럼 뭘 차리든 차려줄 거야. 자립하게 도울 거라고."

"그 맘 고맙고, 하여튼 죽어라 참으면서 잘하라구. 우리 같은 것들한테 쉽게 올 기회 아니니까."

"알았어. 이 악물고 참고 버틸게."

둘은 건배하듯 커피 잔을 맞부딪쳤다.

전진혜는 김수희와 헤어져 엄마 친구한테 바로 전화를 걸었다.

"아줌마, 저 근무하도록 할게요."

"응, 그래, 잘 생각했어. 회장님이 기다리고 계시니까 옷가지 챙겨가지고 낼 아침 일찍 와. 나 8시 출근이니까."

"네, 낼 뵙겠습니다."

전진혜는 전화를 끊으며 서 회장이란 영감님을 생각했다.

"어디 이리 와서 날 들어봐. 기운이 어떤가 보게."

새하얀 머리칼이 아랫부분으로만 남은 대머리의 서 회장이 자신을 한동안 뜯어보더니 이렇게 말했다. 그건 면접인 실습 시험이었던 것이다.

서 회장은 보통 체구에 약간쯤 살이 찐 편이었다. 휠체어에 앉은 서 회장을 침대로 옮기는 것이었다. 전진혜는 어금니를 지그시 물며 서 회장에게로 다가갔다. 남자에게 안겨 침대로 옮겨진 적은 있었지만, 남자를 안아 침대로 옮겨본 일은 없었다. 옮길 것 같기도 했고, 어려울 것 같기도 했다.

"회장님, 두 팔로 제 어깨를 감싸 잡아주세요." 전진혜는 왼팔을 서 회장의 허벅지 아래로, 오른팔을 등 뒤로 디밀며 자신이 남자한테 안길 때를 생각하면서 말했고, "응, 그러지" 하며 서 회장이 두 팔로 전진혜의 어깨와 목 사이를 감싸 잡았다.

전진혜는 자신도 모르게 아랫입술을 물며 불끈 힘을 썼다. 허리가 휘청하도록 묵직하게 서 회장의 몸이 들렸다. '됐다!' 전진혜는 속으로 외쳐대며 다시 힘을 썼다. 허리를 곧게 펴며 서 회장을 안고 침대로 갔다.

"응, 힘이 그만하면 됐어. 합격이야."

그래서 다급하게 김수희에게 만나자고 한 것이었다. 자신이 믿고 의지할 수 있는 친구였고, 상담자였던 것이다.

전진혜는 중형 여행 가방을 밀며 거실을 나섰다.

"니가 그 일을 견뎌낼지 모르겠구나. 밤중에도 두서너 번 시중을 들어야 한다니."

그녀의 어머니가 눈물을 찍어내며 말했다.

"엄마, 왜 그래? 나 어린애 아니라구. 엄만 내 나이 때 날 낳았잖아. 난 그때 엄마보다 약고 똑똑하거든. 아무 걱정 마셔."

전진혜는 일부러 명랑한 척하며 집을 나섰다. 그러나 속으로는 '이 짓 하려고 대학 나왔나' 하는 한 가닥 회의가 스치고 지나갔다. 그러나 삼류 대학 졸업의 이력서는 김수희가 당한 것과 똑같이 열다섯 번이 넘게 퇴짜를 맞아야 했다. 학벌 사회는 냉담했고, 찌든 가난에 돈벌이는 다급했던 것이다.

'하여튼 죽어라 참으면서 잘하라구. 우리 같은 것들한테 쉽게 올 기회 아니니까.'

김수희의 이 말이 다시 떠오르며 따뜻한 위안과 독려로 힘을 주는 것을 느꼈다. 전진혜는 오로지 15억, 15억만을 생각하기로 하며 아파트를 나섰다. 그 돈을 다 차지할 수만 있다면 그 어떤 어려움도 참고 견딜 자신이 있었다.

전진혜는 숨을 깊이 들이켜며 서 회장 댁 벨을 조심스럽게 눌렀다.

"어서 와. 회장님, 기다리고 계셔."

아줌마가 문을 열며 반색을 했다.

"……."

전진혜는 옆걸음질을 하며 현관으로 들어섰다.

"긴장하지 말어. 인상보다는 좋으신 분이야. 시키는 일만 눈치껏 하면 돼."

아줌마가 가방을 받아 끌며 재빠르게 속삭였다.

"회장님, 미스 전 왔습니다."

아줌마가 거실로 들어가며 목청 높여 말했다.

"음, 어서 오게."

텔레비전을 보고 있던 서 회장이 고개를 돌리며 손을 약간 들어 보였다. 그 무릎 위에 조그만 개 한 마리가 달랑 올라앉아 이쪽을 보고 약한 소리로 앙앙 짖었다. 그리고 회장이 한 손으로 개의 머리를 쓰다듬고 있었다. 전진혜는 한눈에 회장의 개 사랑이 크다는 것을 알아보았다.

"안녕하십니까, 회장님."

전진혜는 두 손을 모아 잡고 나부시 인사했다.

"응, 이제 한식구가 됐구먼. 그래, 잘 좀 도와주시게." 서 회장은 흐리게 웃음 지으며 말하고는, "잠실댁, 자네가 이것저 것 안내해 주게" 하고 아줌마에게 일렀다.

"이게 자네 방이고, 회장님 방은 저쪽이야. 그리고 이 벨이 새벽 1시쯤, 그리고 3, 4시쯤 두 번 울릴 거야. 그럼 빨리 일어나서 회장님이 화장실에 가실 수 있도록 도와드려야 돼. 아마 이 일이 가장 어려운 일일 거야. 잠들었다가 깨야 하니까. 다음은 샤워시켜 드리는 걸 거고. 그 외의 일은 산책하는 거고 뭐 그런 거니까 회장님하고 함께 논다고 생각하면 돼. 밥이며 청소 같은 건 내가 다 알아서 하는 거고, 내가 오후 4시에 퇴근하면 시간 맞춰 내가 해놓은 반찬들 꺼내 회장님 저녁 드시게 해드리고, 자네도 먹고 빈 그릇들은 싱크대에 물 채워서 그대로 둬. 내가 이튿날 와서 설거지할 거니까. 그리고 있잖아, 아까 그 강아지 봤지? 개한테도 회장님 모시는 거하고 똑같이 잘해야 돼. 왜냐면 외롭게 사시는 회장님께서 끔찍히 사랑하시는 반려견이거든. 더 물을 말 있으면 물어."

아줌마가 정답게 웃었다.

"예, 뭐 별로……."

전진혜는 '개 수발까지 들어야 하나' 생각하며 어물거렸다. 개 먹이도 비싼 외제가 수두룩하고, 개 병원, 개 유치원, 심지어 개 영어학원까지……, 그 비용이 가난한 집 생활비보다 더 많이 든다는 말을 가끔 들을 때면 전진혜는 속이 뒤틀려 오르고는 했다. '미친것들, 개 새끼한테 영어를 가르쳐? 미국이 그렇게도 좋으냐? 웃기고 자빠졌네.' 너무 역겨워 이렇게 욕을 해댄 것이 한두 번이 아니었던 것이다.

"실은 말야, 내가 좀 더 젊어 허리만 아프지 않았으면 내가 맡아 하고 싶은 자리였어. 허리가 아파 회장님을 들 수 없어서 그렇지. 평생 궂은일하며 살다 보니 몸이 이 꼴 된 거지. 눈치껏 일 잘하라구. 어디 가서 이만한 일 하고 그 큰돈을 벌겠어. 잘 모시면서 오래 있으라구."

아줌마가 전진혜의 등을 토닥거려주고 방을 나갔다.

전진혜는 자다가 깨야 하는 일보다 더 어렵게 생각되는 일이 있었다. 샤워시키는 일이었다. 샤워를 어떻게 시켜야 하는 것인지 묻고 싶었지만 차마 그 말이 입 밖으로 나오지 않았다. 그걸 물을까 생각하자 어쩐 일인지 어머니 얼굴이 불쑥 떠올랐고, 묻게 되면 아줌마도 자신도 서로 얼굴을 들 수 없이 민망해질 것만 같았던 것이다. 그때 문득 떠오르는 말이 있었다.

'내숭 떨지 마. 너나 나나 결혼만 안 했을 뿐 남자 경험 다 했잖아. 그래놓고 젊은 남자도 아닌 다 늙어빠진 남자 남체 씻기는 게 뭐가 고약하고 드럽고 징그럽고 그렇다고 수다냐. 돈벌이만 하면 됐지.'

김수희가 앙칼스럽고 냉정하게 내쏜 말이었다.

'그래, 15억이다, 15억! 다 늙어빠진 남체, 뭐가 문제냐. 닥치는 대로 해, 닥치는 대로!'

그녀는 발가벗은 몸도 아무렇지 않게 씻길 수 있어야 한다고, 씻길 수 있다고 마음을 다그쳤다.

그녀는 침대 옆에 놓인 옷장을 열어보았다. 옷장은 비어 있었다. 가방을 열어 옷들을 걸기 시작했다. 이렇게 새로운 생활이 시작된다는 게 영 낯설고 어색스러웠다. 언제까지라고 기한 없이 집을 떠나게 된 것은 처음 당하는 일이었다.

노크 소리와 함께 문이 열렸다.

"회장님이 부르시네."

아줌마가 나오라고 눈짓했다.

전진혜는 옷을 걸다 말고 잽싸게 방을 나섰다.

"자네, 노래 잘하나?"

서 회장이 불쑥 물었다.

"저어……, 좋아하긴 해도……, 별로 잘하지는 못하는데요."

전진혜는 당황하며 어물거렸다.

"음, 좋아는 한다? 혹시 흘러간 노래 아는 것 있나?"

회장이 비식이 웃으며 물었다.

'흘러간 노래…….'

전진혜는 머릿속이 하얗게 되며, 아는 노래가 뭐가 있는지 빠르게 더듬고 있었다. 그때 구원처럼 떠오르는 게 있었다.

"〈동백아가씨〉 아는데요."

"옳지, 〈동백아가씨〉. 그거 좋지. 어디 한번 불러봐."

회장이 반색을 하며 환하게 웃었다.

'아, 이것도 시중들어야 하는 것 중 하나로구나!'

전진혜는 퍼뜩 깨달았다.

그녀는 잘 불러야 한다고 생각하며 소리 나지 않게 목을 가다듬었다. 물을 한 모금 마시고 싶었지만 그럴 수는 없었다. 이것이 회장님의 마음을 살 수 있는 첫 기회임을 느끼며 그녀는 숨을 들이켰다.

"헤에일 수 어업시이 수마느은 바아므을……."

노래를 시작하자 텔레비전에 나오는 이미자의 모습이 선하게 떠오르며 가사가 술술 풀려나갔다.

애조 띤 가락 따라 선명히 떠오르는 얼굴이 있었다. 김수희가 매정하다 싶게 애인과 결별하는 것을 보고 자신도 그렇게 할 결심을 했던 것이다. 자신마저 엄마 아빠처럼 평생을 지지리 궁상으로 살고 싶지 않았다. 그 첫 번째 일이 특출한 능력 없이 평범할 뿐인 애인과의 관계를 정리하는 것이었다. 결별 통고를 받고 그 남자는 몹시 당황했고, 그러고는 우리도 잘살 수 있으니 그러지 말라고 설득하려고 했고, 무슨 수로, 어떻게 잘살 수 있느냐는 추궁에 답이 궁해진 그 남자는 삐질삐질 울기 시작했고……, 그 마지막 모습이 노래 따라 새삼스럽게 슬픔을 자아내면서 노랫가락이 절로 구성지게 감기고 풀려나가고 있었다.

"……빠아알갛게에 머어엉이 드으을어었소오오……."

노래를 마친 전진혜는 자신도 모르게 꾸벅 절까지 했다.

"어허, 잘했네. 그만하면 아주 잘했어. 그 실력으로 한 50가지만 부를 수 있다면 그거 아주 금상첨화지, 금상첨화."

회장이 더없이 흡족해하며 껄껄껄껄 웃었고, 강아지도 주인의 기분에 박자를 맞추듯 꼬리를 마구 흔들어대며 갱갱갱갱 짖어댔다.

전진혜는 안도의 숨을 내쉬며 무심코 식당 쪽으로 눈길을 돌렸다. 그런데 저쪽에서 아줌마가 혀를 약간 내밀어 놀랐다는 표정을 지으며 '엄지척'을 보내주고 있었다. 전진혜도 아줌마에게 고맙다는 웃음을 보내며 고개를 까딱했다.

'흘러간 노래 50여 곡 익히기를 숙제로 내신다? 그래, 좋아. 스마트폰만 켜면 얼마든지 척척 나오니까 귀에 많이 익고, 조금씩 아는 것부터 몇 번씩만 따라 부르면 만사 오케이지, 뭐. 노래 배우기처럼 쉽고 신나는 일이 어딨어.'

전진혜는 처음 당한 일의 해결책을 금세 찾아 기분이 가뿐해졌다.

"이보게, 이쪽으로 와서 앉어."

회장이 소파를 가리켰다.

"네, 회장님."

전진혜는 빠른 동작으로 소파에 가 앉았다.

"지금부터 하는 얘기 잘 들어. 이 강아지 이름이 '해피'인데, 나한테는 없어서는 안 되는 소중한 존재야. 다시 말하면 자식 같은 존재다 그거야. 무슨 말인고 하니, 자식들은 다섯이나 되지만 다 즈이 새끼들 데리고 사느라고 부모는 나 몰라라 해버리니깐 없는 거나 마찬가지고, 언제나 내 옆에 딱 붙어서 말 잘 듣고, 재간 부리면서 날 웃게 하는 건 이 해피뿐이야. 그러니까 뭐랄까, 이 해피는 내 막냇자식이나 마찬가지야. 그러니까 자네도 앞으로 해피를 내가 사랑하고 아끼는 것처럼 그렇게 하라고. 개는 사람 말을 대강 100가지에서 200가지를 알아듣는다고 하는 말이 있는데, 내가 직접 길러보니 그보다 더 많이 알아듣는 것 같았어. 안 통하는 말이 없으니까. 특히 이 몰티즈 종이 영리한 데다, 사람을 잘 따르는 심성을 지녔으니까. 그러니까 자네가 진심으로 잘해주고 사랑하면 자네하고도 금방 친해질 거야. 집에서 기르는 짐승들은 즈네들에게 밥 주는 사람한테 가장 충성한다는 말이 있네. 그러니 오늘은 얼굴을 익히고, 낼부터는 밥을 자네가 맡아서 주도록 하게. 알아들었나?"

회장은 전진혜를 빤히 건너다보았다. 눈이 동그랗게 크고, 작은 몸이 새하얀 털로 뒤덮인 개도 주인 따라 '알아들었나?' 하는 듯 전진혜를 똑바로 쳐다보고 있는 것 같았다.

"네, 회장님. 저도 개를 좋아합니다. 해피가 해피하도록 잘하고, 많이 사랑하겠습니다."

전진혜는 속마음과는 전혀 다르게 이렇게 응답하며 고개까지 공손하게 깊이 숙여 보였다.

"어허허허, 해피가 해피하도록 해주겠다? 그 말 한번 멋지다. 그 말재주 한번 맘에 들었어. 어허허허……."

회장은 시원스럽게 너털웃음을 터뜨려대며 아낌없이 만족감을 표하고 있었다.

'두 번째도 점수 땄네. 근데 저 개 새끼 호의호식하는 걸 아니꼬와서 어떻게 수발들지? 근데 가만있어봐. 너 뭘 아니꼬워하고 그러지? 요런 맹추야, 멍청아, 괜히 개 새끼가 호강하는 거 배 아파하지 말고 니가 챙기고 싶어하는 돈만 생각해, 돈. 15억이야, 15억!'

전진혜는 딴생각을 하려는 자신의 마음을 꼬집어 비틀었다.

'근데 말야, 15억이란 얼마나 큰돈이지? 내가 한 달 죽어라고 알바해서 번 돈이 100만 원 될까 말까 그랬고, 그 돈을 아무리 아껴 써도 한 달에 10만 원도 저금할 수 없었잖아. 그럼 한 달에 10만 원씩 저금한다고 치고, 15억이 되려면 얼마나 걸리는 거야……? 가만있어봐, 이걸 어떻게 계산해야지……? 쉽게 계산해서 1년 10달 잡고, 10만 원씩이면 1년에 100만 원이고 그게 10년이면 1천만 원이고, 그게 또 10년이면 1억이고, 10년에 10년이면 100년인 거야? 100년이 걸려야 1억? 그럼 15억이면 몇 년이 걸린다는 거야? 이거 계산이 맞아? 아이고, 어지러워. 내 새대가리 가지고는 암산이 안 돼. 이따가 볼펜 가지고 종이에다 해야지. 어쨌든 15억이면 그냥 머리로는 계산이 잘 안 되는 무지막지한 돈인 거야, 무지막지한……'

전진혜는 암산으로는 안 되는 그 거대한 액수에 머리가 띵하고 숨까지 가빠지는 기분이었다.

"이보게, 일로 와서 내 어깨 좀 주무르게."

회장이 무료한 듯 하품을 했다.

"네에, 회장님."

전진혜는 민첩하게 움직이며, '아, 안마. 이것도 노인네한테 빼놓을 수 없는 시중이지' 생각했다. 그러면서 '이것도 맘에 딱 들게 잘할 수 있어야 하는데. 그 기술을 어디서 배운다지?' 하면서 양쪽 손가락 10개를 제각기 빠르게 움직여 운동시키고 있었다.

그녀는 손가락 전체에 힘을 모아 회장의 양쪽 어깨를 꾹꾹 주무르기 시작했다.

"으음, 조금 더, 조금 더 세게……, 그렇지, 그렇게……, 음, 좋아, 시원해……."

신경을 집중시킨 그녀의 손가락들 움직임에 따라 회장은 콧소리 섞인 반응을 하고 있었다. 그녀는 그 시원해하는 반응에 자신이 하는 일에 기쁨과 만족을 느끼고 있었다. 그것은 곧 자신이 받기를 원하고 있는 회장의 신뢰였기 때문이다.

한 10분쯤 주물렀을까. 가늘게 코 고는 소리가 들려왔다. 회장이 잠들어 있었다.

전진혜는 고개를 빼고 몸을 옆으로 돌리며 조심스럽게 살펴보았다. 해피도 작은 몸을 웅크리고 주인 따라 잠들어 있었다.

'어쩌지……? 그만해야 하나, 더 해야 하나……. 더 해도 모르잖아?'

그녀는 힘 쓰고 있는 손아귀가 뻐근하고, 손가락들도 마디마디가 결리는 느낌이었다. 알지도 못하는 것, 그만하고 싶었다.

'아니야, 아니야. 그래선 안 돼. 난 지금 테스트 당하고 있고, 하나하나가 이 양반 마음에 들어야 해. 참어, 손이 좀 뻐근해도 참어. 이 양반이 깨날 때까지 해서 꽉 감동시켜 버려야 해.'

그녀는 손아귀와 손가락의 힘을 빼며 주무르는 강도와 속도를 줄였다. 주무르기가 한결 수월해졌다.

회장은 계속 자고, 시원해하는 아까 같은 반응이 없으니까 주무르기가 지루했다. 다리도 저리는 듯 묵직한 느낌이었다. 아까의 돈 계산을 다시 시작했다. 그러나 얼마 못 가 또 계산이 헝클어지고 말았다. 두 번, 세 번 다시 했다. 그러나 머리만 점점 어지러워졌다.

"어, 내가 잠이 들었었네." 회장이 기지개를 켜다 말고, "아니, 내가 잠이 들었는데도 계속 주무르고 있었어? 하, 참 착한 사람일세. 맘씨가 이렇게 고울 수가 있나!" 하고 감탄을 연발했다.

'아, 성공, 대성공!'

전진혜는 소리 없는 환성을 질러댔다. 이렇게 효과가 클 수 없었던 것이다.

"됐네, 됐네. 자네 좀 쉬어. 팔 아프잖아."

회장이 환하게 웃으면서 말했다.

전진혜는 회장에게 인정받게 된 상쾌한 기분으로 식당으로 갔다. 계속 긴장했던 탓인지 목이 말랐다.

컵에 물을 따르는데 반찬을 하고 있던 아줌마가 말했다.

"생각보다 참 잘하네. 단박에 회장님 맘에 들게 말야. 내가 그만 안심해도 되겠네. 더러 마땅찮고 맘에 안 드는 일이 있어도 꾹 참고 견디라고. 저 양반이 자식들한테 워낙 실망하고 정이 없어서 자네가 잘하면 자식 같은 정을 느낄 수도 있고, 그리되면 큰 덕을 볼 수도 있는 일이니까."

아줌마가 소곤거리듯이 말했다. 아줌마는 소개한 사람의 책임으로 모든 것을 살피고 있었던 모양이었다.

"네에……."

전진혜는 다소곳이 고개를 숙였다. 그러면서 '자네가 잘하면 자식 같은 정을 느낄 수도 있고, 그리되면 큰 덕을 볼 수도 있는 일이니까', 이 말을 곱씹고 있었다.

그 말이 전혀 터무니없는 말 같지는 않았다. 그 말은 김수희의 말과 일치하고 있었던 것이다.

'그래, 좋아. 이 아파트, 15억은 내가 꼭 차지하고 말 테니까!'

전진혜는 어금니를 꾹 맞물며 다시금 마음을 다졌다.

10시쯤에 회장은 물 한 컵을 달라고 했다.

그리고 11시쯤에 소변을 보러 가겠다고 했다. 그녀는 미리 보아두었던 회장의 침실로 휠체어를 밀고 갔다. 휠체어는 전혀 힘들지 않고 스르르 부드럽게 잘 굴러갔다. 화장실은 침실과 맞붙어 있었고, 문에 문턱이 없어서 휠체어를 바로 변기 옆에 붙일 수 있었다.

"어떻게 하는지 잠실댁한테 설명 들었지?" 회장이 낮게 말했고, "네." 전진혜도 낮게 대답했다.

그리고 그녀가 회장을 앞에서 안듯이 하자 회장이 두 팔로 그녀의 목을 감싸 잡았다. 그에 맞추어 그녀는 회장을 살짝 들어 올리며 왼손으로 회장의 바지와 팬티를 한꺼번에 밀어 내렸다. 그리고 얼른 두 팔로 회장을 꽉 안아 변기로 옮겨 앉혔다. 면접을 볼 때 했던, 휠체어에서 침대로 옮겨 누이는 것보다 훨씬 힘드는 동작이었다. 허리가 휘청하는 것 같았고,

두 다리가 부르르 떨렸다.

"나가 있게."

회장이 말했다.

"네."

전진혜는 황급히 화장실을 나와 문을 닫았다.

'사람이 저렇게 늙으면 참 큰일이겠다. 저렇게 살아도 사는 게 나은 걸까? 저분은 돈이 있으니까 그나마 괜찮은데 가난한 사람이 저렇게 되면 어쩌는 거지?'

그녀는 이런 생각을 하며 마음이 무겁고 침침해졌다.

"다 됐네."

회장의 말이 들렸다.

그녀는 빨리 화장실로 들어가 아까와 같은 동작으로 회장을 휠체어로 옮겼다. 바지와 팬티를 끌어 올리는 것만이 반대 동작이었다.

"음, 생각보다 잘하는군. 노래하고 안마만 잘하는 게 아니고."

회장이 크고 밝아진 목소리로 말했다.

"감사합니다."

전진혜는 걱정했던 고비를 잘 넘겨 안도하고 있었다.

12시에 그녀는 회장의 휠체어를 식탁으로 밀었다. 회장은 먼 눈길로 텔레비전 뉴스를 보며 혼자 점심을 먹었다.

"많이 힘들지?"

식탁에 마주 앉은 아줌마가 말을 꺼냈다.

"아니, 괜찮아요."

"그래, 생각보다 잘하네. 회장님도 할 때마다 좋아하시고. 여자로서 좀 거북한 일이긴 하지만 급한데 진밥 마른밥 가릴 틈 있어? 평생 하는 것 아니고 잠시 잠깐이니까 눈 딱 감고 참아 넘기라구. 알겠어?"

아줌마는 엄마 친구답게 마음을 쓰고 있었다.

"네, 소개하신 것 실수되지 않게 열심히 잘할게요."

"그래, 고마워. 엄마 말보다 속이 훨씬 더 단단하게 찼어. 암, 그래야지."

아줌마는 발라낸 생선 살을 전진혜의 밥 위에 올려주었다.

산책은 오후 4시였다. 대형아파트 단지의 인도를 따라 전진혜는 휠체어를 조심스럽게 밀었다. 걷지 못하는 회장에게 그건 산책이랄 것이 없었다. 그냥 바람 쐬기였다. 산책을 즐기는 건 오히려 전진혜인 셈이었다. 아파트에 갇혀 있다 나온 전진혜는 이 시간이 너무 좋았다.

"또 할 줄 아는 노래 뭐 있나?"

무료한 듯 회장이 말했다.

"네, 배호의 〈돌아가는 삼각지〉를 아는데요."

"뭐어, 배호? 남자 노래를 어찌 아누?"

회장이 놀라며 고개를 뒤로 돌려 전진혜를 쳐다보았다.

"네, 아빠가 가끔 불러서……."

점심 먹고 나서 회장이 1시간 낮잠을 잘 때 서너 곡 연습했다는 것은 싹 감추었다.

"배호, 좋지, 아주 좋아. 그런데 아깝게 너무 빨리 가버렸지. 그래, 어디 불러봐."

매혹적인 저음의 우수와 애절함이 살아나도록 전진혜는 신경을 집중했다. 지나가는 사람이 힐끔거렸지만 그녀는 전혀 아랑곳하지 않았다. 자신에게 중요한 것은 노래를 잘 불러 회장의 환심을 사는 것이었다. 회장이 노래를 좋아하는 것이 다행스럽게 여겨지기도 했다.

"음, 잘했어, 잘 불렀어. 배호 기분이 제법 잘 살아났어."

회장이 조용조용 박수까지 쳐주었다.

"감사합니다."

전진혜는 나부시 인사했다. 형식적인 것이 아니었다. 일거일동이 눈치 보이는 상황에서 그런 칭찬은 진정 고마운 것이었다.

1시간 동안 산책하고 돌아오니 아줌마는 퇴근하고 없었다. 그들을 반긴 건 강아지 해피였다. 해피는 강강갱갱 짖어대며 이리저리 마구 들뛰어댔다.

"오, 오, 해피야, 심심했다구? 외로웠다구?"

회장이 두 손을 내려 흔들며 어르자 해피는 뛰던 것을 멈추고 앞발 세워 앉더니 목을 한껏 뒤로 젖혀 하늘을 향해 "꺼어어우우" 하는 소리를 길게 뺐다. 그건 영락없이 '예에, 외로웠어요' 하고 대답하는 모습이었다.

'저것 참 웃기네!'

개를 키워보지 않은 전진혜는 어이없고도 신기해서 강아지를 물끄러미 바라보고 있었다.

"그래, 그래, 우리 해피. 예뻐, 예뻐, 이리 와."

회장이 두 팔을 뻗어 어르자 해피는 두 손바닥 위로 깡충 뛰어올랐다. 그리고 회장의 품에 안기자마자 해피는 꼬리를 마구 흔들어대며 뛰어오르듯 해서 회장의 입을 핥아대기 시작했다.

'아이, 드러. 아유, 징그러.'

전진혜는 부르르 부르르 몸서리를 쳤다.

"음, 음, 음냐, 음냐……."

눈을 지그시 감은 회장은 이런 알아들을 수 없는 소리를 내며 강아지가 핥아대는 것을 즐기고 있었다. 그건 둘 사이에 오래 길들여져온 행위로 보였다.

'개를 저렇게 사랑하는구나. 저리도 외로운 모양이지…….'

전진혜는 회장을 바라보며 이런 생각과 함께 또 다른 생각을 하고 있었다. 언젠가 텔레비전에서 본 어떤 수의사의 설명이었다. '개는 많은 일을 입으로 처리하기 때문에 입이 가장 더럽고, 감염의 위험이 크니까 특히 조심해야 한다.' 그렇다고 회장에게 이 말을 해줄 수는 없었다.

저녁상은 식탁에 차려져 있었다. 식사 시간은 6시였다.

"자네 밥하고 숟가락도 가져와."

회장이 자기 앞자리를 턱짓했다.

"아닙니다. 저는 이따가……."

"아니야. 낮에는 잠실댁이 있으니까 그러는 것이지만 저녁은 나랑 함께 먹어. 얘기도 해가면서. 어서 가져와."

전진혜는 가슴이 뭉클해졌다. 얘기 상대로 겸상을 인정받았다는 다행함과 고마움이었다.

"요새 젊은이들은 장래 희망이 없다고 결혼도 안 하고, 결혼해도 애도 안 낳고 그런다며?"

"네에……."

전진혜는 말을 적게 해야 한다고 생각하고 있었다.

"자네도 그런가?"

"저는 이제 막 졸업을 해서 그런 문제는 아직……."

"음, 그렇겠군. 자넨 그런 못된 생각은 아예 하질 말어. 그거 나라 망하는 아주 잘못된 생각이니까. 참 이상한 세상이야. 우리 젊었을 때보다 지금은 백배, 천배 잘살게 되었는데 왜 그런 망칙한 생각들을 하는 거지. 우리 땐 가난에 허덕이면서도 안 그랬는데."

이런 이야기로 저녁 식사를 끝냈다.

회장의 지시로 해피에게 저녁을 주고, 똥을 치우고, 뒤까지 닦아주었다. 그런 개 새끼 뒷바라지에 전진혜는 배알이 뒤틀리고 있었다.

회장이 9시 뉴스를 볼 때 다시 어깨를 주물렀다. 그리고 10시에 회장을 침대로 옮겼다.

전진혜는 자기 방으로 들어오자 미뤄둔 계산을 시작했다. 한 달에 10만 원씩 저금해서 15억이 되려면? 볼펜으로 또박또박 적어가며 계산을 하고 나서 전진혜는 그만 소스라치게 놀랐다. 도무지 믿을 수가 없어서 다시 계산을 했다. 틀림없이 맞는 답이었다. 1,250년이 걸려야 15억이 모아졌다. 1,250년!

'1,250년이 걸려야 모을 수 있는 돈을 단숨에 차지할 수 있다니!'

전진혜는 가슴이 울렁거리고 벌떡벌떡 뛰는 걸 진정시키려고 애쓰며, 어떻게 해서든 회장의 마음을 사로잡아야 한다고 새롭게 결심하고 있었다.

머리맡에서 벨이 울려댔다. 전진혜는 벌떡 일어났다. 새벽 1시였다.

"음, 잠귀가 참 밝네."

불을 켜고 전진혜를 기다리고 있던 회장이 만족스럽게 웃었다.

'밝은 게 아니라 잔뜩 긴장해서 그래요. 잠귀 어둡다고 매냥 야단맞고 컸어요.'

전진혜는 회장을 안아 올리며 쓰게 웃었다.

벨이 다시 울렸다. 새벽 3시 30분쯤이었다.

"귀찮지?"

회장이 안기면서 물었다.

"아니, 아니에요."

전진혜는 완강하게 고개까지 저었다.

"고맙군. 마음이 착해." 회장이 전진혜의 목을 끌어안은 두 팔에 힘을 주어 몸을 밀착시키며 말했고, "감사합니다." 그녀도 회장을 더 단단하게 받쳐 안으며 응답했다.

아침 6시에 또 벨이 울렸다.

"나 대변 보고 바로 샤워할 거야."

"네, 준비하겠습니다."

방으로 돌아와 전진혜는 바로 수영복으로 갈아입었다. 아줌마가 준비하라고 미리 말해 준 것이었다. 시중드는 일 중에서 가장 신경 쓰이는 것이 샤워였다.

"팬티는 그대로 두게."

옷을 벗기는데 회장이 낮게 말했다.

"네에."

대답하며 전진혜는 안도의 숨을 쉬었다.

회장의 머리부터 감겼다. 상체를 다 씻기고 나자 회장이 말했다.

"여긴 내가 하지. 차차 임의롭게 되면⋯⋯."

전진혜는 다시 안도의 숨을 내쉬며 그동안 괜히 신경 쓰고 염려하고 그랬다고 생각하며 친구 김수희를 떠올렸다.

회장의 두 다리를 씻겼다. 마비된 두 다리는 상체에 비해 너무 가늘고 허약해 보였다. 그런 회장이 딱해 전진혜는 두 다리를 정성스럽게 씻겼다.

냉장고에서 반찬들을 꺼내고, 국을 데우고 해서 아침상을 차렸다.

"밥 먹고 나서 해피도 목욕 좀 시키게. 이놈이 털이 길어서 목욕을 잘 시키고, 털을 잘 닦아 잘 말려줘야 해. 눈도 잘 씻겨줘야 해. 눈이 동그랗게 커서 예쁘지만 그 대신 눈병이 잘 걸리거든. 그리고 입과 항문도 잘 씻겨주고. 몸 청결한 걸 좋아하니까."

회장은 말끝마다 '잘, 잘'을 빼놓지 않았다.

"네, 알겠습니다."

전진혜는 비위가 싹 상했지만 공손하게 고개 숙이며 대답했다. 아무리 외로움을 덜어주고 귀엽다고 하지만 개 새끼를 그렇게 위한다는 게 영 역겹기만 했다. 개 새끼는 개 새끼일 뿐이지 그 털 빠지고, 냄새 나고, 오줌 싸고, 똥 싸는 개 새끼를 사람 사는 집 안에다 함께 살게 한다는 게 전진혜는 도무지 이해가 되지 않았다.

그러나 회장이 원하는 것이고, 회장의 마음에 들어야 하니까 전진혜는 해피를 해피하지 않은 마음으로 회장이 만족할 수 있도록 목욕시켰다.

"어쨌어, 잘 해냈어? 회장님이 마음에 들어하셨어?"

아줌마가 출근하자마자 물었다.

"네, 고맙다고, 마음이 착하다고 하셨어요."

엄마에게 전해질 것을 생각해 전진혜는 굳이 이렇게 말했다.

"잘했네, 잘됐어. 첫날 그런 말 들었으면 대성공이야. 앞으로 쭈욱 그렇게만 해. 갈수록 쉬워지니까."

아줌마가 전진혜의 손을 잡으며 반색을 했다.

아줌마의 말대로 첫날의 일과를 되풀이하며 전진혜는 새로운 일로 노래 연습을 열심히 했다. 혼자 있는 시간이면 곧장 스마트폰을 켜놓고 '흘러간 노래' 사냥에 나서는 것이었다. 평소에 유치하고 구질구질하다고 업신여겨왔던 '뽕짝'을 자꾸 듣고 연습하다 보니 그 노래들 나름으로 청승스러우면서도 감칠맛이 있고, 궁상스러운 것 같으면서도 애절함이 가슴을 울리는 것이었다.

노래를 할 때마다 회장은 흡족하게 웃으며 다정한 눈길을 보내주었다. 날이 가면서 안마를 할 때면 그만하라며 손을 꼬옥 잡아주기도 했다. 어느 날인가는 자기 앞에 놓인 고기를 집어 밥그릇에 놓아주며 "많이 먹게" 하기도 했다.

한 달이 되는 날이었다.

"자아, 이거 받게. 수고 많았네."

회장이 정답게 웃으며 두툼한 봉투를 내밀었다.

"감사합니다."

전진혜는 봉투를 두 손으로 받았다. 두툼해 보인 봉투는 묵직했다. 500만 원의 월급. 최초로 받은 거액의 수입이었다. 한 달 동안의 고달픔이 일시에 싹 가시는 느낌이었다.

전진혜는 침대 시트 밑에 돈 봉투를 감추었다. 당장 돈을 세어보고 싶었지만 그럴 틈이 없었다. 회장이 낮잠을 잘 때 충분한 시간이 났지만, 돈을 세고 있는데 아줌마가 불쑥 들어올 것만 같아 밤으로 미룰 수밖에 없었다. 그러나 회장이 잠들 때까지가 너무 지루했다.

회장이 잠들었을 10시 30분쯤에 전진혜는 시트 밑에서 봉투를 꺼냈다. 마음이 다급해 봉투를 북 찢었다. 한 덩어리로 묶인 돈뭉치가 툭 떨어졌다. 전진혜는 흡, 숨을 들이켰다. 첫눈에 5만 원짜리가 눈에 띄는 돈다발이었던 것이다.

전진혜는 손가락에 침을 발라 한 장, 한 장 세어 넘기기 시작했다.

'……쉰, 쉰하나……, 아흔아홉, 백!'

5만 원짜리 현찰 100장. 틀림없는 500만 원이었다.

'그건 대기업 6, 7천만 원짜리 연봉 직원들과 같은 수준이라고.'

김수희의 말이 역력하게 들리고 있었다.

며칠이 지나 샤워를 막 시작하려고 할 참이었다. 다가선 전진혜의 허리를 꼭 끌어안으며 회장이 말했다.

"우리 이제 임의로워질 대로 임의로워졌잖아. 나 혼자 이러고 있으니 부끄럽기도 해. 자네도 나처럼 했으면 좋겠어. 거기 내가 씻기도 이제 힘들고."

회장의 낮은 소리는 떨리는 듯했다. 그 목소리는 명령이 아니라 사정이었다.

'다 늙어빠진 남자 남체 씻기는 게 뭐가 고약하고 드럽고 징그럽냐.'

또 김수희의 목소리가 선명하게 들려왔다.

'그래, 좋아, 짐작하고 있었고, 각오하고 있었어. 15억이야, 15억!'

"네, 회장님……."

전진혜는 회장의 어깨를 살며시 밀었다. 그리고 천천히 수영복을 벗기 시작했다.

알몸이 된 그녀는 샤워기를 세게 틀었다. 물이 쏴아 쏟아졌다. 회장과 자신의 몸에 물을 끼얹기 시작했다. 회장과 함께 샤워를 해버리면 따로 하는 번거로움이 줄어드는 것이었다.

석 달이 지난 어느 날이었다. 어떤 남자가 찾아왔다. 막내 아들이었다. 전진혜가 처음 본 자식이었다. 자식이 다섯이라 고 했는데 그동안 아무도 찾아오지 않았던 것이다.

"아빠, 돈 좀 주세요."

소파에 앉자마자 막내아들이 한 말이었다.

40대 중반으로 보이는 남자가 '아빠'라고 하는 것이 전진혜 에게는 영 이상하게 들렸다. 못나 보인달까, 철없어 보인달까, 어리광 부린달까, 그녀는 '막내라서 그런가 보다' 생각했다.

"돈은 무슨 돈? 줄 돈은 진작에 다 나눠줬잖아!"

회장이 벌컥 소리 질렀다.

어찌나 크게 소리 질렀던지 전진혜는 화들짝 놀랐다.

"나 곧 부도나게 생겼단 말예요."

잔뜩 울상이 되며 막내아들도 목청 크게 외쳐댔다.

"부도? 그러게 내가 뭐랬냐. 돈 가지고 사업할라 하지 말고 수완 가지고 하랬잖아."

"아빠, 나 망하게 생겼다니까요. 설교하지 말고 빨랑 돈 좀 달라구요."

막내아들이 발을 굴러댔다.

"이놈아, 30억을 다 어쨌길래 이 야단이야. 요 맹추 같은

놈아, 지금쯤 40억으로 불렸어도 모자랄 판에."

"그게 다 아빠 잘못이라구요. 왜 나한테는 30억밖에 안 주
고, 큰아들한테는 2배나, 60억을 주냐고요. 똑같이 45억씩
줬으면 이렇게 안 됐다구요. 자금이 모자라 뒤대지 못하니까
부도 위기에 몰린 거잖아요."

"시끄럽다, 이놈아. 그걸 말이라고 해. 너같이 멍청한 놈은
45억이 아니라 450억이 있어도 부도낸다."

"아빠, 사람 약 올리지 말고 빨랑 돈 좀 달라구요. 부도나
면 우리 식구 다 죽어요."

막내아들은 곧 울음을 터뜨릴 것 같은 얼굴로 마구 소리
를 지르며 더 심하게 발을 굴러댔다.

"나 돈 없어. 느네들 다 나눠주고 빈털터리야, 빈털터리!"

회장이 빈털터리를 강조하느라고 두 팔을 뻗쳐 흔들어댔다.

"누가 현찰 달래요. 이 아파트 융자 내서 부도 막아달라구요."

"뭐라구? 요런 불효막심한 놈아, 마지막 남은 이 아파트까
지 알겨내서 이 병신 애비 길바닥으로 내몰아 죽이겠다는
게야!"

회장이 눈을 부릅뜨고 소리치며 휠체어를 내리쳤다.

"그게 아니잖아요. 융자 내서 부도만 막고 위기 넘기면 바
로 갚을 거라구요."

"시끄럽다, 이놈아. 이 아파트도 은행에 모기지론으로 잡혀

그동안 생활비로 절반을 빼 썼으니 남은 건 많아야 7억 정도
야. 그건 내가 죽을 때까지 써야 하니까 아무도 못 줘."

"아빠, 그것이라도 좀 돌려주세요. 부도 막으면 바로 갚는
다니까요."

'뭐라구? 7억밖에 안 남아? 15억이 아니고 7억이라구……?'

전진혜는 가슴 한쪽이 와르르 무너지는 충격을 느끼고 있
었다.

"시끄럽다니까. 가라, 가!"

회장이 내쫓듯 팔을 내저었다.

"에잇, 씨이……, 인감도장하고 주민등록증 어딨어."

막내아들이 벌떡 일어나더니 안방으로 달려갔다.

"저놈, 저놈! 이봐, 미스 전, 이거 빨리 밀어!"

회장이 당황스럽게 외쳐댔고, 전진혜는 잽싸게 휠체어를
밀었다. 그녀는 남은 7억을 지켜야 한다는 생각뿐이었다.

"이 호로자식아! 요런 나쁜 놈아!"

장롱을 열어젖히고 있는 막내아들을 향해 회장이 부르짖
었고, 전진혜는 막내아들을 향해 휠체어를 힘껏 밀어붙였다.

"안 돼, 이놈아, 안 돼!"

회장이 막내아들을 붙들었다.

"에이, 시팔!"

막내아들이 아버지를 떠다밀었다.

전진혜가 어찌해 볼 틈도 없이 회장이 방바닥으로 곤두박이며 휠체어가 벌렁 넘어갔다.

"회장님! 회장님!"

전진혜는 회장을 붙들어 안으며 울부짖었다.

회장은 눈이 허옇게 뒤집힌 채 정신을 잃고 있었다.

"회장님 돌아가셨나 봐요, 돌아가셨나 봐요. 112에 신고할 거예요, 112!"

전진혜는 마구 울부짖으며 스마트폰을 꺼내 들었다.

"에이, 쌍년, 재수 없어."

당황한 막내아들은 안방을 뛰쳐나갔다.

응급실로 실려간 회장은 이틀 만에 깨어났다.

"그, 그놈이……, 이, 인감……, 인감도장 훔쳐갔나?"

회장이 전진혜를 알아보고 처음으로 어렵게 물은 말이었다.

"아니에요, 회장님. 회장님 쓰러지시고, 제가 112 신고한다고 소리치자 그냥 도망갔어요."

"못난 놈, 내가 평생 애써서 벌어준 돈 지키지 못하고……."

회장의 눈가로 눈물이 주루룩 흘러내렸다.

"내 핸드폰 어디 있나, 집에 있나?"

회장이 눈물 어린 눈으로 전진혜를 쳐다보았다.

"아닙니다. 필요할지 몰라 여기 챙겨왔습니다. 드릴까요?"

회장이 말없이 손을 내밀었다.

"김 변, 화급한 일이니 나 좀 빨리 만납시다. 여기 병원이오."

몇 시간 지나지 않아 변호사가 회장을 만나러 왔다.

두 사람이 얘기하는 동안 전진혜는 밖에 나와 있었다. 변호사는 오래 있지 않고 돌아갔다.

"이보게, 미스 전, 지금부터 내가 묻는 말에 거짓 없이, 진심으로 대답해야 해. 알겠는가?"

회장이 전진혜의 눈을 똑바로 쳐다보며 물었다.

"네에, 회장님……."

그 심상치 않은 회장의 눈빛에 긴장하며 전진혜는 고개까지 끄덕였다.

"자네, 해피가 예쁜가, 안 예쁜가?"

"네, 아주 예쁩니다."

"음, 내가 귀하게 여기는 만큼 자네도 귀하게 위해 줄 수 있는가?"

"네, 갈수록 정이 드니 그럴 수 있습니다."

"정말 나처럼 할 수 있어?"

"네, 그렇게 하겠습니다."

"그래, 고맙군." 회장은 전진혜의 손을 꼬옥 잡더니, "해피가 한 살 먹어 나한테 와서 7년을 함께 살았어. 자식들 다 품 떠나고 외로운 내 곁에서 온갖 재롱을 다 부리며 나를 즐겁게 해줬지. 그러니 내 자식이나 마찬가지야. 그런데 개는 평균 수명이 15년 정도라니까 해피는 절반 정도 산 셈이야. 나머지 7년 정도를 자네가, 내가 하듯이 그렇게 해피를 사랑하고, 돌봐줄 수 있다, 그런 말인가?" 회장이 손을 더 꼭 잡으며 물었다.

"회장님, 왜 그런 말씀을……."

"아니야, 나 얼마 못 살아. 내가 다 알아. 자네, 그 약속 할 수 있어?"

회장이 전진혜의 눈을 더 똑바로 쳐다보았다.

"네, 회장님, 그렇게 하겠습니다."

"틀림없이 약속하지?"

"네, 회장님, 약속드립니다."

"정말 틀림없이?"

"네, 틀림없이 약속드립니다."

"그래, 고마워. 우린 세 번 맹세했어. 난 자넬 믿어. 자넨 심성이 착하니까."

회장이 전진혜를 끌어안았고, 전진혜도 회장을 꼭 끌어안았다.

이튿날 변호사가 와서 서류를 작성했다. 회장의 전 재산을 반려견 해피에게 유산으로 남기되, 개에게는 상속권이 없으니까 해피가 자연사할 때까지 돌봐주는 조건으로 가족이 아닌 제3자로서 전진혜에게 물려준다는 서류였다. 전진혜는 변호사가 시키는 대로 인적 사항을 다 적고, 사인하고, 도장이 없어 지장을 찍었다.

그러면서 전진혜는 속이 뒤집어지는 배신감을 꾹꾹 누르고 있었다.

'아니, 내가 개 새끼만도 못하단 말인가!'

자신에게 남겨진 것은 단 한 푼도 없고, 자신은 오로지 개 새끼 시중꾼일 뿐이었다.

변호사가 돌아가고, 전진혜는 아무리 생각해도 그 모독감을 견딜 수가 없었다. 자신은 회장이 원하는 것을 다 들어주었다. 회장은 육체적으로 성적 기능이 전혀 없으면서도 정신적으로는 욕구가 살아 있다는 것을 입증이라도 하듯이 샤워할 때마다 자신의 몸을 탐했다. 두 손으로 자신의 몸을 샅샅이 더듬었고, 입술을 맞추었고, 젖가슴을 핥아댔다. 싫고, 징그러웠지만 애써 참아냈다. 그랬는데 모든 재산을 개 새끼한테 넘기고, 자신은 개 새끼 시중꾼으로 만든 것이었다.

'좋아, 나도 방법이 있어!'

전진혜는 뿌드득 소리가 나도록 이를 갈아붙였다.

회장은 급격하게 체력이 떨어져가더니 열흘을 넘기지 못하고 세상을 떠났다.

전진혜는 그날로 해피를 안고 그 집을 떠났다. 상속 서류와 함께.

이튿날 아침 일찍 전진혜는 먼 아파트촌의 공원을 찾아갔다. 아침이 일러 산책객이 드문드문했다.

그녀는 해피의 목줄을 나무에 살짝 묶어놓고, 아침밥 그릇을 놓아주었다. 해피는 꼬리를 흔들어대며 먹기 시작했다. 그녀는 슬슬 뒷걸음질쳤다.

'난 개 새끼한테 매달 몇십만 원씩 들일 돈이 없어. 사람이 굶어 죽어가는 세상에 말야. 잘 가. 새 주인 만나서 잘 살어.'

해피는 그저 먹기에 정신을 팔고 있었다.

전진혜는 뒤돌아서 힘껏 뛰기 시작했다.

□□은 영원한 □의 노예

"나, 언니한테 심각한 고민 상담하러 왔어."

황희주는 핸드백을 소파에 던지듯 놓고 털썩 주저앉았다.

"이 나이에 무슨 심각한 고민? 얼굴은 하나도 심각하지 않으면서."

황연주는 동생에게 눈을 흘기면서 입을 삐죽했다.

"남 속도 모르고 그러지 마. 언니도 내 얘기 들으면 심각해질 거야. 언니, 나 커피."

황희주는 수다스럽게 말하며 손부채질을 해댔다.

"애 좀 봐. 여기가 옛날식 다방인 줄 아니? 커피 셀프 시대에."

황연주가 헛웃음을 쳤다.

"내가 셀프를 할래도 동생 사랑하는 언니 가슴 아플까 봐."

황희주가 간드러지는 눈웃음을 피워냈다.

"아이구, 말이나 못 하면 밉지나 않지."

황연주가 빈 주먹질을 하며 돌아섰다.

"언니, 우리 여기서 먹자. 커피 마시기는 여기가 더 편해."

언니를 뒤따라온 황희주가 식탁에 앉으며 말했다.

"시어머니는 어떠시니?"

"하이고, 말씀 마셔. 난리도 아니야."

"왜, 어디 편찮으셔?"

"편찮으시면 좋게? 기운 씽씽하시면서 매일 울고 난리셔."

"울어, 매일?"

"그렇다니까. 90 가까이까지 실컷 살아놓구선 뭐가 모자라
고 아쉬움이 있다고 그러시는지 몰라. 매일 아들들을 번갈아
불러대면서 '외로워 못 살겠다, 슬퍼서 못 살겠다, 애비 살려
내라.' 노망을 있는 대로 다 부린다니까."

"노망은 아니고, 많이 외롭기도 하실 거야. 그리 긴 세월을
함께 사셨고, 금실도 아주 좋으셨으니까. 얼마나 허망하고 막
막하고 그렇겠니."

"어머, 언닌 남의 일이라고 아주 속 편하고 인심 후하게 말
해 버리네. 당하는 사람들은 죽을 맛인지 모르고."

"왜, 아들들이 싫어하니?"

"그야 당연하지. 대놓고 말을 못 해서 그렇지 사흘거리로 불려가서 엉뚱한 소리 들으며 시달려야 하는 게 얼마나 싫고 지겹겠어."

"그야 그렇겠지만 상속들 많이 받았으니 그 정도는 효도해야 되잖아?"

황연주가 동생 앞에 커피 잔을 놓으며 톡 쏘는 어조로 말했다.

"많긴 쥐뿔도 뭐가 많아. 50억도 다 못 되는걸."

황희주는 아주 세게 콧방귀를 뀌었다.

"어머, 얘 간뗑이 부은 것 좀 봐. 그게 얼마나 큰돈인데, 너 그런 유산 받는 게 이 나라 사람들 중 몇 퍼센트 안에 드는 줄이나 아니?"

"언니는 아는 모양이네?"

"형부 말이 0.01퍼센트래더라, 0.01퍼센트! 그렇게 큰 혜택 받은 거니까 꼼짝 말고 효도하라고 해."

"그건 그렇고 언니, 또 다른 유산이 있어서 우리 아주 골치 아프다구. 그걸 상담하러 왔어."

"또 다른 유산?"

황연주는 커피 잔을 들다 말고 동생을 의아하게 쳐다보았다.

"말도 마. 우리 시아버지가 아주 특이하고도 요란한 유산 쑈를 펼치고 가셨어. 그 유산 쑈 때문에 네 며느리가 지금 심각한 고민들에 빠져 있다구."

황희주는 영 마땅찮은 기색으로 콧등을 찡그리며 커피 잔을 입으로 가져갔다.

"유산 쑈? 그게 무슨 소리야?"

생전 처음 듣는 소리에 황연주의 얼굴은 더욱 의아스럽게 변했다.

"아니 글쎄, 우리 시아버지 쑈가 얼마나 유난하고 특별했으면 눈치 빠른 언니도 재까닥 알아채지 못하고 이렇게 헤매겠어, 글쎄." 황희주는 또 커피를 한 모금 마시고는 앉음새를 고치더니, "그 양반이 법대로 돈을 쫙 물려주는 것으로 끝냈으면 아주 깨끗하고 산뜻했을 텐데 딴 욕심을 부리고 나선 거야. 자기가 독립운동을 한 것도 아니고, 대통령을 한 것도 아니고, 더구나 위대한 예술가도 아닌데, 자기가 평생 써왔던 온갖 구질구질한 것들을 네 아들한테 고루고루 나눠주신 거야. 손때 반들거리는 낡고 낡은 돈지갑들, 가죽이 곧 끊어질 것처럼 낡은 혁대들, 작은 글씨들이 알아볼 수 없도록 흐려지고 번진 손바닥만 한 치부책들, 칠 벗겨지고 흠 많은 싸구려 손목시계들, 닳아져서 실밥 나오고 손때 전 넥타이들, 뒤축 다 닳고 가죽 터진 구두들, 손때 번들거리고 닳고 닳은 나무도장들, 마지막 학력인 고등학교 졸업장과 졸업 앨범, 그리고 그중에서 최고 히트가 1천 페이지가 넘는 일기장 복사본

이야. 평생 쓴 일기를 4벌씩 복사해서 그걸 두 권씩으로 나눠 꼭 책처럼 제본까지 했는데, 부분부분 알아보기 어려운 데가 많은 그 일기책은 아주 가관이야. 가난해서 구질구질하고 궁상스럽게 살아온 얘기들이 하나도 빠짐없이 시시콜콜히 적혀 있는 거야. 아유, 징그럽고 끔찍하고 창피하고 부끄러워 얼굴을 들 수 없고 소름 끼치는 거야. 나 못 살아."

황희주는 두 주먹을 부르쥐고 눈을 질끈 감으며 부르르 몸서리를 쳤다.

"근데……, 너희 시아버지께서 뭔가 깊이 생각하시고 그런 일을 하신 것 같은데?"

황연주는 동생의 눈치를 살피며 신중하게 말했다.

"뭐, 깊이 생각해?"

황희주가 눈을 똑바로 뜨며 파르르 반응했다.

"그래, 가문의 교훈으로 삼고……, 뭐랄까……, 이 아비를 본받아 근면 성실하게 살아 가풍을 이어가라 하는 뜻으로 말야. 그리고 자식들에게도 읽혀 교육이 되게 하라 하는 뜻으로."

황연주는 성심껏 상담해 주는 마음으로 말했다.

"언니! 그거 진심이야?"

황희주가 카랑하게 내쏘았다.

"아니, 그럼 거짓말한다는 거니? 상담하러 왔다며?"

황연주는 어이없는 표정으로 동생을 바라보았다.

"아 글쎄, 도덕 선생이나 신부님같이 그런 식으로 말하지 말고 진심으로 말하라고, 진심으로."

"진심으로……?"

"응, 듣기 좋게 번드르르 발라맞춘 말 하지 말고 속에 감춘 진심으로 말야."

"속에 감춘 진심……? 도대체 그게 무슨 소리냐?"

"아이고, 언니! 언니가 딱 내가 당한 일을 당했다면 그 구질구질한 일기, 그 창피스러운 일기를 애들한테 읽힐 수 있느냐구. 이래도 못 알아들어?"

황희주는 언니한테 대들듯이 정색을 하고 소리치고 있었다.

"우리 애들……?"

황연주는 우물거리며 자신의 두 애를 생각했다. 가난에 찌든 일들이 샅샅이 적혀 있는 일기……, 선뜻 읽히겠다는 말이 주저되는 것을 느꼈다. 고생 모르고 자란 애들이 그런 것을 어떻게 이해하고 받아들일지 알 수가 없었다.

"왜, 언니도 헷갈리고 고민되지?"

황희주가 언니의 속마음을 안다는 듯 삐죽이 웃음 지었다.

"글쎄, 애들이 그런 가난과 고생을 이겨내고 부자로 성공한 할아버지의 과거를 자랑스러워할지, 창피스러워할지 헷갈리고 종잡을 수가 없네."

황연주는 자신 없이 말하며 허전하게 웃었다.

"아니, 뻔하지, 뭐. 요새 애들은 약고 속셈 빨라서 돈만 밝히지 그런 고리타분하고 후진 얘긴 질색을 하고 창피해한다고. 자기네 가문은 대대로 뻐근한 귀족이었다고 내세우고 자랑하고 싶어하지."

"근데, 느네 동서들은 어떻게 생각하고 있는 거야?"

"말 마. 모두가 다 딱 싫어하고, 흔적 없이 싹 없애버리고 싶어하는 눈치들이 분명한데, 먼저 말을 꺼내지 못하고 서로 눈치만 보고 있는 거지."

황희주가 푹 한숨을 쉬었다.

"글쎄, 다들 몸 사리고 그렇겠구나. 근데 나도 어찌해야 할지 잘 모르겠다."

황연주가 멋쩍게 웃었다.

"맞어, 언니도 그럴 줄 알고 형부한테 좀 물어봐달라고 온 거야."

"형부? 물어보나 마나일 것 같은데."

황연주가 고개를 갸우뚱했다.

"아니, 왜에에……?"

황희주가 서운한 기색을 드러냈다.

"너 형부 몰라서 그래? 근면, 성실, 인내 뭐 이런 걸 높게 평가하는 사람이잖아. 그러니 너희 시아버지같이 사신 분들을 평소부터 늘 대단하게 여기거든."

"맞어, 나도 그런 생각 안 한 건 아니지만, 하도 속이 답답해서 변호사한테 무슨 손쉬운 해결책이 없을까 기대했던 거지. 할 수 없어, 우리 넷이서 비밀투표하는 수밖에."

황희주가 냉정하게 말하고는 커피 잔을 싹 비웠다.

"비밀투표……?"

"응, 언제까지 이렇게 미적거릴 수 없으니까 넷이서 한자리에 모여 앉아 그것들을 싹 없애버릴 것인지, 둘 것인지 비밀투표를 하는 거야. 없애는 데 찬성이면 ○, 반대면 ×. 언니 생각에 결과가 어떨 것 같애?"

황희주는 묘하게 웃으며 언니를 빤히 쳐다보았다.

"그야 뻔하지 않겠어? 서로 말만 먼저 꺼내지 못하는 형편이니까 만장일치 ○이지."

"정답! 언니가 확증을 해줬으니까 곧 투표에 부쳐야지. 근데 언니는 애들 미국 유학 학비는 해결됐어?"

황희주는 그만 돌아갈 눈치로 몸을 일으켰다.

"하이고, 말도 마라. 그 얘기만 나오면 머리가 우지끈우지끈한다."

황연주가 두 손으로 머리를 감싸 잡으며 신음 소리 섞어 말했다.

"아니, 형부가 그 해결을 여태 못 하고 있는 거야?"

황희주가 어이없어하는 헛웃음을 흘렸다.

"그게 한두 푼이 아니잖아. 그것도 혼자가 아니고 둘이고, 석사, 박사 하자면 10년은 걸릴 것이고, 그럼 1년에 1억 잡고, 10년이면 10억이고, 둘이면 20억이잖아. 근데 지금 수중에는 2억도 없으니 유학을 결정할 수가 없잖아. 애들이 어쩌자고 미국 유학은 가겠다고 저러는지 몰라."

황연주가 얼굴이 굳어지면서 짙고 긴 한숨을 토해 냈다.

"언니, 그런 배부른 소리 마. 애들이 공부 잘해서 미국 유학 간다면 감지덕지해서 뒷바라지해 주는 게 부모 도리지, 애들 원망은 뭐 하는 소리야? 형부는 뭐라시는데?"

황희주는 시비하듯 물었다.

"뭐라기는……. 혼자 고민하고 있는 것 같아서 기다리고만 있는 거지."

"아이구, 언니도 답답해. 형부도 정의도 좋고, 진실도 좋고, 양심도 좋은데 이젠 그만 실속 좀 챙기며 사시라고 해. 이 나라에서 60이 가까운 나이까지 변호사 하면서 자식 유학 학비 제대로 못 대서 고민하는 사람은 이태하 변호사 한 사람 뿐일 거야. 이게 말이 돼? 자식들 유학 못 보내줘서 인생 좌절하게 만들면 어떻게 되는지 알아? 무능한 부모, 무책임한 부모 되는 거라구. 그럼 정의로운 변호사, 진실한 변호사, 양심적인 변호사가 다 무슨 소용이 있어. 다 듣기만 그럴싸한 빈 껍데기고, 헛껍데기지, 안 그래? 내 말 틀렸어?"

언성 높아진 황희주는 대들듯이 했다.

"그래, 알았어. 니 말 옳아, 됐어."

가슴 답답해진 황연주는 어서 가라고 손짓하며 동생의 등을 밀었다.

동생이 가고 나서 황연주는 멍하니 앉아 있었다. 남편이 유산으로 받은 것은 교장이었던 아버지가 읽었던 책 수백 권뿐이었다. 자식이 일곱이었으니 평교사로부터 시작된 교직 생활을 하면서 그 자식들을 먹이고 입히고 가르치느라고 유산이 있을 리 없었다. 남편은 교육자의 자식답게 검사 생활을 하면서도 꼿꼿하려 했고, 당당하려 했고, 꺾이려고 하지 않았다. 그래서 결국은 겹겹의 세상의 어두운 힘에 밀려 검사 생활을 접어야 했다. 그런데 남편은 변호사로 변신하고서도 뜻을 바꾸지 않았다. 한지섭 선배와의 교분이 변함이 없는 것처럼 남편은 검사 때와 똑같이 변호사 생활을 해나갔다. 그러니 늘 생활이 여유로울 수가 없었다. 그러는 가운데 애들 학원비가 다급해지면 남편은 어떻게 해서든 마련해 오고는 했다. 두 아이의 유학 문제도 지금쯤 남편을 많이 괴롭히고 있을 거였다. 그런데 자신의 힘은 너무나도 미약할 뿐이었다. 그동안 남편 모르게 애써 모아온 돈이 5천이 미처 되지 못했다. 그 돈은 두 아이의 유학비를 해결하는 데는 거의 아무런 도움이 될 수 없는 하찮은 돈이었다.

황연주는 남편이 돌아왔지만 동생의 일은 아예 입에 올리지 않았다. 동생은 이미 비밀투표를 결정했고, 그 이야기를 들으면 남편은 분명 동생을 경멸하거나 속물 취급할 것이기 때문이었다.

"큰누님한테서 연락이 왔었어."

이태하가 식탁에 앉으며 말했다.

"무슨 일 있으신가 부죠?"

황연주는 남편 쪽에 국그릇을 놓으며 심드렁하게 대꾸했다.

"또 체면 과시용으로 출연해 달라는 거지, 뭐."

이태하는 국을 뜨며 싫증 난다는 기색으로 말했다.

"또 무슨 잔치 있나요?"

황연주의 기색도 남편과 비슷했다.

"응, 큰아들이 낳은 첫 손자 돌이래."

"아, 벌써 그리됐나 봐요. 안 가볼 수 없지요, 뭐. 그쪽 사돈댁도 올 테니까."

"참 귀신이라니까. 어찌 그리 큰누나가 한 말을 그대로 해?" 이태하가 밥을 뜨다 말고 용하다는 듯 아내를 쳐다보았고, "형제마다 그런 출연 요청이 어디 한두 번이었나요." 황연주는 요즘은 금 한 돈이 얼마인가 생각하며 숟가락을 들었다.

동생이 다녀간 여파로 두 애들의 유학 문제가 더 심하게 황연주의 신경을 자극하고 있었다.

'자식들 유학 못 보내줘서 인생 좌절하게 만들면 어떻게 되는지 알아?'

'60이 가까운 나이까지 변호사 하면서 자식 유학 학비 제대로 못 대서 고민하는 사람은 이태하 변호사 한 사람뿐일 거야.'

'정의도 좋고, 진실도 좋고, 양심도 좋은데 이젠 그만 실속 좀 챙기며 사시라고 해.'

동생의 말들이 쟁쟁하게 귓속에서 울리고 있었다. 그 말들은 어쩌면 자신이 남편한테 하고 싶은 말인지도 몰랐다. 그런 내심을 꾹꾹 누르며 살아온 세월이 어느덧 30여 년이었다. 그런데 그 삶의 결과는 자식들 유학비 걱정만 태산으로 쌓여 있었다. 자신의 아이들이 한지섭 선배의 자식들처럼 가업을 이어받지 않는다고 원망할 수도 없었다. 변호사는 이어받을 가업이 될 수 없었던 것이다. 아니, 변호사라도 하겠다고 하면 그 엄청난 유학비 고민은 안 해도 될 것이다. 그런데 어쩌자고 아들은 AI 쪽을 선택하고 있었고, 딸은 세계사에 몰두해 있었다. 두 아이는 유학 의사만 표해 놓고 부모 눈치만 보고 있는 형편이었고, 자신은 애들 눈길에 쫓기면서 남편 눈치만 보고 있는 가련하기 짝이 없는 신세였다. 돈 문제, 그것처럼 사람을 초라하게 만드는 것은 없었던 것이다. 자신은 돈을 쓸 줄만 알았지 벌 줄은 모르는 무능자였다.

그러나 희망의 끈은 결코 놓지 않고 있었다. 그건 남편에 대한 굳건한 믿음이었다. 남편은 매사에 신중했고, 치밀했고, 포기가 없었다. 한번 마음먹은 일은 반드시 이루어냈다. 두 아이가 미국 유학을 원했을 때 한참 동안이나 두 아이를 뚫어지게 쳐다보고 있다가 "알았어!" 딱 한마디뿐이었다. 그런데 짧지 않은 침묵 속에 두 아이를 향해 날아가던 그 매운 눈초리 속에는 결심을 다짐받는 말들이 담겨 있었던 것이다. 그 침묵의 말을 두 아이는 환히 알아듣고 있었다. "와아, 아빠의 그 눈빛이 유학하는 내내 날 따라다닐 것 같애." 아들이 부르르 몸서리를 쳤고, "무서워하지 마. 그 응답은 우리의 박사학위 취득이야." 딸이 자신만만하게 응수했던 것이다.

남편은 어떻게 해서든 두 아이의 유학길을 열어줄 것이다. 그런데 그 해결을 남편에게만 맡겨두고 자신은 아무런 도움이 될 수 없다는 것이 황연주는 그렇게 미안하고 속상할 수가 없었다.

돌잔치는 정원이 있는 대형 음식점의 별관에서 벌어졌다. 넓은 홀에는 100여 명의 자리가 마련되어 있었고, 돌을 축하하는 가지가지 색깔의 색종이들과 색색의 크고 작은 풍선들이 어지럽도록 요란하게 장식되어 있었다.

"어린애 돌잔치가 왜 이렇게 요란하고 호화스러워?"

이태하는 마땅찮은 눈길로 실내를 둘러보며 투덜대듯 말했다.

"아이구, 누가 듣겠어요. 요새 다 이렇게 해요. 유행이잖아요."

황연주가 낮고 빠른 소리로 설명했다.

"유행……?"

"예, 아기의 돌잔치를 걸게 차려줘야 아기가 건강하고 행복하게 잘살게 된다고 해서요."

"허, 어떤 말쟁이가 잘도 지어냈네. 이거 이렇게 차리려면 돈도 꽤 많이 들어가야 되잖아?"

"예, 몇백만 원 쉽게 들겠죠. 한다하는 부잣집들은 1억도 쓴다는 소문이더라구요."

"허, 돈이 썩어나가는군. 그래, 제 돈 가지고 제멋대로 쓰는 건데, 뭘."

이태하는 떫은 입맛을 다셨다.

돌잔치가 시작되었다.

사회자가 첫 번째 순서로 오늘의 주인공의 약력을 소개했다. 겨우 한 살짜리의 약력이라니? 그 거창함에 이태하는 어리둥절해서 아내를 쳐다보았다. 황연주는 검지를 입에 대며 빠르게 눈짓했다. 이태하는 아내의 염려에 픽 웃어버렸다.

사회자는 진지하고도 엄숙한 목소리로 주인공의 탄생(분명 '탄생'이라고 했다) 연·월·일·시부터 대기 시작했다. 생후 며칠 만에 눈을 맞추며 웃기 시작했고, 며칠 만에 엄마 아빠를 구분했고, 며칠 만에 옹알이를 시작했고, 며칠 만에 뒤집기 시작했고, 며칠 만에 기기 시작했고, 며칠 만에 일어서기 시작했고, 며칠 만에 걷기 시작했고, 며칠 만에 '엄마'를 하기 시작했고, 며칠 만에 '아빠'를 하기 시작했고, 며칠 만에 첫 번째 말인 '무지무지'를 하게 됐고, 돌을 맞은 현재는 어른들과 의사소통이 자유로울 정도로 말을 잘하며, 노래까지도 한다는 것으로 자상한 약력 소개가 끝났다. 그리고 박수 소리가 요란하게 울렸다.

"저러고 보니 약력 소개가 되긴 되네. 근데 결론은 저 애가 평균 이상의 우량아에다가 지능 뛰어난 천재라는 것 아냐?"

목소리 낮춘 이태하의 말에 황연주는 탁자 아래로 남편의 허벅지를 지그시 꼬집었다.

두 번째 순서가 주인공의 성장 영상 감상이었다. 약력 소개가 시시콜콜했던 것처럼 성장 영상도 아이의 이런 모습, 저런 모습들이 끊일 줄 모르고 이어지고 있었다. 그것은 마치 지루한 영화 같아서 이태하는 참다 못해 입을 가리고 하품을 하지 않을 수 없었다. 그때 또 허벅지를 꼬집히는 아내의 경고를 받아야 했다.

세 번째 순서로 주인공과 주인공의 아버지 어머니 인사가 있었다. 세 사람 모두 한복 차림이었고, 주인공은 아빠에게 안겨 있었다. 그런데 평균 이상으로 숙성하고 영리한 것으로 소개된 약력과는 어울리지 않게 주인공은 오른손 엄지를 계속 빨아대고 있었다. 엄마가 손을 떼냈지만 아이의 팔은 자동 장치된 용수철처럼 재까닥 굽어지며 엄지가 입으로 쏙 들어갔다. '아, 약력 위조로구나' 하는 말이 곧 나오려는 것을, 세 번째로 꼬집힐 수가 없어 이태하는 꾹 눌러 참고 있었다.

네 번째 순서가 양쪽 집안 할아버지들의 인사말이었다. 친할아버지와 외할아버지 두 사람은 인생 황혼녘에 하늘로부터 받은 마지막 선물에 너무 기쁘고 행복해 연상 싱글벙글하며 인사말을 해나갔다. 그들의 말은 두서가 없고 우물쭈물이었지만 그 행복감 넘치는 모습이 보기 좋아 이태하는 어느 순서보다도 열렬하게 진심의 박수를 쳤다. 그런 남편의 모습을 눈흘김으로 쳐다보며 황연주는 살며시 웃음 짓고 있었다.

다섯 번째가 이태하의 축사였다.

"이 나라 법조계의 양심이며, 사회정의의 실천가이며, 약자 보호의 천사로서, 오늘의 주인공의 외삼촌 할아버지이신 이태하 변호사님께서 손자의 장도를 위해서 진심 어린 축사를 해주시겠습니다."

사회자의 휘황찬란한 미사여구의 소개와 함께 마침내 이태하의 출연 순간이 온 것이었다. 그가 가장 곤혹스럽게 생각하는 것이 이런 역할을 수행해야 하는 시간이었다. 친가나 외가나 가릴 것 없이 집안 행사가 있을 때마다 그의 출연은 빠짐없이 고정되어 있었다. 왜냐하면 가장 출세했기 때문이었다. 그러니까 이태하가 지은 죄는 변호사가 된 것이었다. 사람들이 돈 다음으로 좋아하는 것이 출세인 것 같았다.

"유광익 아기의 돌맞이를 진심으로 축하합니다. 한 생명이 이 땅에 태어나는 것은 하나의 새 우주가 탄생하는 것과 다름이 없습니다. 한 인간이 하나의 소우주인 것은 하나의 인간의 소중함과 가능성과 신비함이 그만큼 무한하기 때문입니다. 그러므로 그 소우주가 제 빛을 발하고, 제 역할을 제대로 수행하게 될 때까지 그를 에워싸고 있는 모든 주변 사람들은 온 정성 다하여 그 생명을 보호하고 육성해 나가야 합니다. 오늘 이 자리는 그것을 약속하고 다짐하기 위하여 마련된 것입니다. 특히 지금 우리나라는 심각한 사회문제가 야기되고 있습니다. 20년이 다 되도록 출산율이 세계 최하위인 가운데 결혼 연령이 갈수록 늦어질 뿐만 아니라, 결혼을 하더라도 애를 낳지 않는 현상이 벌어지고 있습니다. 그 결과 인구 감소는 급격하게 진행되고 있으며, 그런 기현상은 민족 자멸을 촉진하는 비극의 시작이 되고 있습니다. 이런 불행한 시대에 유광익 군의 돌맞이는 더욱 의미가 크지 않을 수 없습니다. 그동안 노고가 컸던 엄마 아빠에게 진심으로 축하를 보내며, 광익 군이 외로워서는 안 되니 앞으로 형제를 둘쯤 더 선물해 광익 군이 더욱 건강하고 행복하게 자랄 수 있도록 해주시기 바랍니다. 다시 한 번 광익 군의 돌을 축하합니다."

이태하는 아이에게 손을 흔들어주고 자리로 돌아왔다.

"아깝다. 아까워."

이태하가 자리에 앉자 황연주가 속삭이듯 말했다.

"뭐가?"

"그렇게 끝내주게 잘하니까 자꾸만 출연 요청이 계속되는 거잖아요."

고개를 약간 숙인 황연주가 만족감 가득 담긴 눈흘김으로 남편을 쳐다보며 더없이 행복하게 웃고 있었다.

여섯 번째가 오늘의 주인공이 벌이는 잔치의 핵심인 돌잡이였다.

"다음은 오늘의 하이라이트인 돌잡이 순서입니다. 이 잔치의 주인공 유광익 군이 하객 여러분들 앞에서 자신의 미래를 점치고, 자신의 앞날을 스스로 결정하는 아주 의미심장하고 흥미진진한 연극이 한바탕 벌어질 것입니다. 여러분들께서는 이 예측 불허의, 연습도 없고, 재공연도 없는 순수한 즉석 연극의 관객이 되시어 흥미롭게 관람해 주시고, 주인공이 고심 끝에 스스로의 길을 선택했을 때 하객 여러분들께서는 증인으로서 뜨거운 박수로 축하해 주시기 바랍니다. 자아, 그럼 지금부터 유광익 군의 돌잡이를 시작하겠습니다. 준비해 주세요."

사회자의 말에 맞추어 커다란 탁자가 앞부분으로 옮겨졌고, 아이를 안은 엄마와 아빠가 탁자로 다가섰다. 그리고 엄마가 조심스럽게 아이를 탁자 위에 앉혔다.

"예에, 엄마 아빠께서 아이가 돌잡이를 시작하도록 도와주시기 바랍니다."

사회자의 말에 따라 엄마 아빠가 아이의 양쪽으로 섰다. 아이는 그저 많은 사람들을 두리번거리고 있었다.

"광익아, 광익아, 여기, 여기, 이것들 중에서 맘에 드는 걸 하나 골라. 하나 너 가져, 하나!"

엄마가 아이에게 손짓하고 앞에 놓인 것들을 가리키고 하며 검지 하나를 펴서 아이 눈앞에 흔들어댔다.

아이 앞에는 작은 소반만 한 크기의 네모난 쟁반이 놓여 있었는데, 거기에는 여러 가지 물건들이 가지런히 자리 잡고 있었다.

청진기, 연필, 축구공, 책, 돈, 그림 붓, 마이크, 판사 봉, 마우스, 실타래 등이 아이의 선택을 기다리고 있었다.

"광익아, 광익아. 이것, 이것, 빨랑 하나만 골라. 하나만 우리 광익이 가져, 어서 하나만 가져."

아이의 주의를 끌려고 엄마는 목소리만큼 다급하게 손짓

해 대고 있었다. 아이는 엄마에게 이끌려 여러 가지 물건들을 두리번거리며 살피고 있었다.

"광익아, 아이, 착하지. 빨리 하나만 골라, 하나만 우리 광익이 가져."

그때 아이가 손을 뻗쳤다. 엄마의 소리가 뚝 멈추었다. 그러나 아이의 손은 어떤 것을 선뜻 집지 않았다. 어줍은 손짓은 이 물건, 저 물건 위로 느리게 움직이고 있었다.

그 동작에는 아이의 두 가지 마음이 드러나고 있었다. 어느 것을 고를지 망설이는 마음과, 하나만이 아닌 여러 개를 갖고 싶어하는 마음이었다. 그렇게 움직이던 아이의 손이 마침내 하나를 향해 뻗쳤다. 그림 붓이었다.

"애, 애, 애, 아니, 아니, 아니, 이거, 이거, 이거……."

엄마가 곧 숨이 넘어가는 듯 다급한 소리를 내며 아이와 가장 가까이 놓여 있는 돈을 살짝 집어 들어 흔들었다. 그 바람에 아이가 뻗쳤던 손을 거두고 엄마를 쳐다보았다. 엄마와 눈길이 마주친 아이는 방시레 웃으며 돈을 붙잡았다.

"예에, 오늘의 주인공 유광익 군이 마침내 돈을 집었습니다. 여러분, 기대하십시오, 장차 또 하나의 재벌, 유광익 회장이 탄생할 것입니다!"

사회자가 우렁차게 외치고 나서 박수를 치기 시작했다. 그 박수를 따라 장내의 모든 사람들이 박수를 치기 시작했다.

그런데 이태하는 박수를 치지 않고 쩝 입맛을 다셨다. 황연주는 살짝 얼굴을 찌푸리며 자기 다리로 남편의 다리를 질벅였다. 그러나 이태하는 모르는 척 딴전을 피우며 박수 칠 기미를 전혀 보이지 않았다.

"예에, 여러분, 감사합니다. 끝으로 유광익 군의 아버지가 드리는 감사의 인사말이 있겠습니다."

아이 아빠가 앞으로 나섰다.

"당신 왜 그래요?"

눈을 내리깔아 곁눈질하며 황연주가 낮고 빠르게 내쏘았다.

"뭘?"

이태하는 시침을 뚝 떼고 대꾸했다.

"박수 안 친 사람은 당신 하나예요."

"그게 의무야?"

"법적 용어 쓰지 말아요. 큰누님이 쳐다보고 있었던 걸 알기나 해요?"

"그야 어쩔 수 없지. 그게 뭐야, 천하고 추하게. 엄마가 나서서."

"돈이 좋아서 그런 걸 어떡해요. 어른인 당신이 그러려니 참아 넘겼어야지요."

"됐어, 여보. 내 인품이 언제나 당신 인품만 못하잖아."

"아휴, 당신 참……."

황연주는 남편을 외면했다.

"예, 이상으로 유광익 군의 돌잔치를 모두 마치겠습니다. 바쁘신데도 불구하고 오셔서 이렇게 자리를 빛내주셔서 다시 한 번 감사드립니다. 지금부터 준비한 소찬을 드시면서 즐겁게 담소를 나누어주시기 바랍니다. 감사합니다."

이태하는 그만 자리를 뜨고 싶었지만 꾹 눌러 참느라고 애쓰고 있었다. 괜히 일어났다가는 아내가 어떤 공격을 가할지 알 수 없었던 것이다.

"당신, 무슨 일에든 싫은 표시 좀 안 낼 수 없어요? 이제 나이가 몇이냐구요."

자리가 파하고 밖으로 나온 황연주가 말했다.

"아무리 돈이 좋다고 그런 천박한 짓을 할 거라고 해? 그 많은 사람들 앞에서."

이태하는 아내의 말을 거부하듯 하고 싶은 말을 해버렸다.

"그걸 천박한 짓이라고 생각하는 건 어쩌면 당신뿐일 거예요. 거기 있었던 모든 사람들의 속마음이 그 며느리의 마음과 똑같으니까요."

"알았어. 그런다고 부자 되는 건 아니니까. 몸만 달고, 속만 탈 뿐이니까. 그 얘기 인제 그만해."

이태하는 싸늘한 느낌의 어조로 말했다. 남편의 성질을 잘 아는지라 황연주는 입을 다물어버렸다.

이태하는 며칠이 지나 음식점 사장 강남길의 무죄를 받아냈다. 긴 재판 끝에 배심원들은 전원일치의 무죄판결을 내렸다. 배심원들은 '있는 자의 횡포'를 속 시원히 심판한 것이었다. 이태하는 '세상은 아직 희망이 있다' 하는 기쁨과 함께 국민참여재판을 받기로 했던 자신의 선택에 새로운 흡족함을 느끼고 있었다.

퇴근 직전에 강남길 사장 부부가 아무런 예고도 없이 들이닥쳤다.

"변호사님이 저를 살려주셨습니다. 이 은혜를 어찌 갚아야 할지 모르겠습니다. 우선 절부터 받으십시오."

부부는 그대로 사무실 바닥에 엎드리며 넙죽 큰절을 했다.

"아니, 아니, 왜 이러십니까. 이거, 이거 참……."

이태하는 어쩔 줄을 몰라하며 허둥지둥 부부를 일으키기에 바빴다.

"변호사님, 저희 부부의 한 가지 소원이 있습니다. 변호사님을 평생토록 저희 식당에 무료로 모시겠습니다. 언제든지, 아니 매일, 날마다 와주십시오. 변호사님같이 높으신 분이 와주시면 저희 식당은 점점 더 잘될 테니까요. 그렇게 하실 거지요?" 강 사장이 간절하게 말했고, "네에, 변호사님, 꼭 그렇게 해주세요. 제가 반찬 더 정성 들여 맛있게 만들 테니까요." 그의 아내도 손을 모아 잡고 애원하듯 했다.

"예, 그러지요. 두 분 힘내서 사업 더욱 잘하세요."

이태하는 차례로 부부의 손을 잡으며 참으로 오랜만에 정다운 악수를 나누었다.

며칠이 지나 이태하는 대학 동창 송기백의 연락을 받았다.

"어쩐 일이야, 오랜만에. 재벌 회사 간부 되더니 힘없는 변호사는 잊어먹기로 했어?"

"괜히 오금 박지 마. 자네한테는 열등감 때문에 기를 못 펴는 거니까. 다 알면서 뭘 그래. 근데 자네, 운동권의 대부인 우리 선배 신경훈 씨 안 잊었지?"

"응, 신경훈 선배, 어찌 사셔? 요새 통 소식을 모르겠던데."

"그래서 소식 전하려는 거야."

"응, 뭐 나쁜 소식이야?"

"응, 그런 셈이지. 그동안 그분의 소식이 멀어졌던 건 운동의 시대가 마무리되었기 때문만이 아니야. 암 투병을 하고 계셨기 때문이야."

"암! 무슨 암?"

"간암으로, 간을 3분의 2나 절제하셨대."

"그럼 절망적인 거 아냐?"

"응, 겨우겨우 연명하는 상태로 3년 이상 견디다 보니 생활의 위기에 봉착했나 봐."

"어허, 그렇겠지. 아무런 수입이 없는데 치료비는 비쌀 거고, 그거 큰일 났군."

"그래서 그 부인께서 어떻게 수소문을 했는지 날 찾아오셨어."

"자넬? 왜에?"

"참 딱하게도 보험회사 설계사가 되셨더라고. 그게 성사는 어렵지만, 자본 없이 나서기는 가장 손쉬운 길이니까."

"그래, 자네는 보험 들어드렸어?"

"아니, 나 같은 피래미는 대상이 아니었어."

"피래미……?"

"응, 한 방에 큰 성과를 올리도록 보험회사에서 기본 교육을 잘 받으셨더라고."

"그게 무슨 소리야? 알 듯 말 듯 좀 복잡하네?"

"응, 저 위의 분을 좀 소개해 달라는 거야."

"저 위의 분……? 자네 회장님……?"

"역시 자넨 눈치가 빠르군."

"그래서 어쨌어?"

"참 난감하더군. 우리 회장님은……, 아니 모든 큰 회사 회장들은 다 똑같은 감정이겠지만, 우리 신 선배 같은 열혈 운동권 리더들은 딱 질색이거든. 사회혁명, 재벌 타도를 외쳐댔으니 말야. 우리 회장은 신 선배를 비롯한 리더들에게 치를 떨면서, 그 이름들을 지금까지도 생생하게 기억하고 있는 거야. 그러니 어찌 신 선배 부인을 소개할 수 있겠어."

"허! 자네 입장이 영 난감했겠구먼. 그래서 어쨌어?"

"그래서 우리 회장한테 가입을 원하는 액수가 얼마인지 물었지."

"좀 컸겠지?"

"응, 짐작했던 대로 컸어. 1억."

"음, 1억······."

"근데 내가 대신 들기에는 부담이 너무 컸어. 이미 연고 가입한 게 두 건 있었으니까. 그래서 3천만 원짜리로 얼버무렸어. 중간에서 포기한 얼치기 운동권의 죄의식을 덜어보려는 마음도 작용해서 말야."

"잘했군. 그렇게라도 힘이 돼야지 어쩌겠어."

"여기까지 왔으니 자네, 내가 왜 전화했는지 알겠지?"

"알아."

"부인이 못내 망설이면서 신 선배를 이해할 수 있는 후배 몇 명을 소개해 달라는 거야. 그래서 손가락을 꼽다 보니 서너 사람이 잡혔는데, 그중에 하나가 자네였어."

"그래, 잘했어."

"넉넉하지 못한 자네 사정 모르지 않지만 어쩌겠어. 신 선배 부인, 그 가난하고 초췌하고 슬픈 모습, 참 기막히고 가슴 아프더라고. 신 선배 동창들은 다 일류 기업 최고 간부 해먹고 호의호식하고 사는데 그 부인은 초라하고 남루한 꼴로 보험 애걸을 하고 다니니. 참 처절하더라고."

"그래, 그보다 더 처절한 부조리가 없군."

"부조리? 그 말 참 오랜만에 듣는구먼. 맞어, 그 말이 맞는 것 같군."

"어쩌겠어. 돈이라는 게 그런 거 아닌가. 한때 척결의 대상으로 삼았던 자들에게, 병들어 보험 애걸을 하고 다니며 거절을 당하는 처지니 이보다 리얼한 실존이 어디 있고, 이보다 리얼한 부조리가 어디 있겠나. 그게 돈이라는 흉물이 부리는 괴력일 거야."

"그래, 맞는 말이야. 신 선배 부인께서 며칠 안으로 찾아갈 거야."

"알았어. 또 연락하세."

이태하는 전화를 끊고 멍하니 앉아 있었다. 한지섭 선배와는 또 다르게 정치권에는 아예 발을 디밀지 않고 노동 세력 중심의 사회혁명을 꿈꾸었던 신경훈 선배. 그러나 그의 악전고투는 한국식 자본주의의 얽히고설킨 기득권의 완강한 힘 앞에서 무력하게 무너질 수밖에 없었다.

"신 선배의 구상과 이상은 백번 옳아. 그러나 이 나라 기득권들의 야합과 결탁은 콘크리트 철벽처럼 완강해져 버렸고, 물질 만능의 유혹에 휩쓸린 대중들의 정치 무관심과 사회의식 부재 앞에서 신 선배가 좌절하는 건 필연이야."

한지섭 선배의 분석이었다.

'병상에 누워 신 선배는 무슨 생각을 하고 있을까. 이 세상을 원망할까……, 자신의 삶을 후회할까……. 자기를 살리기 위해 보험에 나서고 있는 가난한 아내를 바라보며 어떤 마음일까…….'

송기백은 '중간에서 포기한 얼치기 운동권의 죄의식을 덜려고' 3천만 원짜리 보험에 가입했노라고 했다. 신경훈 선배에게 죄의식을 갖기로는 자신도 또 다른 송기백이었다. 이태하는 괴로운 신음을 씹으며 자신은 어떻게 할 것인지를 골똘하게 생각하기 시작했다.

'……그 돈을……'. 그 돈 5억은 자신의 것이 아니면서, 자신의 것이었다. '1억 보험이면 신 선배에게 얼마나 도움이 되지……? 지극히 미미한 액수일 것이다. 그 대신 보험회사가 큰돈을 벌고……, 오랜 시간이 지나 가입자가 혜택을 보게 된다. 그건…….'

그때 언젠가 한지섭 선배가 했던 얘기가 떠올랐다.

"절에 갔다가 노스님께 전해 들은 건데 말이오, 이런 얘기가 있소. 오대산 월정사에 어떤 신도가 발길을 했다가 법력 높기로 소문난 한암 큰스님을 뵙게 됐소. 그래서 그 신도는 평소에 가지고 있던 한 가지 고민을 여쭤보게 되었소. '큰스님, 저에게 풀지 못할 한 가지 고민이 있습니다. 돈을 안 쓰면 사람들은 자린고비라고 흉보고, 돈을 좀 쓰면 잘난 척한다고 흉을 봅니다. 도대체 돈 관리를 어떻게 해야 하는 것인지 알 수가 없습니다. 그 일을 어찌해야 하는 것입니까?' 한암 스님께서 눈을 지그시 감고 한동안 침묵하시더니 잔잔하게 웃으시며 말씀을 시작하셨소. '이 주먹을 쥐고는 펴지 못하면 이 손은 어찌 되겠소?' 스님께서는 주먹 쥔 손을 신도 앞에 내밀며 물으셨소. '……?' 그런데 그 갑작스러운 물음에 신도는 어리둥절해서 아무 대답도 못 하고 스님을 쳐다보기만 했소. '주먹 쥔 손을 펴지 못하니 그 손은 불구 아니겠소?' 스님이 말씀하셨고, 그제야 신도는 무슨 말인지 알아듣고, '예에, 불구입니다' 하고 대답했소. 그랬더니 스님께서 그 손을 쫙 펴 다시 신도 앞에 내밀며 또 물으셨소. '이 편 손을 주먹 쥐지 못하면 이 손은 뭐가 되는 거요?' 이제 신도는 얼른 대답했소. '예, 불구입니다.' 그러자 한암 큰스님께서는 온화한 웃음을 넉넉하게 지으며 말씀하셨소. '돈을 씀도 그와 같이 하면 되지 않을까 싶소. 돈을 꼭 써야 할 때는 손바닥을 쫙 펴 흔쾌하게 시원하게 쓰고, 아껴야 할 때는 주먹을 꽉 쥐어 철저하게 야무지게 아끼는 것이오. 그런 분별을 갖게 되면 주위 사람들도 입을 가볍게 놀리지 못할 것이고, 더러 입 놀리는 사람이 있다 하더라도 내 주관만 뚜렷하면 전혀 신경 쓸 것이 없소. 줏대 없고 내공 없는 사람들일수록 남의 얘기 하기 좋아하는 법이니까.' '예에, 큰스님 말씀 평생 간직하겠습니다.' 그 신도는 벌떡 일어나 한암 스님께 큰절을 세 번 올리고 물러갔다는 얘기요."

그 이야기는 한암 큰스님의 일화를 빌린 한지섭 선배 자신의 말이기도 했다. 한 선배야말로 써야 할 때 아낌없이 쓰고, 아껴야 할 때 철저하게 아끼는 삶을 살고 있었던 것이다. 이주노동자들의 처우를 최고수준으로 하는 것이 그 좋은 예였다. 그 파격적 행보는 주변 농장주들의 비난을 불러일으켰다. 그러나 한 선배는 그런 입방아에는 끄떡도 하지 않았다.

"그들도 우리와 똑같은 사람이다. 당신들이 주인으로 대접받고 싶으면 그들을 당신네와 똑같은 사람으로 대접하라."

한 선배가 농장주 모임에서 공개적으로 했다는 발언이었다. 한 선배가 그렇게 꿋꿋했으니 주변의 험담들은 차츰 잦아들었고, 다른 농장들의 처우도 조금씩 나아지고 있다는 것이었다. 그런 변화가 한 선배가 궁극적으로 소망하고 있었던 성취였을 것이다. 한 선배의 운동권 처녀성은 그렇게 생생히 살아 있었다.

이태하는 '쓸 때 쓰고, 아낄 때 아끼는' 한 선배의 실천력에 새삼 공감하며 신경훈 선배를 돕기로 마음먹었다. 그분이야말로 순결한 영혼이었고, 상처투성이의 영혼이었고, 가장 고

독한 영혼이었던 것이다.

이태하는 천천히 일어나 캐비닛으로 다가갔다. 그 속에 깊이 간직했던 수표를 찾아냈다. 그 순간 손채경 변호사의 얼굴이 선하게 떠올랐다. 지금쯤 세계 어디를 여행하고 있는지……. 그 돈을 어찌해야 좋을지를 몰라 그동안 캐비닛에 그대로 두었던 것이다.

"이걸 1억짜리로 분할해 주세요."

이태하는 통장과 수표를 함께 내밀었다.

"5억!" 은행 직원은 놀라 멈칫하더니, "지금 당장은 안 됩니다. 하루는 입금시켜야 가능합니다" 하며 친절한 웃음을 지어내느라고 애썼다.

"예, 내일 오후에 다시 오겠습니다."

신경훈 선배의 부인은 나흘째 되는 날 찾아왔다.

"죄송합니다, 면목 없습니다. 폐를 끼치게 돼서……."

혈색 없이 메마르고 남루한 여인은 고개를 숙이고 또 숙였다.

"아닙니다, 아닙니다. 편히, 편히 앉으십시오."

이태하는 허둥거리듯 하며 여인에게 자리를 권했다.

"신 선배님 병세는 좀 어떠신지요?"

"예, 투병을 한다고 하고, 간호를 한다고 하지만 워낙 중병이라……."

삶에 지칠 대로 지친 여인의 얼굴이 더 근심스러워졌다.

"예, 너무 노고가 크시겠습니다. 며칠 전에 친구한테 자세한 얘기 들었습니다. 이게 제가 마련한 1억입니다."

이태하는 봉투 위에 수표를 올려 부인 앞에 내놓았다.

"네에에에? 이, 이, 일어억이요오?"

깜짝 놀란 여인은 눈이 휘둥그레져 심하게 말을 더듬었다.

"선배님 병환이 호전되고, 부인께서 고생을 좀 덜하셨으면 해서. 그리고……, 이 일은 아무도 모르게 했으면 좋겠습니다."

"세상에……, 세상에 이런 일이……, 이런 일이……, 감사합니다, 감사합니다, 감사합니다."

여인이 고개를 꾸벅꾸벅 숙일 때마다 눈에서 줄줄 흘러내린 눈물이 탁자로 뚝 뚝 뚝 떨어져 내렸다.

이태하는 집에 들어서자마자 아내에게 봉투를 내밀었다.

"이게 뭐예요?" 아내가 주춤 놀랐고, "당신이 가장 애타게 기다리는 것." 이태하는 무뚝뚝하게 대꾸하며 안방 쪽으로 걸음을 옮겼고, "어머나, 애들 유학비 해결된 거예요?" 황연주는 기쁨의 환호성을 터뜨렸다.

이태하가 양복을 벗고, 넥타이를 풀고 있을 때였다.

"여보, 여보, 여보, 도대체 이게 얼마인 거예요? 4억, 4억이 맞아요?"

황연주가 안방으로 뛰어들며 숨 가쁘게 물었다.

"몇 년 치 학비 될 테니까 준비 착실히 해서 보내."

"어머, 어머, 당신 이럴 줄 알았어요. 당신 역시 최고예요, 최고. 여보, 감사해요, 감사해요." 황연주가 와락 남편을 끌어안았고, 이태하도 아내를 감싸 안았다.

"박현규라는 친구분이 돌아가셨다는 연락이 왔었습니다."

이태하가 재판을 마치고 사무실로 돌아오자마자 직원이 말했다.

"연락한 사람이 누구였소?"

"윤민서 씨라 했습니다."

이태하는 자기 방으로 들어가 의자에 몸을 부렸다.

'자식, 결국 돈 때문에……'

이태하는 바람 빠지는 풍선처럼 전신의 맥이 풀리는 것을 느꼈다.

공부를 잘하던 놈, 운동도 잘하던 놈, 성격이 서글서글하던 놈, 남 욕을 안 하던 놈. 그래서 듬직하게 남자답던 놈. 그런 놈이 겨우 50 중반을 넘기고 저세상으로 떠났다. 돈 때문에……, 그놈의 돈 때문에…….

눈을 질끈 감은 이태하는 짙은 한숨을 긴 신음처럼 내쉬었다. 회복이 어려울 거라 짐작은 하고 있었지만 막상 떠났다고 하니 오랜 우정 속의 추억들이 감당하기 어려운 슬픔과 안타까움으로 밀려들고 있었다.

"다 제 잘못이에요. 다 저 때문이에요. 돈 욕심 때문에……, 돈에 미쳐서 제가 저이를 저렇게 만들었어요. 제가 나쁜 년이에요. 제가 죄인이에요."

윤민서와 함께 병문안을 갔을 때 박현규의 부인이 눈물을 주체하지 못하며 쏟아놓은 회한이었다.

언제나 사람의 욕심은 앞서고, 후회는 뒤에 오는 법이었다. 그의 부인도 그렇지만, 박현규도 자신들의 행동으로 그런 엄청난 비극이 닥칠지는 전혀 예견하지 못했을 것이다. 부인만이 아니라 박현규도 별반 다를 것 없는 욕심에 사로잡혀 있었을 것이다. 그렇지 않았다면 박현규 성격에 아내가 추썩인다고 딸 애인에게 교제를 끊으라고 나섰을 리가 없었다.

결국 수천억의 돈의 마력은 똑똑하고 분별력 있는 박현규의 이성을 마비시키고, 탐욕을 자극해 댄 것이었다. 그래서 박현규는 돈이 손짓하는 몰락의 길로 치달아가는 어리석음을 범한 것이었다.

그러나 이태하는 박현규가 저지른 어리석음을 탓하거나 비판할 자신이 전혀 없었다. 자신이 박현규와 똑같은 상황에 처했더라면 어찌했을 것인가……? 이 자문에 '나는 그런 어리석음을 범하지 않았을 것이다!' 하고 장담할 수가 없었다. 수천억의 돈이 확실히 보장하는 안락과 행복을 딸이 원하고, 아내가 원하는데 어느 남자가 그것을 외면할 힘이 있을 것인가…….

결국 박현규의 길은 모든 사람이 갈 수밖에 없는 길이고, 돈을 만들어낸 인간은 영원히 돈에 지배당하는 돈의 노예일 뿐인 것이었다. 인간의 본능들 중에서 탐욕을 도려낼 수 없고, 인간의 생활에서 돈을 없앨 수 없으니까.

이태하는 천천히 의자에서 일어나 물을 한 컵 마셨다. 그리고 윤민서에게 전화를 걸었다.

"결국 갔어."

윤민서가 말했다.

"음……. 어쩌지?"

이태하가 말했다.

"퇴근길에 가봐야지?"

윤민서가 말했다.

"빈소는 제대로 차릴까?"

이태하가 말했다.

"음, 상조회사가 있으니까."

윤민서가 말했다.

"그래, 이따 봐."

이태하가 말했다.

빈소는 썰렁했다. 가족은 부인과 아들, 둘이었고, 형제 몇

이 있을 뿐이었다.

이태하와 윤민서는 나란히 서서 조문을 했다.

이태하는 할 말이 전혀 떠오르지 않은 채 오래도록 고개를 숙이고 있었다. 어인 일인지 고등학교 때의 박현규 모습 모습이 줄지어 떠오르고 있었다.

"회사하고, 박 형 핸드폰에 있는 사람들한테는 다 연락했습니까?" 조문이 끝나자마자 윤민서가 부인한테 물었고, "예, 다 했습니다." 옆에 선 아들이 대답했다.

윤민서는 고개를 갸웃갸웃하며 돌아섰다. 이태하는 윤민서가 무슨 생각을 하고 있는지 짐작했다. 썰렁한 빈소를 보며 장례비를 걱정하는 것이었다.

부인은 눈물을 흘리며 예를 갖출 뿐 전혀 말이 없었다. 처음 입원을 했을 때 할 말을 다 해버려서 그러는 것 같았다. 그리고 죄의식이 의식 전체를 점령하고 있어서 할 말이 전혀 없는지도 몰랐다.

"이상하네. 왜 이렇게 사람이 없지?"

조문객 응접실에 자리 잡으며 윤민서가 짜증 부리듯 말했다.

"글쎄, 차차 오겠지 뭐."

이태하도 윤민서와 동질의 예감으로 막연한 말을 했다.

"회사에서 퇴직금 정산한 것으로 모든 관계를 끝낸 것 아닐까?"

윤민서가 더 불안하게 의심을 드러냈다.

"글쎄……, 그게 그럴 수도 있는 일이지. 사무적 관계니까."

그렇게도 신속하게 배달되는 조화가 없는 것을 생각하며 이태하는 대꾸했다.

"사무적 관계라……."

윤민서가 중얼거리며 이태하의 술잔에 소주를 따랐다.

이태하도 그 병을 받아 윤민서의 잔에 술을 따랐다.

"인생이 허망하듯 돈도 허망한 건데……."

술잔을 단숨에 비운 윤민서가 입술을 훔치며 중얼거렸다.

"결론은 그런데 과정은 안 그러니 문제지."

이태하도 술을 단숨에 비우고 중얼거렸다.

"참 이상하네. 왜 자꾸 고등학교 때 그 결투에서 상대방을 보기 좋게 때려눕혔던 박현규 모습이 떠오르지?" 윤민서가 불쑥 말했고, "그래? 나도 아까부터 자꾸 그 모습이 떠오르고 있어. 그때 박현규는 전교생의 영웅이었으니까." 이태하의 목이 잠겼다.

그때는 그들이 고2 때였다. 그들의 학교에서 몇백 미터 떨어진 산 아래쪽으로 공사를 끝낸 한 고등학교가 이사를 왔다. 그들의 학교가 일류로 꼽힌다면, 그 학교는 삼류로 취급당하고 있었다. 그래서 건달이고 깡패가 많다고 소문이 나 있기도 했다. 아이들은 그 학교가 이사 오는 것을 영 달가워하지 않았다. 그건 그 좋지 않은 소문에 대한 불안감이기도 했다.

"우리 옆에 새 이웃이 생겼다. 더욱 언행 조심해서 서로 원만하게 지내기 바란다. 난 그쪽 교장선생님께도 당부드렸으니 여러분은 유념하도록."

월요일 아침 전교생 조회 때마다 훈화가 짧으면서도 무게가 있어 존경받고 권위가 서 있던 교장선생님이 굳이 이렇게 한마디하기도 했다.

그런데 6개월이 못 되어 사고가 터진 것이었다. 하굣길 빵집에서 이쪽 학생이 화장실에 갔다가 저쪽 학생과 부딪히게 되었다. 시비가 붙자마자 저쪽 학생이 주먹질과 발길질을 날리기 시작했다. 이쪽 학생이 대항을 했지만 적수가 되지 못했다. 빵집 주인이 쫓아왔을 때는 이쪽 학생이 피투성이가 된 다음이었다. 이 소식은 이튿날 쉬쉬하는 속에서 점심때가 못 되어 전교생에게 퍼져나갔다. 그런데 한 가지 사실이 덧붙여져 있었다. 저쪽 학생이 그쪽에서도 알아주는 '주먹'이라는 것이었다. 그 사실이 이쪽 학생들의 자존심을 심하게 상하게 만들었다. 그 자존심은 곧 '우리가 당하고만 있을 것이냐'로 확대되었다. 그건 곧 학교의 자존심이기도 했던 것이다.

고3한테서 학생회를 물려받은 고2 학생회에서는 극비리에 회의를 소집했다. 복수전을 결의했고, 그 자원자로 나선 것이 박현규였다. 그는 전국 고등학교 유도 대회에 출전하는 유단자였던 것이다.

1 대 1 결투 도전은 그쪽 학교 학생회에 전달되었다. 그쪽에서 바로 연락이 왔다. 일요일 12시에 그 학교 운동장에서 겨루자는 것이었다.

박현규는 상대편의 태권도 옆차기에 먼저 걷어차였다. 그리고 돌려차기에 두 번째로 걷어차였다. 상대방은 2단 옆차기로 세 번째 공격을 가했다. 그때 박현규가 그 발을 잡아채는가 싶더니 상대방의 몸이 공중에 붕 떠서 그대로 운동장 바닥에 곤두박질쳤다. 박현규의 업어치기에 걸려든 것이었다. 그런데 다음 순간 박현규는 상대방을 번쩍 들어 올리더니 다시 업어치기로 사정없이 내동댕이쳤다. 그리고 잽싸게 상대방을 덮치더니 목을 조르기 시작했다. 상대방이 버둥거리며 빠져나오려고 했지만 허사였다. 상대방은 팔을 내뻗어 박현규의 등을 다급하게 두들기기 시작했다. 항복 신호였다.

이태하는 학생회 간부의 한 사람으로 그 결투를 지켜보면서 박현규의 실력에 자못 감동하지 않을 수 없었던 것이다.

그렇게 남자다웠던 박현규가 이리도 허망하게 떠나가다니 기가 막힐 뿐이었다.

"근데 말야, 이번 일 당하고 보니까 동창들도 참 냉정하더라고. 다들 살기 힘드니까 그렇기도 하겠지만, 세상 참 살벌해."

윤민서가 또 술을 단숨에 비웠다.

"그렇지 뭐. 졸업한 지도 오래되었고, 다 사는 게 고달프고 팍팍하니까. 너무 실망하지 말고 그냥 넘겨."

이태하는 술을 반만 비우고 땅콩 하나를 입에 넣었다.

"난 모금이 형편없었던 것만을 말하는 게 아냐. 부인이 나섰던 보험 말야, 즈네들 쌩돈 뜯기는 것도 아닌데 거의가 다 야박하게 외면했던 거야. 그래서 부인은 잔뜩 상처 입고 실망하고 해서 그 일을 접었잖아. 1억짜리 보험을 든 건 자네가 유일해."

윤민서는 세게 혀를 차대고는 또 잔을 홀짝 비워버렸다.

'아하, 큰 실수 했구나!'

이태하는 깜짝 놀라며 속으로 소리쳤다. 그 순간 신경훈 선배의 부인 생각이 퍼뜩 떠올랐던 것이다.

박현규 부인이 보험에 나섰을 때는 손채경 변호사의 사건이 일어나기 전이었다. 그래서 자신은 자신이 할 수 있는 최선을 다해 1억짜리 보험을 들어 박현규 부인을 위로했던 것이다. 그리고 자신이 할 수 있는 일은 무리가 될 만큼 다 했다는 생각에 그 부인을 잊고 지냈던 것이다.

그러면서 손채경 변호사의 일이 생기고, 한참이 지나 신경훈 선배 부인이 나타났던 것이다. 그때 의식 속에 잠재되어 있었던 신 선배에 대한 죄의식이 확대되었고, 그 부인의 가난에 찌들리고 삶에 지칠 대로 지친 그 남루하고 슬픈 모습에 겹치기 죄의식을 느껴 1억을 바로 드리지 않고는 견딜 수가 없었던 것이다.

그런데 그때 박현규 부인을 생각해 냈어야 했다. 그래서 5천만 원씩 나누었어야 했다. 헌데 어찌하여 그 생각이 떠오르지 않았는지, 뒤늦게 너무나도 안타까웠다.

그렇다고 이제 와서 신 선배 부인한테 연락할 수도 없는 일이고……, 방법은 단 하나, 아내한테 준 4억 중에서 5천만 원을 내놓게 하는 것이었다. 그러나 그것도 혼자 생각일 뿐, 아내가 그 돈을 내놓을 것 같지가 않았다. 모성은 위기 상황 속에서 자기 목숨을 내던지고 자식을 살려내는 것이 아니던가. 아내는 두 자식의 미래를 담보하는 유학비 4억을 애태우다가 어렵사리 확보한 것이었다. 그 모성이 그 돈을 한 푼이라도 빼앗길 리 없었던 것이다. 이태하는 자신도 모르게 한숨을 쉬었다.

"무슨 생각을 그렇게 해?"

윤민서가 이태하의 잔에 술을 따르며 물었다.

"아니야. 내가 현규 입장이었어도 그랬을까? 이런 쓸데없는 생각을 자꾸 하게 돼."

이태하는 얼른 둘러붙였다.

"맞어, 나도 그 생각을 여러 번 해봤어. 근데 나는 안 그랬을 것이라고 자신 있게 말할 수가 없었어. 나도 현규처럼 했을 것만 같은 거야. 그러니까 현규가 더 안됐고, 기막히고 그렇더라고. 자넨 어쨌어?"

"나도 자네하고 같애. 그러니까 현규를 돈에 미쳤다고, 어리석다고 몰아댈 수가 없더라고."

"아이고, 현규는 외롭지 않겠네. 지 속을 이해해 주는 친구가 둘이나 있으니. 공자님 말씀도 틀리는 수가 있네."

"공자님 말씀……?"

"응, 공자님이 일찍이 이런 말씀을 하셨거든. '술과 밥을 함께 할 때 형제간 같은 친구는 천 명이 있으나 위급하고 어려울 때 도와주는 친구는 하나도 없느니라.' 그런데 현규는 자네하고 나하고 둘이나 있잖느냔 말야."

"허, 별 말을 다 외고 있네?"

"응, 우리 사보에 어떤 문인이 글을 쓰면서 인용한 것이었어. 그 옛날 2천5백여 년 전에 벌써 이런 말을 했다는 게 너무 놀랍고 감동스러워서 외워봤던 거야."

"그래, 옛날이나 지금이나 사람 사는 세상 인심은 다 똑같은 거지. 남은 세월을 어떻게 살아가야 할 것인지 끔찍하고 겁나고 그래."

문상객은 드문드문한 채 빈소는 여전히 썰렁해서 그들은

밤늦도록 자리를 뜰 수가 없었다.

박현규를 그렇게 쓸쓸히 보내고 한 달쯤 지났다. 이태하는 좀 들뜬 듯한 윤민서의 전화를 받았다.

"이보게, 오늘 당장 나 좀 만나. 자네 노후대책 할 건이 하나 생겼네."

"노후대책……?"

"응, 성공보수 짱짱한 건이니 일단 만나서 얘기해."

'성공보수 짱짱해……?'

전화를 끊고 이태하는 윤민서의 말을 되씹어보았다. 자신에게는 별로 실감 나는 말이 아니었다. 전관예우도 못 받아보고, 돈 되는 기업 쪽의 굵직한 사건도 못 맡아보고 근근이 꾸려온 변호사 생활이었다.

'무슨 큰 보험 사건이 생겼나…….'

이렇게 짐작을 해봐도 여전히 실감은 생기지 않았다. 윤민서네 보험회사도 이미 대형 로펌과 연결되어 있었던 것이다.

"이게 무슨 사건이냐면 말야. 내 집사람 고종사촌의 500억 재산 찾기야. 그 내용이 어찌 됐냐면 말야, 그 고종사촌 아버지가 아들한테는 일언반구도 없이 전 재산 500억을 모교인 ㅈ대학에 기증하고, 그 대학에서는 기증자의 이름을 붙인 도서관을 짓기로 한 거야. 아버지가 돌아가신 다음에야 그 사실을 알게 된 아들이 정신이 삥 돌 지경이 된 거지. 아들이 재산을 못 내놓겠다고 버티자 대학 측에서 즉각 서류 한 장을 내밀었어. 아버지 서명이 된 기증서였어. 그러자 아들이 치매를 앓고 있는 노인을 대학 쪽에서 명예욕을 부추겨 생긴 일이라고 맞섰어. 그러자 대학 쪽에서 자기들은 이미 설계를 끝내고 공사 직전이니까 재산 인수의 법적 절차를 밟겠다고 통고했어. 이런 상황에 처했으니 고종사촌이 택할 길은 하나밖에 없잖아. 기증을 무효로 하는 소송으로 맞서는 것밖에는. 자네가 이걸 좀 맡아줘야겠어."

윤민서의 숨 가쁜 설명이었다.

"글쎄……, 그거 간단치 않은 문제인걸……."

이태하가 생각 깊은 얼굴로 말했다.

"응, 그래서 성공보수 10억을 내겠다고 하더라고."

"……."

이태하는 윤민서가 왜 '노후대책'이라고 했는지 알 것 같았다. 한 사건을 맡아 수익 10억이면 큰돈이 아닐 수 없었다.

"어떻게, 맡아줄 거지?"

이태하의 침묵이 답답한지 윤민서가 다그쳤다.

"글쎄……, 좀 생각해 봐야겠어."

"어허, 뭘 생각하고 말고 해. 자네 그 인권변호산지 뭔지, 그렇게 뻣뻣하게만 살지 말고 돈도 좀 벌라구. 자식들 교육도 시켜야 하구, 돈 쓸 데가 너무 많잖아."

윤민서가 더욱 야무지게 다그치고 들었다.

"글쎄……."

이태하는 '그게 상대가 대학이 돼놔서' 하는 말은 하지 않았다.

"이거 치매 진단서하고 서류들이야. 내가 보기엔 승소야, 틀림없이. 자네가 살펴보고 빨리 결정해 줘."

윤민서가 큰 봉투를 내밀었다.

"그 아버지도 좀 과했구먼. 아들한테 얼마쯤 넘겨주고 기증을 했어야지……."

이태하가 봉투를 받으며 중얼거렸다.

"그거 대학 측이 야비하고 몰염치한 거 아냐? 치매 노인을 상대로 당신이 모교를 위해 기증하면 당신 이름을 떡 붙여 도서관을 짓고, 후배들이 계속 그 도서관에서 공부하며 선배인 당신에게 감사하고, 당신의 이름을 기억하고 졸업하고 하면 당신의 명예는 영원히 살아서 빛날 것이다, 뭐 이런 달콤한 말로 꼬드겨댔을 것이니 이 얼마나 야비하냐고. 그리고 후배들을 위해 모교에 기증하는 것은 좋아. 그렇다면 자식을 위해 얼마라도 남겨두는 것이 도리고 예의지, 어떻게 전 재산을 싹싹 긁어가는 기증서에다 서명을 하게 만드느냐구. 돈 앞에서 교육계까지 이 지경이니 세상에 요런 몰염치가 어디 또 있어."

윤민서가 제물에 열이 오르고 있었다.

"자네, 직업 전업해. 지금이라도 안 늦어." 이태하가 불쑥 말했고, "전업? 그게 무슨 소리야?" 윤민서가 어리둥절했고, "자네, 그런 논리로 변호해 대면 감동 안 할 판사가 없겠어. 그럼 승소야 더 물을 게 없는 거구." 이태하는 싱겁게 웃었다.

"난 또 무슨 소리라구. 그런 싱거운 소리 말고 얼른 자료 검토하고 빨리 연락 줘. 저쪽에서 몸 달아 야단이니까."

"알았어."

이태하는 사무실로 돌아오자마자 서류를 꺼냈다. 서류는 두 장이었다. 하나는 치매 진단서였고, 또 하나는 대학 측에서 제시한 기증서 사본이었다.

한 장씩 유심히 살피고 난 이태하는 천천히 일어나 물 한 컵을 따라 마셨다.

양쪽 서류가 다 문제점을 안고 있었다. 그것은 서로를 공략할 수 있는 허점이었다. 그건 양쪽 변호사를 고달프게 하는 악조건인 동시에 그 능력을 평가하는 시험대가 될 거였다. 그리고 그 시험대가 승소와 패소를 결정짓게 될 판이었다.

아들이 제시한 치매 진단서는 결정적 증거일 수 있었다. 그래서 윤민서는 '틀림없이 승소'라고 장담했던 것이다. 그러나 그는 그 진단서가 치매를 '초기'라고 진단한 것을 소홀하게 지나치고 있었다. 그 진단서가 결정적인 증거로 실효를 나타

내려면 치매가 '초기'가 아니라 '중증'이라고 표기되었어야 했다. 그래야만 '정상적 사고능력 부재와 판단력 상실'이 입증되는 것이었다. 그러나 '초기'라면 정상적 사고와 판단력이 '상당하게' 가능하다고 이미 의학적 소견이 나와 있었던 것이다. 그러면 대학 측이 유리해질 수밖에 없었다.

그런데 대학 측에서 제시한 기증서에는 얼핏 보아서는 그냥 지나치게 되는 아주 중대한 하자가 한 가지 담겨 있었다. 그건 대학 측이 무신경하게 저지른 중대한 실수였다. 그 소홀함은 아킬레스건이었고, 치명상을 입을 수 있는 급소였다.

그런데 그 점을 얘기하지 않은 것을 보면 윤민서도 그 하자를 발견하지 못하고 그냥 지나친 게 분명했다. 그야 전문가의 눈이 아니니까 얼마든지 그럴 수 있었다.

그 중대한 하자는 기증서의 맨 끝에 있었다. 기증을 입증하는 결정적이고 절대적인 증거는 기증서 맨 끝에 하는 기증자의 자필 서명이었다. 거기에는 틀림없이 자필 서명이 되어 있었다. 그리고 그 서명의 객관성과 진실성을 입증하는 또 하나의 증거물. 그것이 날인이었다. 그런데 서명 다음에는 그 빨간 도장이 찍혀 있지 않았다.

그 빨간 도장의 효력은 치매 '초기'라는 공박을 압도적으로 물리쳐버릴 수 있을 거였다. 그런 도장의 효력을 보여주는 사례는 더러더러 있었던 것이다.

'그렇게 뻣뻣하게만 살지 말고 돈도 좀 벌라구. 자식들 교육도 시켜야 하구……'

윤민서의 말이 떠올랐다.

'그런데 대학이 패소해 버리면 어찌 되나……. 도서관은 못 짓게 되고……'

이태하는 숨을 깊이 들이켜며 물을 다시 한 잔 따랐다.

'나 아니라도 딴 변호사도 도장 안 찍힌 하자는 찾아낼 것 아닌가……'

이태하는 퇴근 시간이 지나도록 결정을 내리지 못하고 있었다.

'한지섭 선배한테 의논해 볼까……?'

신속한 결정 내리기에 능한 한 선배도 난감해하지 않을까 싶었다.

'아내한테 얘기해 볼까……'

그는 이내 고개를 저었다. 큰돈 앞에서 아내는 이미 의논의 상대가 아니었다.

'여보, 여보, 맡아서 꼭 이겨야지요. 그럼 우리 애들 유학비가 싹 해결되는 거라구요. 10억이면 싹 해결돼요.'

아내의 응답이 환하게 들리고 있었다.

이태하는 사무실을 나섰다. 드높은 빌딩들만 치솟아 하늘이 좁아질 대로 좁아진 도심의 하루가 저물고 있었다. 넓은 거리에는 숨 가쁘게 돌아친 도시의 일과에 지친 사람들이 가득 걸어가고 있었다. 이태하도 복잡한 생각이 뒤엉킨 채 그 사람들 속으로 섞여들었다.

〈끝〉

1943년 전남 승주군 선암사에서 아버지 조종현과 어머니 박성순
        사이의 4남 4녀 중 넷째(아들로는 차남)로 태어남. 아버지는
        일제시대 종교의 황국화 정책에 의해 만들어진 시범적인 대
        처승이었음.

1948년 '여순반란사건'을 순천에서 겪음.

1949년 순천 남국민학교 입학.

1950년 충남 논산에서 6·25를 맞음.

1953년 작은아버지들이 살고 있던 벌교로 이사. 최초의 자작 문집
        을 만들었고, 글짓기에서 전교 1등상을 받음.

1956년 광주 서중학교 입학.

1958년 아버지가 서울 보성고등학교로 전근.

1959년 서울로 이사. 광주 서중학교 제34회 졸업. 보성고등학교 입학.

1962년 보성고등학교 제52회 졸업. 동국대학교 국문학과 입학.

1966년 대학 졸업과 동시에 육군 사병 입대.

1967년 시인 김초혜와 결혼.

1969년 육군 병장 제대.

1970년 《현대문학》 6월호에 「누명」이 첫회 추천됨. 12월호에 「선생님
        기행」으로 추천 완료. 동구여상에서 교직 근무 시작.

1971년 중편 「20년을 비가 내리는 땅」《현대문학》, 단편 「빙판」《신동
        아》, 「어떤 전설」《현대문학》 발표. 「선생님 기행」이 일본어로

번역됨.

1972년   중편 「청산댁」《현대문학》, 단편 「이런 식이더이다」《월간문학》 발표. 부부 작품집 『어떤 전설』(범우사) 출간. 중경고등학교로 전근. 아들 도현을 낳음.

1973년   중편 「비탈진 음지」《현대문학》, 단편 「거부 반응」《현대문학》, 「타이거 메이저」《일본 한양》, 「상실기」를 「상실의 풍경」으로 개제《월간문학》에 발표. 10월 유신으로 교직을 떠나게 됨.《월간문학》 편집일을 시작. 「청산댁」이 일본에서 간행된 『한국전후대표작선집』에 번역 수록.

1974년   중편 「황토」 작품집 『황토』에 수록. 단편 「술 거절하는 사회」《월간문학》, 「빙하기」《현대문학》, 「동맥」《월간문학》 발표. 작품집 『황토』(현대문학사) 출간.

1975년   단편 「인형극」《현대문학》, 「이방 지대」《문학사상》, 「전염병」을 「살풀이굿」으로 개제《신동아》에 발표. 「발아설」을 「삶의 흠집」으로 개제《월간문학》에 발표. 「황토」가 영화화됨. 월간문학사 그만둠.

1976년   단편 「허깨비춤」《현대문학》, 「방황하는 얼굴」《한국문학》, 「검은 뿌리」《소설문예》, 「비틀거리는 혼」《월간문학》 발표. 장편 『대장경』을 민족문학 대계의 일환으로 집필 완성. 월간 문예지《소설문예》 인수, 10월호부터 발간.

1977년   중편 「진화론」《현대문학》, 「비둘기」《소설문예》, 단편 「한, 그 그늘의 자리」《문학사상》, 「신문을 사절함」《소설문예》, 「어떤 솔거의 죽음」《창작과비평》, 「변신의 굴레」《신동아》, 「우리들의 흔적」《소설문예》 발표. 작품집 『20년을 비가 내리는 땅』(범우

사) 출간. 10월호를 끝으로 《소설문예》의 경영권을 넘김.

1978년   중편 「미운 오리 새끼」《소설문예》, 단편 「마술의 손」《현대문학》, 「외면하는 벽」《주간조선》, 「살 만한 세상」《월간중앙》 발표. 작품집 『한, 그 그늘의 자리』(태창문화사) 출간. 도서출판 민예사 설립.

1979년   단편 「두 개의 얼굴」《문예중앙》, 「사약」《주간조선》, 「장님 외줄타기」《정경문화》 발표. 중편 「청산댁」이 KBS〈TV문학관〉에 극화 방영.

1980년   단편 「모래탑」《현대문학》, 「자연 공부」《주간조선》 발표. 도서출판 민예사의 경영권을 넘기고 주간의 일을 봄. 장편 『대장경』(민예사) 출간. 문고본 『허망한 세상 이야기』(삼중당) 출간.

1981년   중편 「유형의 땅」《현대문학》, 「길이 다른 강」《월간조선》, 「사랑의 벼랑」《여성동아》, 단편 「껍질의 삶」《한국문학》 발표. 중편 「청산댁」이 프랑스어로 번역 출간.

1982년   중편 「인간 연습」《한국문학》, 「인간의 문」《현대문학》, 「인간의 계단」《소설문학》, 「인간의 탑」《현대문학》, 단편 「회색의 땅」《문학사상》, 「그림자 접목」《소설문학》 발표. 작품집 『유형의 땅』(문예출판사) 출간. 중편 「인간의 문」으로 대한민국문학상 수상. 중편 「유형의 땅」으로 현대문학상 수상. 중편 「유형의 땅」이 MBC TV 6·25 특집극으로 방영.

1983년   중편 「박토의 혼」《한국문학》, 단편 「움직이는 고향」《소설문학》 발표. 대하소설 『태백산맥』을 원고지 1만 5천 매 예정으로 《현대문학》 9월호부터 연재 시작. 연작 장편 『불놀이』(문예출판사) 출간. 『불놀이』가 MBC TV 6·25 특집극으로 방영.

1984년 중편 「운명의 빛」을 「길」로 개제《한국문학》에 발표. 단편 「메
아리 메아리」《소설문학》발표. 장편 『불놀이』 영어로 번역.
중편 「박토의 혼」 독일어로 번역. 작품 「메아리 메아리」로 소
설문학작품상 수상. 도서출판 민예사에서《한국문학》을 인
수하고, 주간을 맡아 12월호부터 발간.

1985년 중편 「시간의 그늘」《한국문학》발표. 대하소설 『태백산맥』 연
재 집필을 위해 매달 안양의 라자로마을에 10여 일씩 칩거.

1986년 『태백산맥』 제1부 4천 8백 매 완결《현대문학》 9월호). 제1부
를 3권의 단행본으로 출간(한길사).

1987년 『태백산맥』 제2부를《한국문학》 1월호부터 연재 시작하여
12월호까지 3천 2백 매 완결. 제2부를 2권의 단행본으로 출간.

1988년 『태백산맥』 제3부를《한국문학》 3월호부터 연재 시작하여
12월호까지 3천 2백 매 완결. 제3부를 2권의 단행본으로 출
간. 작품집 『어머니의 넋』(한국문학사) 출간. 신문사 문학 담
당 기자와 문학평론가 39인이 뽑은 '80년대 최고의 작품' 1위
『태백산맥』《문예중앙》, 1988년 여름호). 성옥문화상 수상.

1989년 『태백산맥』 제4부를《한국문학》 1월호부터 연재 시작하여
11월호까지 4천 5백 매 완결. 제4부를 3권의 단행본으로 출
간(전 10권 완간). 『태백산맥』 완결을 고대하며 투병하시던
아버지의 별세를 소설을 쓰다가 전화로 연락받음. 소설의 완
결까지 연재 1회분 반을 남겨놓은 상태에서 아버지의 장례를
치름. 문학평론가 48인이 뽑은 '80년대 최대의 문제작' 1위 『태
백산맥』(『80년대 대표소설선』, 1989년, 현암사). 80년대의 '금단'
을 깬 대표 소설 『태백산맥』《한겨레신문》, 1989. 12. 28).

1990년   새 대하소설『아리랑』의 집필을 위해 중국 만주, 동남아 일대,
         미국 하와이, 일본, 러시아 연해주 등지를 취재 여행. 12월
         11일부터《한국일보》에 2만 매로 예정된『아리랑』연재를 시
         작. 출판인 34인이 뽑은 '이 한 권의 책' 1위『태백산맥』(《경
         향신문》, 1990. 8. 11). 현역 작가와 평론가 50인이 뽑은 '한국
         의 최고 소설'『태백산맥』(《시사저널》, 1990. 11. 22). 동국문학
         상 수상.

1991년   『아리랑』연재 계속. 작품『태백산맥』으로 단재문학상 수상.
         『태백산맥』으로 유주현문학상 수여가 결정되었지만 수상을
         거부함. 이를 계기로 그 상이 폐지되었음.『태백산맥』연구서
         『문학과 역사와 인간』(한길사) 출간. 전국 대학생 1,650명이
         뽑은 '가장 감명 깊은 책' 1위『태백산맥』, '대학생 필독 도서'
         1위『태백산맥』(《중앙일보》, 1991. 11. 26).

1992년   『아리랑』연재 계속. 대검찰청에서『태백산맥』이 국가보안법
         상의 이적 표현물과 적에 대한 고무 찬양에 저촉되는지를 내
         사한 결과 작가에 대한 의법 조치나 책의 판금을 문제 삼지
         않기로 했다고 발표. '학생이나 노동자들이 읽으면 불온 서적
         소지·탐독으로 의법 조치할 것이며, 일반 독자들이 교양으로
         읽는 경우에는 무관하다'는 내용의 대검 발표는 모든 언론들
         의 비판과 조롱거리가 됨. 대검의 그런 공식적 태도는『태백
         산맥』1부가 단행본으로 발간되면서부터 작가에게 몇 년 동
         안에 걸쳐 줄기차게 가해져 온 모든 수사 기관들의 음성적
         압력과 억압 그리고 협박이 대표적으로 표출된 것에 지나지
         않음. 일본의 출판사 집영사와『태백산맥』전 10권 완역 출

판 계약 체결, 일본에서 대하소설을 완역 계약한 것은 최초. 한국의 지성 49인이 뽑은 '미래를 위한 오늘의 고전 60선'에 『태백산맥』 선정(《출판저널》, 1992. 2. 20). 서울리서치 조사 독자 500명이 뽑은 '가장 기억에 남는 작품' 1위 『태백산맥』 (《조선일보》, 1992. 8. 25).

1993년 『아리랑』 연재 계속. 외아들 도현이 육군 사병 입대. 중편 「유형의 땅」이 영어로 번역되어 현대한국소설집(제목 『유형의 땅』, 샤프 출판사) 출간.

1994년 6월 『아리랑』 제1부 「아, 한반도」를 3권의 단행본으로 출간 (도서출판 해냄). 8월 제2부 「민족혼」을 3권의 단행본으로 출간. 10월 제3부 「어둠의 산하」 중 일부가 제7권으로 출간. 12월 제8권 출간. 신문 연재로는 원고량을 다 소화할 수가 없어서 《한국일보》 연재를 중단하고 후반부 집필에 전념. 4월에 8개의 반공 우익 단체들이 작품 『태백산맥』과 작가를, 역사를 왜곡하여 국가보안법을 위반한 불온 서적 및 사상 불온자로 몰아 검찰에 고발함. 거기에다 이승만의 양자에 의해 이승만의 명예훼손죄 고발도 첨가됨. 6월에 치안본부 대공수사실 (속칭 남영동)에서 수사를 받았고, 그 후 몇 개월에 걸쳐 출두 요구와 거부를 반복하는 동안에 『아리랑』 집필에 치명적인 피해를 받음. 『태백산맥』 영화화(태흥영화사), 영화 개봉을 앞두고 작가를 고발했던 반공 우익 단체들이 영화를 상영하면 극장과 영화사를 폭파하고 불 지르겠다고 공공연한 공갈 협박을 자행하여 대대적인 사회의 물의를 일으킴. 전국 애장가 720명이 뽑은 '가장 아끼는 책' 1위 『태백산맥』(《한겨레신문》, 1994. 10. 5).

1995년   2월 『아리랑』 제3부 「어둠의 산하」 중 일부인 제9권 출간. 5월
         제4부 「동트는 광야」 중 일부인 제10권 출간. 7월 25일 총 2만
         매의 『아리랑』 집필 완료, 4년 8개월 만의 결실. 7월 제11권 출
         간. 8월 해방 50주년을 맞이하며 제12권 출간(전 12권). 『태백
         산맥』을 출판사를 옮겨서 출간(도서출판 해냄). 「조정래 특집」
         (《작가세계》 가을호). 서울대학교 신입생 218명이 뽑은 '가장 감
         명 깊게 읽은 책' 1위 『태백산맥』, '가장 읽고 싶은 책' 1위 『태백
         산맥』(《한겨레신문》, 1995. 3. 15). '우리 사회에 가장 영향력이 큰
         책'《시사저널》 조사 2위 『태백산맥』, 3위 『아리랑』(《시사저널》,
         1995. 10. 26). 20대 남녀 독자 294명이 뽑은 '가장 읽고 싶은 책'
         1위 『아리랑』(《도서신문》, 1995. 12. 30). 《한겨레21》의 독자들이
         뽑은 '1995년의 좋은 인물'에 선정(《한겨레21》, 1995. 12. 28). 사
         회 각 분야 전문가 47인이 뽑은 '올해의 좋은 책' 1위 『아리랑』
         (《출판문화》, 1995, 송년 특집호). 1천만 명 서명을 목표로 하는
         '태백산맥·아리랑 작가 조정래 노벨문학상 추천 서명인 발대
         식'이 1995년 11월 28일 종로 탑골공원에서 시민 단체 자발로
         이루어짐(《중앙일보》, 1995. 11. 30).

1996년   단일 주제 비평서인 『태백산맥』 연구서 『태백산맥 다시 읽
         기』 권영민 집필로 출간(도서출판 해냄). 『아리랑』 연구서 『아
         리랑 연구』 조남현 외 11인의 집필로 출간(도서출판 해냄). 세
         번째 대하소설을 위해 독일, 프랑스, 미국 등 취재 여행. 중편
         「유형의 땅」 이탈리아어로 번역. 프랑스 아르마땅 출판사와
         『아리랑』 전 12권 완역 출판 계약 체결. 일본에서 『태백산맥』

완역과 마찬가지로 프랑스에서 한국의 대하소설을 완역 계약한 것은 최초의 일. 미혼 직장 여성 502명이 뽑은 '친구에게 가장 권하고 싶은 책' 1위 『태백산맥』, 3위 『아리랑』, '가장 감명 깊게 읽은 책' 1위 『태백산맥』, 4위 『아리랑』(《동아일보》 《조선일보》, 1996. 1. 18). 전국 20세 이상 독자 1천 200명이 뽑은 '가장 기억에 남는 소설' 1위 『태백산맥』(《동아일보》, 1996. 4. 29). '우리 사회에 가장 영향력이 큰 책'《시사저널》 조사 1위 『태백산맥』, 5위 『아리랑』(《시사저널》, 1996. 10. 24).

1997년 새 대하소설을 위해 베트남, 사우디아라비아 등 취재 여행. '『태백산맥』 100쇄 출간 기념연'을 3월 6일 프라자호텔에서 개최(도서출판 해냄 주최), 증정본 겸 기념본으로 『태백산맥』 양장본 100질을 제작. 대하소설로 100쇄 발간은 최초의 일이며, 450만 부 돌파는 한국 소설사 100년 동안의 최고 부수라고 각 언론이 보도. 3월부터 동국대학교 첫 번째 만해석좌교수가 됨. 장편 『불놀이』 영역판(전경자 교수 번역)이 미국 코넬대학교 출판부에서 출간. 프랑스 유네스코에서 『불놀이』 번역 시작. 각 대학 수석 합격자 40명이 뽑은 '후배들에게 가장 권하고 싶은 소설' 1위 『태백산맥』, 5위 『아리랑』(《중앙일보》, 1997. 2. 25). 전국 국문과 대학생 150명이 뽑은 '가장 좋은 소설' 1위 『태백산맥』, 4위 『아리랑』(《조선일보》, 1997. 5. 15). 서울대학생 1천 명이 뽑은 '가장 감명 깊게 읽은 소설' 1위 『태백산맥』, 4위 『아리랑』(《조선일보》, 1997. 7. 23). 1997년 서울 6개 대학 도서관의 문학 작품 대출 1위 『태백산맥』(《동아일보》, 1997. 12. 28). 전남 보성군청에서 추진하던 '태백산맥 문학공원' 사업이 자유총연맹과 안기부의 개입·방해로 전면 좌초(《시사저널》, 1997. 9. 18).

1998년　『아리랑』 프랑스어판 제1부 3권이 4월 말에 출간(아르마땅 출판사). 문예진흥원 번역 지원으로 작품집 『유형의 땅』 프랑스어로 번역 시작. 세 번째 대하소설 『한강』을 《한겨레신문》 창간 10주년을 기념하여 5월 15일부터 연재 시작. 『태백산맥』 사건은 이때까지도 미해결인 채 국가보안법 위반 혐의자로 검찰에 걸려 있었음. 20·30대 사무직 남·여 600명이 뽑은 '지금까지 살아오면서 가장 기억에 남는 책'(전 세계의 작품을 대상) 한국출판연구소 조사 남자 국내 1위 『태백산맥』, 여자 국내 1위 『태백산맥』(《동아일보》, 1998. 4. 21). 서울대학 도서관 대출 1위 『아리랑』(《조선일보》, 1998. 7. 23). 제1회 노신(魯迅)문학상 수상.

1999년　《한국일보》 조사, 문인 100명이 뽑은 지난 100년 동안의 소설 중에서 '21세기에 남을 10대 작품'에 『태백산맥』 선정(《한국일보》, 1999. 1. 5). 《출판저널》 특별 기획, 각 분야 지식인 100인이 선정한 '21세기에도 빛날 20세기 책들(국내 모든 저작물 대상)' 36종에 『태백산맥』 선정됨(《출판저널》 1999년 신년 특집 증면호). 《한겨레21》 창간 5돌 특집, 전국 인문·사회계열 교수 129명이 뽑은 '20세기 한국의 지성 150인'에 선정됨(《한겨레21》, 1999. 3. 25). MBC TV 〈성공시대〉 70분 특집방영 '소설가 조정래'. 『조정래문학전집』 전 9권(도서출판 해냄) 출간. 『태백산맥』 일어판 1·2권(집영사) 출간. 장편 『불놀이』 프랑스 유네스코에서 프랑스어판(아르마땅 출판사) 출간. 소설집 『유형의 땅』이 문예진흥원 선정으로 프랑스어판(아르마땅 출판사) 출간. 출판인 50인이 뽑은 20세기 최고 작가 2위 《세계일보》, 1999. 12. 18).《중앙일보》선정 '20세기 명저 국내 20선(국내 모든 분야 망라)'에 『태백산맥』 선정됨《중앙일보》, 1999. 12. 23).《중앙일보》선정 '20세기 한국의 베스트셀러'에 『태백산맥』 『아리랑』이 동시에 선정. 30개 중에서 한 작가의 두 작품이 동시에 선정된 것은 유일함《중앙일보》, 1999. 12. 23).

2000년 『태백산맥』 일어판 10권 완간(집영사). 9월 29일, 『아리랑』의 발원지인 전북 김제시에서 시민의 이름으로 '조정래 대하소설 아리랑 문학비'를 벽골제 광장에 세우고, 제1호 명예시민증 수여. 그날 10시 29분에 첫 손자 재면(在勉)이가 태어나 희한한 겹경사를 이룸.

2001년 「어떤 솔거의 죽음」이 그림을 곁들인 청소년 도서로 출간(다림출판사). 광주시 문화예술상 수상. 자랑스러운 보성(普成)인상 수상. 11월 『한강』 제1부 「격랑시대」를 3권의 단행본으로 출간(도서출판 해냄). 12월 제2부 「유형시대」를 3권의 단행본으로 출간.

2002년 1월 3일 총 1만 5천 매의 『한강』 집필 완료. 3년 8개월 만의 결실. 1월 『한강』 제3부 「불신시대」의 일부를 2권의 단행본으로 출간. 2월 「불신시대」의 나머지를 2권의 단행본으로 출간. 『한강』 전 10권 완간. 1월 17일 작품 집필 때문에 6개월 동안 미루어왔던 탈장 수술 받음. 12월 등단 33년 만에 첫 번째 산문집 『누구나 홀로 선 나무』 출간(문학동네).

2003년 중편 「안개의 열쇠」《실천문학》, 단편 「수수께끼의 길」《문학사상》 발표. 2월 'Yes24 회원 선정 2002년의 책'에서 『한강』
이 남자 1위, 여자 2위. 3월 만해대상 수상. 4월 제1회 동리문
학상 수상. 5월 프랑스 아르마땅 출판사에서 『아리랑』 전 12권
완역 출간. 유럽 지역에서 한국의 대하소설이 완간된 것은
최초의 일. 5월 16일 전북 김제시에서 건립한 '조정래 아리랑
문학관' 개관식 개최. 생존 작가의 문학관이 세워진 것은 처
음 있는 일. 둘째 손자 재서(在緒) 태어남.

2004년   4월 30일 프랑스의 시인이며 극작가인 테르지앙(Terzian)이
『아리랑』을 희곡화하여, 『분노의 나날』로 출간(아르마땅 출판
사). 7월 1일 희곡집 『분노의 나날』을 『분노의 세월』로 시인
성귀수 씨가 번역 출간(도서출판 해냄). 8월 20일 『태백산맥』
프랑스어판 제1권 출간(아르마땅 출판사). 9월 1일 중편 「유형의
땅」이 독어판으로 출간(독일 페페르코른 출판사). 12월 15일 만
화 『태백산맥』 1권이 박산하 씨 그림으로 출간(더북컴퍼니 출판
사). 12월 20일 『태백산맥』 일어판 문고본 계약(일본 집영사).

2005년   단편 「미로 더듬기」《현대문학》. 1월 1일 《문화일보》 2005년
신년 특집으로 〈광복 60돌 '한국을 빛낸 30인'〉에 선정. 5월
26일 순천시에서 '조정래 길'을 지정하고 표지석 개막식 개
최(낙안 구기-승주 죽림 사이). 4월 1일 서울지방검찰청에서
『태백산맥』 고소 고발 사건에 대해 만 11년 만에 무혐의 결
정 내림. 5월 20일 MBC TV에서 〈조정래〉 3부작 제작(『태백
산맥』 고소 고발 사건의 발단과 수사 경과, 무혐의 결정이 내려
지기까지의 전 과정). 6월 23일 인터넷 서점 Yes24와 포털 사
이트 네이버가 진행한 '네티즌 추천 한국 대표 작가-노벨문

학상 후보를 추천해 주세요'에서 네티즌 6만 명이 참여해 조
정래를 1위로 선정. 또, '한국인에게 큰 감동을 준 작품'으로
『태백산맥』을 1위로 선정. 8월 10일 장편『불놀이』독어판 이
기향 씨 번역으로 출간(페페르코른 출판사). 8월 15일『태백산
맥』프랑스어판 3권 출간. 8월 13~21일 인천시립극단에서
광복 60주년 기념 특별 공연으로 연극 〈아리랑〉을 인천종
합문화예술회관에서 공연. 10월 5일 MBC TV와 『태백산맥』
드라마 계약.

2006년 　장편『인간 연습』분재 1회《실천문학》. 3월 15일『태백산맥』프
랑스어판 4권 출간. 4월 10일 〈한국소설 베스트〉 시리즈로『유
형의 땅』포켓북 출간(일송포켓북). 4월 15일「미로 더듬기」로
현대불교문학상 수상. 6월 28일 장편『인간 연습』출간(실천문
학사). 장편『오 하느님』분재 1회《문학동네》, 10월 15일『태백
산맥』프랑스어판 5권 출간.

2007년 　1월 5일 한국 문학 대표작 선집 27『황토』출간(문학사상사). 1월
29일『아리랑』100쇄 돌파 기념연 개최(도서출판 해냄). 3월 26일
장편『오 하느님』단행본 출간(문학동네). 4월 20일『태백산맥』
프랑스어판 6권 출간. 8월 10일 조정래 소설집『어떤 전설』출
간(책세상). 10월 25일 '큰 작가 조정래의 인물 이야기(위인전
시리즈)' 첫 다섯 권(신채호, 안중근, 한용운, 김구, 박태준) 출간
(문학동네). 11월 30일『태백산맥』프랑스어판 7, 8, 9권 출간.
12월 27일『태백산맥』프랑스어판 전 10권 완간.

2008년 　4월 7일 KYN과『아리랑』TV 드라마 계약. 4월 10일『교과서 한
국문학』시리즈 조정래편 5권 출간(휴이넘 출판사). 5월 1일『죽

기 전에 꼭 읽어야 할 책 1001』에 『태백산맥』이 선정됨. 서기 850년경에 씌어진 『아라비안나이트(천일야화)』에서부터 최근에 이르기까지 1,200여 년 동안 발표된 전 세계의 소설을 대상으로 평론가·학자·작가·언론인 등으로 구성된 국제적인 전문가 집단이 참여하여 1,001편을 가려 뽑은 책으로 우리나라 작품으로는 『태백산맥』과 『토지』가 뽑혀 수록됨(영국 카셀 출판사, 번역서 마로니에북스). 11월 20일 '큰 작가 조정래의 인물 이야기' 제6권 『세종대왕』, 제7권 『이순신』 출간(문학동네). 11월 21일 '조정래 태백산맥 문학관' 개관식(전남 보성군 벌교읍 회정리 『태백산맥』이 시작되는 지점). 12월 11일 '자랑스러운 동국인상' 수상. 12월 23일 '사회 각 분야 가장 존경받는 인물' 문학 분야 1위로 선정됨(《시사저널》 제1,000호 기념 특대호 특집).

2009년   3월 2일 『태백산맥』 200쇄 돌파 기념연 개최(도서출판 해냄). 대하소설로 200쇄 돌파는 최초. 9월 30일 자전 에세이 『황홀한 글감옥』 출간(시사IN북). 10월 26일 2007년 출간한 장편소설 『오 하느님』을 『사람의 탈』로 제목을 바꿔 개정 출간. 11월 18일 장애문화예술인들을 위한 'Art 멘토 100인 위원회 1호' 위원으로 위촉됨(한국장애인문화진흥회).

2010년   장편소설 『허수아비춤』을 계간지 《문학의 문학》 여름호에 600매 분재함과 동시에, 인터넷서점 인터파크에도 2개월간 60회로 연재한 후 10월 1일 단행본으로 출간(도서출판 문학의문학). 11월 10일 장편 『불놀이』, 12월 1일 장편 『대장경』 개정판 출간(도서출판 해냄). 12월 2일 경남 창원에서 '고려

대장경 팔각 불사 1,000년 기념'으로 장편 『대장경』을 오페라
로 공연(경남음악협회). 12월 22일 장편 『허수아비춤』이 독자
들이 뽑은 '2010 최고의 책'으로 시상식 거행(인터파크 도서).
12월 26일 장편 『허수아비춤』이 '2010 네티즌 선정 올해의
책'이 됨(Yes24).

2011년 4월 대하소설 『태백산맥』 『아리랑』 『한강』 전자책 출시, 이와 동
시에 장편소설 및 중단편소설집도 개정 출간과 동시에 전자책
출시 결정. 6월 3~4일 예술의전당에서 '고려대장경 팔각 불사
1000년 기념' 오페라 〈대장경〉 공연(경남음악협회). 4월 25일 초
기 단편 모음집 『상실의 풍경』 개정판 출간, 5월 30일 중편 「황
토」와 7월 25일 중편 「비탈진 음지」를 장편으로 전면 개작해
단행본 『황토』 『비탈진 음지』로 출간, 10월 10일 『어떤 솔거의
죽음』 개정판 출간(이상 모두 도서출판 해냄).

2012년 2월 유비유필름과 『태백산맥』 드라마판권 계약. 4월 영국 놀
리지펜 출판사와 『태백산맥』의 영어·러시아어 번역출간 계
약. 4월 30일 『외면하는 벽』 개정판 출간(도서출판 해냄). 7월
중편 「유형의 땅」이 전경자의 영어번역으로 영한대역 『유형
의 땅』으로 출간(도서출판 아시아). 9월 30일 『유형의 땅』 개
정판 출간(도서출판 해냄), 11월에는 《출판저널》이 뽑은 '이달
의 책'으로 선정됨. 10월 5일 『사람의 탈』 영어판 출간(Merwin
Asia). 『금서의 재탄생』(장동석 저, 북바이북)과 『금서, 시대를
읽다』(백승종 저, 산처럼)에서 금서로서의 『태백산맥』을 집중
조명함.

2013년 2월 23일 참여연대로부터 공로패 받음. 2월 25일 단편집 『그림

자 접목』 개정판 출간(도서출판 해냄). 3월 대하소설 『아리랑』의 뮤지컬 제작을 위해 신시컴퍼니(대표 박명성)와 판권 계약 체결. 3월 25일부터 인터넷 포털 사이트 네이버에 『정글만리』 일일연재를 시작, 7월 10일 108회를 끝으로 연재 종료와 동시에 7월 12일 단행본 전 3권으로 출간(도서출판 해냄). 10월 7일 『정글만리』 중국어판 출판계약 체결. 『정글만리』에 대해; 10월 7일 문화계 인사 60인이 선정한 '2013 출판부문 1위.' 10월 24일 《중앙일보》·교보문고가 공동 선정한 '2013년 올해의 좋은 책 10.' 11월 26일 제23회 한국가톨릭 매스컴상 수상(출판부문). 12월 9일 출간 5개월 만에 100만 부 돌파 최단 기록. 12월 11일 한국예술평론가협의회 선정 제33회 '올해의 최우수 예술가상' 수상(문학부문). 12월 14일 《동아일보》가 선정한 '2013 올해의 책.' 12월 20일 Yes24 네티즌 선정 '2013년 올해의 책' 1위. 12월 21일 《조선일보》가 선정한 '2013년 올해의 책.' 12월 26일 인터파크도서 '제8회 인터파크 독자 선정 2013 골든북 어워즈'에서 골든북 1위, 골든북 작가부문 1위. 12월 30일 알라딘 독자 선정 '2013년 올해의 책' 1위.

2014년   1월 8일 《매일경제》·교보문고 공동 선정 '2014년을 여는 책 50.' 1월 10일 국립중앙도서관 통계, '2013년 도서관에서 가장 많이 이용한 도서' 1위. 3월 6일 뮤지컬 〈태백산맥〉 개막, 3월 8일까지 공연(순천시립예술단). 3월 15일 『정글만리』 100쇄 돌파(『태백산맥』 2번, 『아리랑』 1번에 이어 네 번째 100쇄 돌파가 됨). 6월 12일 벌교읍 부용산 아래, 복원된 보성여관(소설 속의 남도여관)으로 이어진 '태백산맥길' 첫머리에 조성된 '태백산맥 문학공원 기념조형물 제막식'이 열림. 높이 3미터, 길이 23미터의 조형물에는 작가의 약력, 『태백산맥』에 대한 평가, 『태백산맥』의 줄거리, 그리고 작가의 흉상이 조각되어 있다. 그런데 그 조각은 모두를 놀라게 할 만큼 특이하고도 독창적이다. 조각가인 서울대학교 이용덕 교수는 세계 최초의 기법인 '역상(逆像) 조각'으로 그 창조성을 감동적으로 보여주고 있다. 9월 20일 제1회 심훈문학대상 수상. 12월 15일 인터뷰집 『조정래의 시선』 출간(도서출판 해냄).

2015년   6월 15일 『아리랑 청소년판』 출간(조호상 엮음, 백남원 그림, 도서출판 해냄). 7월 16일 뮤지컬 〈아리랑〉 개막, 9월 5일까지 공연(신시컴퍼니). 8월 5일 장편소설 『허수아비춤』 개정판과 함께, 문학 인생 45년을 담은 『조정래 사진 여행: 길』 출간(도서출판 해냄). 10월 3일 제2회 이승휴문화상 문학상 수상.

2016년   7월 12일 장편소설 『풀꽃도 꽃이다』(전 2권) 출간(도서출판 해냄). 10월 4일 『정글만리』를 영어로 옮긴 『The Human Jungle』이 브루스 풀턴 교수와 윤주찬 씨의 번역으로 미국 현지에서 출간(Chin Music Press Inc). 11월 8일 『태백산맥 출간 30주년 기념본』(전 10권) 및 『태백산맥 청소년판』(전 10권) 출간(조호상 엮음, 김재홍 그림, 도서출판 해냄).

2017년   7월 25일~9월 3일 뮤지컬 〈아리랑〉 공연(신시컴퍼니). 11월 21일 은관문화훈장 수훈. 11월 30일 시조시인 조종현, 소설가 조정래, 시인 김초혜의 문학적 성과를 기념하고 그 정신을 이어 나가고자 전라남도 고흥군에 설립된 '조종현 조정래 김초혜가족문학관' 개관.

2018년   2월 9일 〈2018 평창 동계올림픽대회〉 성화 봉송(오대산 월정
사 천년의 숲길). 4월 20일 맏손자 조재면과 함께 집필한 『할
아버지와 손자의 대화』 출간(도서출판 해냄).

2019년   장편소설 『천년의 질문』을 네이버 오디오클럽에 오디오북 형
태로 30회 연재한 후 6월 11일 단행본 전 3권으로 출간(도서
출판 해냄). 11월 2일 조정래 작가의 문학적 성취를 기리고 국
내 문학을 대표하는 중견 작가의 작품 활동을 지원하기 위
해 제정된 '조정래문학상' 제1회 개최(전남 보성군 벌교읍민회).
11월 11일 '서점인이 뽑은 올해의 작가'로 선정됨(한국서점조합
연합회). 12월 12일 『천년의 질문』이 '2019년 올해의 책'으로
선정됨(Yes24).

2020년   3월 1일 서울 종로구 배화여고에서 열린 〈3·1절 101주년 기
념식〉에서 묵념사 집필·낭독. 6월 25일 강원도 철원군 백마
고지 전적지에서 6·25전쟁 70주년 기념 '한반도 종전기원문'
집필·낭독, 이 기원문은 김정은 북한 국무위원장, 도널드 트럼
프 미국 대통령, 안토니우 구테흐스 유엔 사무총장 등에게 전
달됨. 7월 2~4일 뮤지컬 〈아리랑〉 공연(전주시립예술단). 8월
1일 등단 50주년을 기념하며 자전 에세이 『황홀한 글감옥』
개정판 출간(도서출판 시사IN북). 10월 15일 대하소설 『태백
산맥』 『아리랑』, 11월 30일 『한강』의 등단 50주년 개정판 출간
(도서출판 해냄). 『한강』 100쇄 돌파(『태백산맥』 2번, 『아리랑』 1번,
『정글만리』 1번에 이어 다섯 번째 100쇄 돌파가 됨). 10월 15일
반세기 문학 인생 및 남녀노소 독자들의 질문 100여 개에

대한 작가의 답을 담은 산문집 『홀로 쓰고, 함께 살다』 출간 (도서출판 해냄).

2021년 4월 30일 장편소설 『인간 연습』 개정판 출간(도서출판 해냄). KBS와 한국문학평론가협회가 공동으로 진행한 연중기획 〈우리 시대의 소설〉에 『태백산맥』 선정 및 방영됨(제26화).

2022년 6월 18일 경남 창원에서 콘서트 오페라 〈대장경〉 공연(창원문화재단). 『천년의 질문』 경기도 공공도서관 60대 이상 대출 1위 도서 선정.

2023년 4월 영국 펭귄-랜덤하우스가 '펭귄 클래식' 시리즈 최초로 출간한 한국문학 번역 선집 『The Penguin Book of Korean Short Stories』에 「유형의 땅」 번역 수록. 브루스 풀턴 교수가 편집하고 권영민 교수가 서문을 씀. 윌라 오디오북 대작 라인업으로 조정래 대하소설 3부작과 『정글만리』를 독점 공개하기로 함. 7월 24일 『태백산맥』을 시작으로 10월 『아리랑』, 12월 『한강』 공개. 10월 28~29일 태백산맥문학관 개관 15주년 기념행사로 북토크와 문학기행 등 진행.

ㄴ

조정래 장편소설

황금종이 2

제1판 1쇄 / 2023년 11월 21일
제1판 12쇄 / 2023년 12월 31일

저자 / 조정래
발행인 / 송영석
발행처 / (株)해냄출판사

등록번호 / 제10-229호
등록일자 / 1988년 5월 11일(설립일자 | 1983년 6월 24일)

04042 서울시 마포구 잔다리로 30 해냄빌딩 5·6층
대표전화 / 326-1600 팩스 / 326-1624
홈페이지 / www.hainaim.com

ISBN 979-11-6714-073-9
ISBN 979-11-6714-071-5 (세트)

파본은 본사나 구입하신 서점에서 교환하여 드립니다.